Sur l'auteur

Eric Dupont est né à Amqui (Québec, Canada) en 1970. Il est l'auteur du best-seller *La Fiancée américaine* (lauréat du Prix des libraires du Québec et du Prix littéraire des collégiens du Québec) et des romans *Voleurs de sucre* (Prix Senghor de la francophonie), *La Logeuse* et *Bestiaire*. Il enseigne la traduction à l'université McGill, à Montréal.

ERIC DUPONT

LA COULEUR DU TEMPS OU L'INCROYABLE HISTOIRE DE MARY GALLAGHER

10
18

ÉDITIONS MARCHAND DE FEUILLES

Ouvrage précédemment paru aux Éditions Marchand
de feuilles, sous le titre *La Ricaneuse*

ISBN 978-2-264-08774-4
Dépôt légal : mars 2026

N'as-tu jamais entendu dire
ce qu'affirment les sages :
que tout l'avenir existe dans le passé ?

Truman CAPOTE

SOLSTICE D'ÉTÉ

Il n'existe que peu de plaisirs plus exaltants sur terre que de sortir avec une copine un soir de Saint-Jean à Montréal. Certes, l'espérance de vie moyenne y est de quarante-quatre ans. Et pour la racaille qui zone dans le port le soir, il faut encore déduire quelques années. Selon la langue et la religion de ses parents, un nouveau-né aura jusqu'à une chance sur trois de mourir avant d'avoir célébré son premier anniversaire. Mais pour Mary et Susan, cela n'est qu'une raison de plus pour faire la fête. Buvons ce soir, nous pourrions mourir demain.

Depuis quelques jours, Mary s'est réfugiée dans l'humble appartement de Susan au cœur du quartier ouvrier de Griffintown, après avoir fui la distinguée demeure de son patron de la rue Pine, à flanc de montagne. Susan l'a accueillie chez elle sans lui demander de se justifier, car qui s'explique se complique. Son mari, Jacob, ne s'est pas opposé à ce que Mary squatte la deuxième pièce de leur mansarde. Depuis son arrivée, Mary refuse de sortir. Selon Susan, quelque chose de très grave s'est passé dans cette villa de la rue Pine, mais elle est trop contente de revoir son amie pour parler de ce qui ne va pas bien.

Susan a menti à sa logeuse qui vit au rez-de-chaussée quand cette dernière l'a menacée d'augmenter son loyer à cause de la présence d'une troisième personne dans le logement. Mary marche sur la pointe des pieds et tente de ne pas parler trop fort. Ces précautions sont inutiles dans cette maison où l'on voit le jour entre les lattes des planchers. Susan devra donc payer un surplus à la fin du mois. Le soir, quand elle entend Mary pleurer seule dans son lit, Susan s'assied à côté d'elle et lui remémore les circonstances de leur rencontre, quinze ans auparavant, dans le dortoir que les Sœurs Grises ouvrent aux filles sans toit. Elle lui rappelle qu'au moment où elle sentait que tout était perdu, Mary est arrivée pour la sauver. À la lueur de la chandelle, Susan tend à Mary le seul livre qu'elle possède, un exemplaire élimé du Nouveau Testament qu'elle a volé dans une maison où elle a travaillé.

— Lis l'histoire de Noël… Commence avec l'archange Gabriel !

Mary s'arrête de pleurer et s'exécute. *Le sixième mois, l'ange Gabriel fut envoyé par Dieu dans une ville de Galilée du nom de Nazareth*… La douce voix d'alto de Mary illumine les ténèbres de la nuit de juin. Susan raconte à tout le monde qu'elle a une amie qui sait lire en dépit d'être pauvre comme elle. Susan garde ce livre chez elle dans l'unique but d'entendre Mary lui en lire des bouts et de penser qu'un jour, elle aussi apprendra à lire.

Six jours après son arrivée, Mary a ri pour la première fois en voyant Susan peindre avec de la suie une moustache à son mari endormi au lever du soleil.

Jacob s'est levé sans remarquer quoi que ce soit. Il est parti travailler à son usine et en est revenu la moustache intacte. Susan et Mary étaient mortes de rire. Quand elles rient ensemble, le monde s'arrête de tourner et la logeuse tape sur le plafond avec un manche à balai. Ce rire coule comme un fleuve qui cherche désespérément une mer dans laquelle il pourrait se jeter en ouvrant les bras.

— Mary, c'est la Saint-Jean, on sort ! On va à la taverne !

Après tout, se dit Mary, il y aura un surplus de loyer à payer. Autant le gagner le plus vite possible. Elles s'enfilent le quart d'une bouteille de whisky avant de partir. Voilà qu'elles font claquer leurs talons sur les pavés de la rue Saint-Paul en marchant vers la taverne de Charles McKiernen, grimées comme des grues. Le jour, la Saint-Jean est une fête religieuse avec son défilé de chars allégoriques fichés de croix et d'images saintes. La nuit, elle reste le rituel païen échevelé qu'elle a toujours été, qui permet aux gens de Montréal de s'abandonner enfin aux débordements du carnaval dans les rues, un plaisir interdit lors du Mardi gras par la froideur des hivers sous cette latitude.

S'il y avait encore une bourgeoise dehors à cette heure païenne, elle devait être accrochée au bras d'un Honoré au square Viger ou à celui d'un Henry au square Dorchester. Mary s'accrochait à Susan comme une mère vieillissante s'accroche à sa fille. Mary avait trente-cinq ans. À cet âge, beaucoup de Montréalaises étaient déjà grand-mères. Pour des raisons qu'elle n'a jamais avouées à Susan, Mary préfère ne pas avoir affaire aux représentants de la justice. Susan ne cherche pas non plus la compagnie des juristes et des policiers, sauf si ces derniers ont quelques sous à dépenser pour se divertir avec elle. Mais ce soir, elles sortent entre filles, car les filles sont plus amusantes que les garçons, pense Susan. Pour le prouver, elles se mettent à chanter une chanson improvisée sur les hommes, les melons et le whisky. Un passant siffle comme s'il voulait qu'on lui murmure de telles douceurs au creux de l'oreille. Un autre s'approche, puis, dans la pénombre, reconnaît Susan. On n'entend plus que le bruit de ses pas en fuite.

La taverne de Charles McKiernen n'a pas d'enseigne. Elle n'en a pas besoin. Ceux qui la cherchent savent où la trouver. Il suffit de demander aux mendiants qui dorment le ventre plein sur les quais devant la rue de la Commune. Ils leur diront d'où viennent les bonnes choses.

Officiellement, l'endroit s'appelle The Crown and Sceptre, mais pour les noceurs, les belles de nuit, les débardeurs et les sans-logis, c'est la Joe Beef's Canteen. Si elle était un parfum, il faudrait l'appeler *Forêt fétide*. Notes finales : crotte d'ours et cigare. Bref, c'est un bar de Montréal, la ville la plus ivre de toute l'Amérique du Nord britannique. La crise économique des années 1870 a rendu essentielle l'existence de gens comme Charles McKiernen, alias Joe Beef, corpulent moustachu qui sait toujours où trouver le bœuf, l'argent du bœuf et le cul de qui vous voulez. Depuis leurs premières années de galère à Montréal, Mary et Susan sont devenues des habituées de l'ardoise de Joe. Ce soir, elles se fraient un chemin jusqu'à la porte à travers une forêt compacte d'ivrognes. La ville grouille de monde.

Les hommes qui passent les regardent de la tête aux pieds, comme on inspecterait une jument avant de l'acheter. Historiquement, la période de la fin juin a toujours été la haute saison pour les prostituées. Mary s'explique le phénomène par l'astronomie et la biologie : les jours plus longs font monter les humeurs de la vie dans le corps des hommes. Plus pragmatique, Susan fait valoir que c'est une question de lumière. Dans les rues encore mal éclairées de Montréal, il est tout simplement plus facile, à la fin juin, de distinguer les femmes qui s'offrent aux passants. Quoi qu'il en soit, elles sont d'accord, la fin juin est une saison de vaches grasses pour les bordels. Ce soir, elles sont ouvertes à toutes les possibilités. Elles s'engouffrent dans la taverne bondée.

Quand Susan se plante enfin devant les moustaches de McKiernen, la rumeur de son arrivée est déjà parvenue au comptoir, derrière lequel un immense miroir reflète quelques curiosités : des cigares roulés à Griffintown par des enfants qui ont survécu au lait de vache non pasteurisé ; un empilage anarchique de grandes quantités de fromage, de pain et de bœuf sur lequel une main affamée vient de temps à autre piquer un bout ; le fœtus d'un mouton conservé dans de l'alcool ; une autre bouteille d'alcool contenant un morceau de bœuf avec lequel un infortuné s'est étouffé à mort ; du rhum des colonies sucrières qui a transité par la Gaspésie ; un petit baril de mélasse martiniquaise dans lequel il est permis de tremper le pain, le fromage, le jambon ou le doigt ; un ouistiti apprivoisé répondant au nom de Silver – la seule créature en ces lieux n'ayant pas sursauté quand quelqu'un a crié : *Here she comes !* ; un canard empaillé qui est en fait un chapeau dont se coiffe parfois McKiernen ; un nombre indéterminé de bouteilles de whisky, de gin et d'autres décapants ; deux aras que le capitaine d'une canonnière anglaise a offerts en guise de réparation pour les dégâts causés au mobilier par ses marins ; et un cendrier volé dans un bordel de Hambourg.

— Hey, Charles, arrête de brailler, je suis arrivée !

McKiernen la prend dans ses bras. Assis ou debout, certains raides morts sur le plancher, les clients de ce qu'il appelle lui-même *the Great House of Vulgar People* bénissent leurs retrouvailles. On y trouve ouvriers du canal Lachine, marins au long cours, anciens militaires… toute la population en flottaison de l'est de l'Amérique défile chez Joe. L'endroit a déjà offert à Mary et Susan une clientèle abondante et peu de concurrence. Susan se dépêche de dresser un inventaire rapide des lieux.

— Moi, je veux m'asseoir !

En prononçant ces paroles, Susan intimide un groupe de buveurs déjà très éméchés dans le but d'obtenir la table qu'ils occupent. Ils refusent. McKiernen doit intervenir. L'homme n'a pas fait fortune sans comprendre quelques règles élémentaires du commerce. Les ivrognes qui bavent sur la table ne commandent plus rien depuis déjà trois quarts d'heure en plus de dégager une odeur de ranci qui commence à éloigner non seulement les mouches, mais certains buveurs au nez sensible. Mary pouffe de rire. Elle tend à son amie un whisky dans l'espoir de la calmer. La *canteen* est un des rares endroits où Susan n'entend pas les voix qui parlent dans sa tête. Dans cet antre spermeux, les gaillards gueulent assez fort pour les enterrer. Sinon, McKiernen peut toujours aller chercher ses chiens, des molosses avec lesquels il organise des combats contre les ours les soirs fastes. Dans un coin du bouge, un ours noir enchaîné est assis à une table et se vide dans la gueule des pintes de bière qu'il soulève en se servant de ses pattes, comme le ferait un manchot. L'animal, dont on dit qu'il est alcoolique, a été baptisé Tom. Mary le connaît d'autres visites chez Joe. Dans la cave, deux autres ours dorment. Joe finit de vider la table des ivrognes qui l'occupent. En faisant sa meilleure imitation de majordome français, il invite Mary et Susan à s'y asseoir. Il reste encore quelques minutes avec elles pour prendre des nouvelles. Plus d'une fois, il leur a offert le gîte et le couvert quand elles étaient trop ivres pour rentrer chez elles par les soirs de grand froid. Charles s'attendrit devant les soins maternels que Mary prodigue à Susan.

Une quinzaine d'hommes, tous membres du même équipage, viennent de faire irruption dans la salle en exigeant à grands cris 1) un litre de bière chacun, 2) qu'on leur montre les ours dont ils ont entendu parler et 3) le nom et l'adresse du bordel le plus proche.

Un frisson traverse la taverne. Les conditions sont réunies pour un des combats qui ont fait la réputation de la taverne de McKiernen. Rien de tel pour faire mousser les ventes de spiritueux que la peur mortelle d'être dévoré par une ourse. Ce genre d'événement peut déclencher toutes les folies imaginables. Susan sourit aux marins. Derrière eux entre un homme de grande taille aux cheveux noir de jais. Mary et Susan le regardent en même temps. Dans cinq minutes, elles apprendront qu'il s'appelle Michael Flanagan, qu'il est débardeur au bassin Peel et qu'elles en sont toutes les deux amoureuses. Flanagan est de loin l'homme le plus attirant dans la taverne. Même le ouistiti en est convaincu. S'il pouvait parler, le primate mettrait Susan et Mary en garde contre ces yeux bleu maritime.

— Et saint Jean le Baptiste, on lui a coupé la tête pour quelle raison, déjà ? lance Susan, comme si ce détail de l'histoire était soudainement devenu pertinent en ces lieux.

— Il avait critiqué un mariage déshonorant. Il a payé de sa tête, rétorque Mary, qui a une excellente mémoire.

— Il aurait dû se mêler de ses affaires, philosophe Susan.

— Je pense que le marié avait volé la femme de quelqu'un d'important.

— C'est une histoire de jalousie ? demande Susan.

— Ouais… quelque chose comme ça.

Mary tente de nouer le lacet de sa botte qui s'est défait. Susan semble fixer à travers la fenêtre un groupe de jeunes marins qui titubent sur les quais, déjà ivres en début de veillée, mais son regard est songeur. À quelques pas à gauche, deux hommes discutent âprement avec un troisième homme qui leur présente ce qui semble être un sac de semences. Mary reconnaît un fils de la famille Décarie de Notre-Dame-de-Grâce et les semences qu'il laisse couler entre ses doigts. Il s'agit, le doute n'est pas permis, de graines de melon de Montréal, le melon le plus fin et le plus cher de l'Amérique du Nord. Elle a connu les parents de cet homme et espère qu'il ne la reconnaîtra pas. La présence de Décarie ne fait rien pour la tranquilliser. Elle entend les acheteurs se plaindre du prix. Le vendeur ne bronche pas. Il a remarqué Susan qui vocifère quelque chose à un serveur, mais pas Mary qui donnerait tout à cette heure pour être invisible. Elle n'arrive pas à déchiffrer la réponse de Décarie, mais elle sait qu'il a fini par fléchir. Le marché est conclu, le sac de semences disparaît dans le veston d'un des acheteurs qui quitte la taverne avec un sourire satisfait. Décarie continue de discuter avec l'autre acheteur qui quittera bientôt les lieux les mains vides. Susan l'interpelle.

— Tu pourrais tuer par jalousie, Mary ?

— Moi ? Quelle drôle de question ! Ce sont des histoires du temps de Jésus. On ne crucifie plus et on ne coupe plus les têtes, Susan !

McKiernen est descendu dans la cave. Il remonte en traînant au bout de chaînes une ourse immense et un autre spécimen de moindre taille. Tom, l'ours alcoolique, s'est quant à lui endormi sous une table et ne s'intéresse pas à l'arrivée de ses congénères. Pourtant, il devrait, car ce soir, les deux ourses de la cave sont plus nerveuses que d'habitude. Cette fois, Mary a un très mauvais pressentiment. L'animal est dressé sur ses deux pattes.

— Susan, je pense que l'ourse me regarde…

L'ourse la fixe effectivement de ses grands yeux tristes, comme si elle voulait s'excuser d'avance pour ce qui suivra, comme la lionne s'excuse à l'antilope. On retient son souffle.

MONTRÉAL EST UN MELON

À la fin des temps, quand l'heure viendra de présenter le bilan des délices gourmandes que les Amériques auront fournies au grand garde-manger du monde, le maïs, la tomate et la pomme de terre se disputeront les marches du podium avec une courgette et une dinde. Une chose est sûre : aucune mention ne sera faite du melon de Montréal, car les absents ont toujours tort. Et ceux qui ont connu son goût, qui sont souvent les mêmes grabataires qui ont appris à faire l'accord de « délices » au féminin, ne seront plus là pour pleurer le drame de sa disparition dans l'indifférence générale. D'ailleurs, l'ancêtre de ce fruit disparu était un melon brodé venu d'Europe, ce qui le disqualifie d'emblée de ces hommages qui seront faits aux plantes américaines. Pas d'honneurs pour le fruit colonisateur.

On cherchera les coupables de sa disparition, on se rabattra sur d'immondes imitations et on se fera des accroires. Ça ne servira à rien. *Plusieurs faux prophètes viendront*... pour annoncer son retour. Ils ne tromperont que les sots et les désespérés. Mais Montréal vit très bien sans ses gloires d'antan. L'a-t-on déjà vue essayer d'empêcher son patrimoine de tomber en morceaux ? Non. Montréal regarde vers l'avant. Avant de disparaître subrepticement des étals de nos fruiteries, le fruit que l'on appelait aussi *nutmeg melon* avait pourtant connu une trajectoire glorieuse, bien plus que celle de la fraise de l'île d'Orléans et du maïs de Neuville. Si bien des détails demeurent incertains, on peut tranquillement affirmer sans risquer de se tromper que la variété est née sur les terres de Barthélémy-Télesphore Décarie et de son épouse. En 1870, les Décarie avaient réussi à donner au *Montreal nutmeg melon* ses qualités définitives : goût, grosseur et forme.

Dans certaines versions de l'histoire, on raconte que Décarie aurait obtenu les semences des Jésuites, qui cultivaient de magnifiques potagers et qui étaient reconnus pour leurs techniques de sélection et d'hybridation de nombreux fruits et légumes. D'autres personnes qui ont personnellement fréquenté l'exploitation agricole des Décarie réfutent cette possibilité. Tout le monde s'entend cependant pour dire que Barthélémy-Télesphore s'est contenté de continuer l'œuvre de son père, Jérémie Décarie, qui fit pousser sur ses terres du coteau Saint-Pierre des melons impressionnants dès les années 1840. Il est de nos jours difficile de s'imaginer, quand on roule sur l'autoroute qui porte le nom de cette illustre famille, que ces territoires goudronnés et bétonnés ont déjà été les plus fertiles et les plus prometteurs de toute l'île de Montréal.

Il y eut dès le début des envieux qui voulurent reproduire le succès de Décarie, qui n'y voyait rien de répréhensible. Pédagogues, Jérémie Décarie et ses descendants vendaient ou donnaient à qui en voulait les semences. Ils n'étaient pas trop inquiets de la concurrence, car ils savaient mieux que quiconque que dans le monde des melons, seul le dur labeur compte. Quand Joseph Sanschagrin et sa femme Marie-Philomène demandèrent au père Décarie de leur vendre un sac de semences, il ne réfléchit pas deux fois.

Décarie avait confié aux Sanschagrin que la chaleur était la clé du succès. Pour un cultivateur né à Montréal, cette prise de conscience aurait normalement dû être suivie d'un déménagement vers le sud, d'une tentative de suicide ou d'une réorientation professionnelle, car de chaleur, la terre de Montréal n'en a jamais eu assez pour faire un melon. Il fallait donc aider la nature. Vers les années 1840, déjà, Sanschagrin avait obtenu d'excellents résultats en se contentant de sélectionner les semences des individus les plus lourds, car les chats ne font pas de chiens et vice versa. Il y avait aussi assez d'enfants sur sa ferme pour faire exécuter des tâches qui demandent une certaine dextérité, mais qui ne donnent à personne l'impression d'être indispensable, comme s'assurer que chaque melon repose sur une pierre noire qui renvoie la chaleur du soleil et faire effectuer à chaque fruit une rotation de quelques centimètres par semaine. Autrement, le melon peut pourrir ou adopter une forme peu attrayante pour l'acheteur, qui s'attend à ce que son fruit soit parfaitement rond.

Pour obtenir un fruit de plusieurs kilogrammes, c'est-à-dire pour battre les Décarie à leur propre jeu, les Sanschagrin partaient les semis en mars, sous des cloches de verre, dans leur maison. Les plants les moins prometteurs étaient détruits pour renforcer la génétique. À ce stade, il n'était pas encore nécessaire de payer des gardes armés pour protéger les récoltes de vols nocturnes. Cela viendrait quand le prix de leurs fruits atteindrait des sommets dans les hôtels de la Nouvelle-Angleterre. En fait, il y avait bien des gens dans les champs la nuit. Cependant, ils n'étaient pas là pour effrayer les voleurs, mais parce que Sanschagrin avait tenté une expérience qui ne fut jamais reprise par la suite, probablement à cause des événements inexplicables qui en découlèrent.

L'homme avait compris qu'il lui aurait fallu étirer l'été montréalais d'au moins un mois pour que son melon prenne le volume de ses ambitions. En termes d'ensoleillement, il avait tout ce qu'il lui fallait et il le savait. Ce qui tuait ses espoirs, c'étaient les fraîcheurs de juin et de la fin août qui pouvaient, il en était sûr, faire la différence entre un melon de quatre livres et un melon de huit livres. Étendre des braises autour de ses plants ? Il l'avait fait en obtenant des résultats mitigés et surtout coûteux. Combien de fruits et de plants avait-il irrémédiablement brûlés avant de comprendre, en observant une portée de lapereaux se cacher dans l'aube fraîche sous le ventre de leur mère, que la solution à son problème lui viendrait des mammifères ?

Il tenta d'abord d'étendre une brebis aux côtés d'un fruit prometteur. Au matin, il trouva l'animal endormi en train de roter le melon qu'il était censé réchauffer. La vache, la chèvre et quelques porcelets le déçurent de la même manière. On ne pouvait rien confier de végétal à ces bêtes sans dessein. N'écoutant que son obsession, il se lova un soir sur un melon gros comme un poing. Sous le regard découragé de sa femme, il passa ainsi quinze nuits entières sur le flanc, protégeant un fruit de son ventre comme une poule protège ses poussins, comme quoi la culture du melon est une affaire d'homme. Le résultat fut prometteur. En plus d'avoir la même belle chair verte et le même délicieux goût que les melons n'ayant pas fait l'objet de ses soins, le fruit était un peu plus gros que la tête de Sanschagrin.

L'été suivant, douze enfants démunis cueillis dans un orphelinat furent engagés pour réchauffer les melons pendant la nuit. La cuisine de la maison devint pour ces bouillottes vivantes un salaire très enviable et l'expérience fut plus que concluante. Cet été-là, les melons des Sanschagrin battirent tous les records de poids. À deux regrettables exceptions près, les enfants n'en dévorèrent aucun, car la fermière les gavait d'une sorte de gruau sucré avant de les envoyer dormir dans les champs le ventre plein.

L'incident se produisit deux ans plus tard.

L'orphelinat avait accepté de céder à Sanschagrin un groupe de douze enfants contre une contribution appréciable à la caisse de l'établissement. Le fermier ne broncha pas. Peu lui importait la dépense, Montréal méritait le meilleur melon du monde. Il faut d'ailleurs rassurer d'emblée les cœurs empathiques : les enfants-calorifères furent très bien traités, mieux qu'à l'orphelinat, mieux que dans les rues de Montréal, mieux que dans les usines où ils roulaient des cigarettes jusqu'à ce que leurs doigts se noircissent comme des quenouilles. D'ailleurs, les religieuses se plaignaient, quand elles les retrouvaient bien dodus dans leurs quartiers après la saison des récoltes, d'entendre les enfants réclamer la douce bouillie – la fermière y versait des chaudières de mélasse odorante – et un fruit à réchauffer sous leur petit ventre, car ils avaient pris goût à ce maternage horticole. Dès la deuxième année, quand la charrette s'était immobilisée devant l'orphelinat, tous les enfants avaient supplié les religieuses de les laisser partir avec le bon fermier. La perspective d'être dévorés par un ours sous la lune gibbeuse d'août ne les inquiétait pas. Sanschagrin s'était imaginé choisir les plus dodus, mais les enfants qu'il trouvait à l'orphelinat étaient tous désespérément maigres. Quand il les rendait à l'hospice Sainte-Pélagie, les religieuses ne reconnaissaient pas ces visages bouffis de s'être repus du lait, du beurre et du sucre des Sanschagrin pendant tout l'été. C'était, comme on pourrait l'appeler en écologie, une relation symbiotique parfaite entre les orphelins et les melons : si l'un grossissait, l'autre engraissait. Pas de perdant, juste des sphères parfaites d'extase juteuse et savoureuse servies en tranches.

Sanschagrin avait donné aux sœurs l'assurance qu'en tout temps les filles seraient séparées des garçons dans les champs. Il leur avait aussi promis que quelqu'un les surveillerait pendant toute la nuit, promesse qu'il ne tint que partiellement. Toujours est-il qu'au troisième été, toute la ferme fut réveillée aux aurores par des cris perçants.

Les enfants avaient reçu l'ordre d'attendre le lever du soleil pour abandonner leurs fruits et vaquer à d'autres occupations. La mère Sanschagrin leur faisait par exemple écosser des petits pois, sarcler des rangs de haricots ou corder du bois. Ce matin-là, elle les trouva debout, en cercle autour d'un objet qu'ils semblaient vouloir lui cacher. Deux d'entre eux tentèrent d'ailleurs de la repousser quand elle s'en approcha. Au moment où elle réalisa à quoi elle avait affaire, elle n'eut même pas la force de pousser un cri. Sur une pierre noire dorée par les premiers rayons du soleil, un melon immense était percé de l'intérieur par deux petits poings fermés. Un garçon frappait à coups de pied sur l'écorce comme s'il avait voulu venir en aide à la petite créature coincée à l'intérieur du fruit, qui finit par se briser en deux. Un bébé recroquevillé, tout rose et couvert de chair de melon, écarta les bras et les jambes. En le voyant se tordre et rougir, la mère Sanschagrin le saisit par les pieds pour lui donner quelques bonnes tapes dans le dos. De sa bouche jaillit un bout de chair de melon, qui tomba mollement sur la terre. Puis on entendit le sifflement d'une longue prise d'oxygène. Mary réveilla par ses premiers hurlements le coq des Sanschagrin et toute la basse-cour au passage.

Quand elles apprirent ce qui s'était produit, les religieuses refusèrent de confier d'autres enfants au fermier. *Nous ne nous attendions pas à ce que vous nous en rameniez une de plus*... En guise de compensation, le fermier leur offrit une douzaine de melons, des courges, un boisseau américain d'orge, quatre barres de sucre, deux adorables brebis et le plus féroce de ses chats, car il avait entendu dire à travers les branches que les sœurs de l'hospice Sainte-Pélagie avaient un problème récurrent de vermine. Ces offrandes ne leur arrachèrent qu'un demi-sourire qui mourut comme goutte d'eau sur pierre brûlante pour rendre à leur visage l'expression affligée et sévère qui était leur marque de commerce dans la rue Wolfe, où elles secouraient les filles-mères. La prieure demanda si les

Sanschagrin avaient pensé à faire baptiser l'enfant. Le fermier, honteux, regardait par terre.

— Vous laisserez un peu d'argent pour Notre-Dame.

Sanschagrin ne reprit pas d'autres enfants les étés suivants. Après la naissance de Mary, il se mit à utiliser du fumier de cheval, qu'il trouvait en abondance. Contrairement aux orphelins, le fumier refroidissait assez vite. Mais il offrait l'avantage non négligeable de ne coûter presque rien. On ne retrouva plus jamais de bébé dans un melon, à Montréal du moins. Vers 1870, on arriva à stabiliser la variété du fruit, qui entra dans son époque glorieuse au fur et à mesure que les réseaux de transport se développaient dans le nord de l'Amérique. Les fruits, qui étaient transportés dans des caisses remplies de foin pour éviter qu'ils s'abîment, pouvaient peser huit kilogrammes. Il devint un produit de luxe idéal pour les capitalistes qui ne savaient plus quoi faire des fortunes amassées grâce à la plus-value qu'ils tiraient des ouvriers de leurs usines. Ces derniers n'en mangeaient que rarement.

Une fois qu'elles eurent servi le dernier melon qui leur avait été offert, les religieuses de l'orphelinat n'en revirent plus, du moins pendant quelques décennies. Quant à Joseph Sanschagrin, il préféra ne pas parler de l'incident, qui lui paraissait très mauvais pour le commerce. Si ses clients apprenaient qu'en lieu et place de la chair verte de ses melons, ils risquaient de rester avec un bébé entre les mains, plus personne ne voudrait acheter de ses fruits. Ce dont ce pays manquait, c'était de finesse, pas d'enfants.

La douzaine de marmots qui furent témoins de la naissance de Mary en restèrent marqués. Devant les religieuses incrédules, ils ne lâchaient rien. L'enfant était sortie d'un melon comme le poussin sort de l'œuf. Comme ils furent éparpillés un peu partout au gré des adoptions dans des familles terriennes de la région de Montréal, ce récit de la naissance de Mary se répandit par capillarité dans la société canadienne de l'époque. De petits imposteurs qui n'avaient jamais mis les pieds sur la ferme des Sanschagrin prétendaient avoir été témoins oculaires. D'autres reprenaient l'histoire en ajoutant des détails improbables.

Jean-Ludovick Tock se fait le chroniqueur de cet événement horticole dans sa fascinante et palpitante *Encyclopédie illustrée des fruits et légumes du Canada*, un ouvrage à la fois élégant et abordable que l'on retrouvait jusqu'à la fin des années 1950 dans toutes les maisons montréalaises honnêtes et même chez quelques voyous. S'y trouvait un long chapitre consacré au melon de Montréal, un fruit dont l'origine est loin de faire l'unanimité. Il est impossible de nier, par ailleurs, l'importance qu'a pu avoir l'illustration de la découverte de cet enfant dans un fruit sur la vitesse de propagation de cette histoire. En 1951, Tock demanda à son illustrateur de lui faire un dessin de l'événement pour son célèbre ouvrage, il fut très étonné de constater que ce dernier était un descendant d'un des douze enfants qui avaient été réveillés un matin par des coups donnés sur une écorce de melon. L'homme représenta la scène comme on la lui avait racontée. Autour d'un melon, les visages émerveillés de douze enfants de toutes tailles contemplaient la petite Mary en train de se débarrasser de son écorce en frappant de ses poings minuscules. Quoi qu'il en soit, c'est une histoire qu'on aime raconter et entendre. Elle n'ennuie ni n'attriste ceux qui la lisent.

Elle n'empêche pas la joie d'entrer dans les maisons. Personne n'en doutait, Mary Gallagher était fille de la terre de Montréal. L'image dessinée à l'encre noire du petit poing perçant la carapace végétale avait marqué l'esprit de bien des générations, de la même manière que les dessins de l'aéronef des frères Wright avaient pu impressionner quand ils étaient sortis dans les journaux de l'époque. Il suffisait de voir le dessin pour y croire. Doutait-on de l'existence de sainte Blandine jetée aux lions ? Non. Et pourquoi ? Pour la simple et bonne raison qu'un artiste l'avait un jour représentée en train d'être dévorée en entrée par les fauves.

Pour comprendre d'où Mary Gallagher est venue, il faut savoir d'où vient cette gloire du génie agroalimentaire canadien. Il faut donc remercier Tock d'avoir arraché aux griffes de l'oubli l'histoire de la naissance de cette légende montréalaise. Pour ne pas donner à son ouvrage une tonalité trop lugubre, l'auteur refusa d'y inclure le récit de la disparition tragique de Mary Gallagher. Autrement, les familles auraient refusé de mettre son livre à la disposition des jeunes esprits impressionnables.

Mais comment voulez-vous parler de ces choses passées dans une ville qui ne pense qu'à l'avenir ?

MARY EST UN MELON

Pendant longtemps, les Sœurs de Miséricorde n'eurent pas leur propre chapelle. Cette absence de lieu pour baptiser les enfants qu'on abandonnait sur le pas de leur porte ou qui naissaient entre leurs mains hésitantes leur causait d'immenses soucis et un stress constant. Quand un enfant naissait dans leur bâtiment trop étroit de la rue Wolfe, il fallait le faire porter à pied par une novice jusqu'à la basilique Notre-Dame pour le faire baptiser. Pourquoi cette église, qui se trouvait à une demi-heure de marche ? Pourquoi pas l'un des nombreux autres clochers qui s'élevaient déjà entre la rue Wolfe et la basilique ? Parce que aucune autre église n'acceptait de sauver l'âme de ces enfants nés dans le péché le plus abject. Pourquoi cette jeune femme ? Parce qu'il fallait la force de la jeunesse pour accomplir cette périlleuse mission, comme l'aventure de Mary devait encore une fois en apporter la désolante preuve. Quand les femmes de l'hospice formeraient une congrégation, ce qui ne tarderait plus beaucoup, cette personne serait désignée comme novice. Pour l'heure, elle est la fille qui emmène l'enfant-melon se faire baptiser. Pour les passants qui vont l'accabler de haine, elle n'a pas de nom. Si Mary pouvait parler, elle l'appellerait « Miséricorde » ou « Ange ».

Elles auraient normalement dû partir à deux, mais un événement imprévu obligea la prieure à garder l'autre fille au couvent. La novice se retrouva donc avec trois bébés que la prieure avait cordés dans un des paniers que Sanschagrin avait utilisés pour transporter les melons jusqu'à l'hospice. *Personne ne verra que vous les transportez.* La novice était dubitative. Il suffirait que l'un des bébés se mette à pleurer pour qu'elle soit démasquée. D'ailleurs, on la reconnaissait déjà comme une des occupantes de l'hospice. Même quand elles marchaient sans bébés dans les bras, on reconnaissait de loin ces filles qui avaient décidé de vouer leur vie aux enfants dont personne n'avait voulu.

Elle quitta l'hospice de la rue Wolfe en serrant les dents, tout à fait consciente des épreuves que Dieu était sur le point de faire pleuvoir sur elle. Pour prendre soin des enfants mis au monde hors mariage par des filles perdues, elle et ses sœurs payaient un lourd tribut. Loin de s'attirer l'admiration de leurs coreligionnaires, elles devenaient le visage du péché, car d'aucuns croyaient qu'en prenant en charge les enfants des filles-mères, les sœurs leur facilitaient la vie et entérinaient leurs mauvaises décisions et leurs péchés. Les sœurs de la rue Wolfe auraient mieux fait, pour accomplir sur terre l'apostolat du Seigneur, de se mettre au service des Pauvres, des malades ou des vieillards. En dorlotant les fruits du péché, elles se compromettaient gravement aux yeux des honnêtes gens. La novice prit une grande respiration pour sortir dans la rue.

L'itinéraire ne commença pas trop mal, car les voyous de la rue Wolfe qui profitaient de chaque apparition d'une des sœurs ou des enfants pour les insulter semblaient occupés à autre chose. La novice n'osa pas se réjouir. Cela était trop beau. Déjà, sur le bord de la rue Dorchester, des gamins sans foi lui lancèrent quelques cailloux. Le plus gros l'atteignit sur la nuque, ce qui provoqua une salve de caquètements hilares dans les buissons où se terraient les malcommodes. Elle s'assura que rien n'était tombé dans le panier où dormaient les trois bébés et se contenta de presser le pas sans même regarder dans la direction d'où étaient venus les projectiles. Elle s'entendit prier à voix basse, peut-être pour couvrir le son de la voix du garçon qui la traitait de femme perdue.

La novice savait qu'elle ne pouvait pas compter sur l'aide des passants. Dans sa tête, elle repassait les instructions que la prieure lui avait données. La petite, celle que monsieur Sanschagrin avait laissée avec douze melons, devait être baptisée Mary Monique Dessaules. Mary, parce que c'était le prénom qu'on lui avait donné sur la ferme. Monique, car elle avait émergé de son fruit le 27 août, jour de la Sainte-Monique, mère de saint Augustin, père de la sainte Église, ce qui n'est pas rien. Dessaules parce que tous les enfants qui naissaient en août de mère anonyme recevaient ce nom que la prieure avait choisi pour une raison qui était toujours demeurée inconnue. Une fois adoptés, les Dessaules d'août prenaient d'autres noms et prénoms ; c'était une solution temporaire, car il faut que chaque créature du Seigneur ait un nom.

Les vrais problèmes commencèrent dans la rue Saint-Laurent, que la novice avait empruntée en croyant que la présence de passants la protégerait. Jusqu'à la rue Viger, elle reçut trois crachats, une volée d'insultes et quelques rires sardoniques. Les paroles gravitaient toujours autour des mêmes thèmes : les enfants qu'elle portait étaient des souillures, leurs mères auraient mieux fait de les étrangler à la naissance, la novice faisait avancer l'œuvre du Mal, et ainsi de suite. Ces thèmes étaient ensuite traduits en vulgarités qu'elle avait trop souvent entendues pour en être blessée. Le pire, c'étaient les coups et lcs projectiles. Une promenade vers la place d'Armes n'aurait pas été complète sans les commentaires désobligeants sur son strabisme et sur sa petite taille. Quelqu'un se chargea donc de lui rappeler ces attributs de sa personne.

— V'là la mère de Tom Pouce !

La rue Saint-Paul, devant le marché Bonsecours, était le lieu de tous les dangers. C'est là que les plus hardis la prenaient pour cible. Crottes de cheval, urine humaine et déchets de cuisine étaient parfois jetés par une ombre furtive qui s'effaçait dès son crime accompli. Parfois, un jeune homme lui bottait le derrière sous les regards hilares de ses comparses. La novice continuait d'avancer. Elle y était presque. Par deux fois, elle était tombée sur son genou gauche, duquel ruisselait maintenant un peu de sang. À quelques pas de la basilique, un voyou ivre lui arracha le panier où reposaient les enfants pour partir en courant. La novice hurla qu'il n'avait pas le droit. Cette fois, les gens s'arrêtèrent. L'inconvenant saisit l'un des bébés, qui s'avéra être Mary, et la brandit au grand soleil au bout de ses bras.

— Regardez comme la fille ressemble à la mère !

Des rires fusèrent. Les trois bébés hurlaient à mort. Deux ahuris commencèrent à se lancer Mary comme si elle avait été une patate chaude, en poussant de petits cris aigus chaque fois que son corps entrait en contact avec leurs mains. Plus jeune et plus agile que ces vieux ivrognes, la novice attrapa l'enfant au vol et la replaça dans le panier sans se préoccuper que les trois bébés étaient rouges à force de hurler. Elle se prit encore un coup de pied au derrière en s'engouffrant dans la basilique. À l'intérieur, le prêtre la fit attendre une demi-heure avant de lui expliquer devant une poignée de fidèles que les orphelins qui arrivaient de l'hospice souillaient par leur présence l'air de son église.

— Mais quand construirez-vous donc cette chapelle ?

La novice regardait par terre. Elle n'osait pas lui répondre que dans l'état actuel des choses, c'était un nouvel orphelinat qu'il convenait de construire, avec ou sans chapelle. Toutes les semaines, de nouveaux enfants étaient abandonnés dans la rue Wolfe. Le prêtre voulut savoir s'il fallait baptiser la petite Mary ou Marie. S'il s'agissait d'une Mary, il faudrait le faire à l'église des Récollets. La novice paniqua. Elle ne connaissait personne aux Récollets. S'il fallait qu'elle y fasse un détour, Dieu seul sait quand elle réussirait à obtenir ce qui, à Notre-Dame, allait de soi.

— Elle est une Mary, mon père.

Comme s'il avait senti le désespoir dans sa voix, il gribouilla Mary sur le baptistaire en prenant un air renfrogné, mais laissa le patronyme de sainte Monique en français.

— Pour le mois d'août, c'est toujours Dessaules ? s'enquit-il, déjà habitué à la ronde des noms donnés aux enfants de l'orphelinat.

La novice acquiesça. Depuis la nef, on entendait un chœur entonner des chants latins. Pourtant, on ne voyait pas ceux qui assistaient à l'office tant la chapelle désignée pour ces baptêmes était en retrait de l'activité principale. Le prêtre avait demandé à être payé d'avance. Sanschagrin avait eu la gentillesse de penser aux frais pour le sacrement. Il en était resté assez pour les deux autres.

Le prêtre continuait de la narguer.

— Il faudrait d'abord une vraie congrégation, vous n'êtes que quelques filles couvertes d'un fichu, pas très différentes de ces loques qui déposent en rougissant devant votre triste porte le fruit maudit de leurs entrailles.

Elle se demanda si elle préférait se laisser tancer par le prêtre dans la fraîche pénombre de la chapelle latérale ou s'il ne valait pas mieux, toutes choses considérées, affronter les ivrognes de la place d'Armes. D'une voix craintive, elle suggéra qu'on la laisse utiliser une des portes latérales ou arrière pour s'éviter un autre bain de foule. Le prêtre refusa.

— Que cette oppression ouvre pour vous un chemin de repentance ! Le message que vous envoie la foule est aussi celui de Dieu. Il faudra beaucoup de prières pour effacer ces taches. Dites à votre dirigeante de se constituer en ordre. Parlez avec monseigneur. Maintenant, sortez !

Les trois taches s'étaient tues. La novice avait perdu tout espoir. Elle voulut se glisser dans un groupe de Sulpiciens qui sortait de la basilique pour passer inaperçue. Une fois qu'ils eurent compris son stratagème, les quatre frères s'éloignèrent d'elle comme s'ils l'avaient crue atteinte de la peste bubonique. Deux d'entre eux lui envoyèrent quelques pics de leur doigt sec. Dehors, les voyous s'étaient dispersés. Sur le parvis, trois ou quatre couples de bourgeois et des messieurs plutôt bien habillés lui décochaient des œillades à la dérobée comme pour lui indiquer de se dépêcher de quitter les lieux. Tout le monde savait d'où venaient ces enfants qu'elle traînait dans ce panier tressé pour le transport des fruits. Ce détail n'échappa guère à un homme portant des lunettes dorées qui lui demanda sur un ton méprisant si le panier avait servi à transporter des navets ou des pommes de terre avant d'accueillir des bâtards.

— Seulement des melons. L'un d'entre eux s'appelle maintenant Mary.

Ces badauds de parvis n'ayant pas été témoins de l'arrivée de Sanschagrin avec ses melons et Mary, personne ne sourit du trait d'esprit de la novice. Ses propos furent suivis de quelques secondes de silence, puis on décida tacitement de l'ignorer en espérant qu'elle s'en irait vite, ce qui était d'ailleurs son but.

Elle rentra vers la rue Wolfe en empruntant la rue Craig. Elle ne reçut qu'un seul caillou par la tête. Quand l'ordre des Sœurs de Miséricorde fut constitué, quelques années plus tard, la novice prit le nom en religion de sœur Saint-Joseph, car elle admirait chez le charpentier des Évangiles cet admirable dévouement dont il avait fait preuve en décidant de jouer le rôle d'un père protecteur pour le Sauveur. Pour sœur Saint-Joseph, les supplices subis sur le chemin du baptême de Mary ne furent pas vains. En effet, à peine deux mois plus tard, une famille de cultivateurs adopta la petite Mary. Avant même de pouvoir marcher, les deux garçons qui avaient été ses compagnons de panier moururent d'une infection intestinale qu'ils contractèrent en buvant du lait qui était resté trop longtemps au soleil. Sœur Saint-Joseph se dit que Mary devait être faite d'une matière très résistante, car elle en avait bu aussi sans éprouver la moindre colique.

LE POTAGER

Mary ne garda aucun souvenir de sa petite enfance. À l'âge de sept ans, elle n'apprit pas à lire. Adoptée par des affamés en quête de main-d'œuvre bon marché, il ne fut jamais question pour elle de melon, qu'il fût de Montréal ou d'ailleurs. Quand elle eut neuf ans, on lui apprit à nettoyer les planchers, à repasser le linge et à s'occuper de l'entretien d'une maison. De l'homme qui l'avait prise en charge, elle reçut le nom de Gallagher. Elle parlait l'anglais, mais comprenait tous ceux qui parlaient le français lentement. De sa mère adoptive, elle reçut l'éducation nécessaire pour se faire engager comme femme de ménage dans les maisons des Riches. De ses frères et sœurs adoptifs, elle reçut un nombre incalculable de gifles, de pincées, de coups, de poussées, de crachats et d'insultes qu'elle leur rendit au centime près, car Mary n'aimait pas les déséquilibres dans les comptes.

Quand elle eut quinze ans, un de ses frères adoptifs lui jeta au visage qu'elle était née dans un melon et que pour cette raison précise, elle devrait avoir honte d'exister. Ses parents adoptifs confirmèrent les dires de leur fils.

— Tu es née dans un melon des Sanschagrin. Ils n'ont pas voulu de toi parce que tu vaux moins qu'un fruit.

Deux jours plus tard, elle montait dans la charrette d'un journalier qui lui avait souri pour ne plus jamais remettre les pieds chez les Gallagher. Dans son sac, elle cachait une poule vivante et un bout dc pain qu'elle voulait garder au cas où elle aurait faim en chemin. Être aimée ne faisait pas partie de ses priorités. Pour l'heure, la distance qu'elle créait entre elle-même et sa famille adoptive lui procurait un grand soulagement.

Le conducteur de la charrette déposa Mary à la ferme, où elle fut accueillie avec curiosité. Elle apprit que Marie-Philomène Sanschagrin était entrée dans une colère noire en apprenant que son mari avait laissé l'enfant-melon aux sœurs. Elle avait rongé son frein pendant trois ans, puis, grevée de remords, elle était descendue elle-même en ville pour récupérer cette enfant qu'elle avait sauvée de l'étouffement dans la rosée du matin. Malheureusement, la petite était déjà chez les Gallagher et les religieuses avaient refusé de l'informer. La prieure était catégorique : un enfant abandonné est un enfant oublié. Marie-Philomène serrait maintenant dans ses bras celle qu'elle avait cherchée si longtemps.

Monsieur Sanschagrin n'avait pas changé d'avis devant cette fille-fruit qui l'effrayait sans qu'il ose l'avouer. Par ailleurs, son avis n'était plus très important sur la ferme. Sanschagrin passait désormais le plus clair de son temps loin de sa famille, en ville, où il brassait des affaires. Madame s'occupait du quotidien et des cultures tandis que Joseph négociait le prix de son blé et de ses melons en ville. De ses deux filles qu'il venait de marier à des notables d'Ottawa, Sanschagrin recevait parfois des nouvelles. Il avait en plus un fils qui était parti s'établir dans la région de Saint-Hyacinthe. Et c'était pendant une de ses longues absences que Marie-Philomène était partie à la recherche de la jeune Mary. Quand elles furent seules dans la maison, Mary toisa sa bienfaitrice.

— Vous êtes plus grande que les autres femmes. J'aime être devant vous, laissa-t-elle tomber en guise de salutation à celle qui était sur le point de devenir sa patronne.

Marie-Philomène Sanschagrin resta interdite, le temps de réaliser que Mary et elle étaient de la même taille – ce qui était effectivement assez rare, étant donné que la malnutrition stoppait habituellement la croissance des enfants pauvres – et qu'elles se ressemblaient presque. Elle ressentit une vague chaude, cette sorte de soulagement que l'on ressent devant une chose que l'on ne s'attendait plus à trouver, un vent doux qui hurle sur les hauteurs de la vie d'une femme. Pourtant, elle était déjà presque grand-mère. Elle dut se ressaisir.

— Tu veux garder le nom de Gallagher ?

— Oui, pourquoi pas ?

— Tu devras faire le travail de deux personnes, mais tu as une bonne ossature. Je ne m'inquiète pas trop.

Dans la maison, la vie ressemblait à celle que Mary avait connue chez les Gallagher, mais sans les coups et les insultes. Et contrairement aux enfants de l'orphelinat, ceux des Sanschagrin ne mouraient ni de faim ni de coliques. Toute cette vie apportait des tâches de nourrissage, de nettoyage, de chauffage et de jardinage. Vivre engendre ouvrage.

Monsieur Sanschagrin passait très peu de temps sur la ferme, qu'il laissait aux soins de sa femme, visiblement heureuse de le voir partir en ville pour ses voyages d'affaires qui pouvaient durer des semaines. Marie-Philomène voyait au business et à l'ordinaire, ce qui pour clle signifiait à la fois faire pleuvoir les ordres sur ses employés et mettre elle-même la main à la pâte, car le travail manuel ne lui faisait pas peur. Elle décela très vite d'immenses lacunes dans l'éducation et la formation de Mary.

— Tu manques de finesse.

Pour la lui enseigner, elle lui ordonna de la suivre comme une ombre pendant quelques jours qui furent pour Mary un calvaire, reprenait chaque parole qu'elle trouvait trop rude, corrigeait chaque geste à ses yeux trop viril. Il fallait féminiser cette créature. Elle parvint à rendre la démarche de Mary moins chaloupée, à lui interdire certains mots trop crus et à la défaire de cette manie qu'elle avait de regarder les hommes droit dans les yeux. Elle seule était digne du regard de Mary.

Quand Philippe-Charles, un des cousins des Sanschagrin, venait chercher Mary pour une promenade au bord de l'eau avant le coucher de soleil, Marie-Philomène serrait les dents. Quand ils rentraient sur le chemin en riant sottement, elle se pinçait les cuisses jusqu'au sang pour ne pas hurler. Pour que Mary ne vît pas le feu dans son regard, elle se retirait dans sa chambre pour lire des romans qu'elle se faisait livrer. Mary ne savait pas lire. En se concentrant sur ces histoires de comtesses abandonnées et incomprises, Marie-Philomène se vengeait en se murant dans le monde des lettrés où leurs rires insolents n'avaient pas accès. C'était un moyen silencieux de placer sa personne hors de la portée de leurs petites têtes. Quand elle trouvait que Philippe-Charles prenait trop de place, elle inventait des tâches qu'elle déclarait urgentes pour lesquelles l'aide de Mary devenait soudainement indispensable. C'est ainsi, parce que Marie-Philomène voulait soi-disant protéger ses plates-bandes, que Mary fut initiée au jardinage.

Philippe-Charles était plus intelligent que la moyenne des ours. Pendant ses promenades sur le bord du lac des Deux Montagnes, il décrivait son avenir comme un lieu bien planifié, mais au sein duquel il y aurait encore une place pour celle qui aurait assez de jugeote pour se la réserver. À vrai dire, Mary trouvait très divertissants les bavardages de Philippe-Charles, qui n'en avait que pour les chevaux et pour une hypothétique ferme qu'il prévoyait acheter près du lac Huron avec ses économies. De là à dire qu'elle l'aurait suivi pour coloniser les terres de l'Ouest… Le travail chez les Sanschagrin était rude, certes, mais la perspective de s'enfoncer encore plus loin dans les entrailles de l'Amérique ne l'intéressait pas du tout. Mary aimait entendre parler de la ville, dont elle n'avait pas de souvenirs. Rien ne la charmait davantage que les histoires du port de Montréal que racontait Sanschagrin quand il rentrait de ses incursions en ville. Un jour, il relata avoir vu le prince de Galles dans un bâtiment fait de verre où l'on servait des huîtres. Mary ne comprenait pas pourquoi, chaque fois qu'elle rentrait de ces promenades avec le cousin,

Marie-Philomène refusait de lui adresser la parole et la traitait au matin avec froideur.

Vers la fin de l'hiver 1861, Mary fut initiée à la germination des plantes et aux soins du potager. C'était un moyen que Marie-Philomène avait trouvé pour passer du temps avec sa protégée. Mary démontra pour les plantes potagères un intérêt qui dépassa toutes les attentes. Quand la terre fut suffisamment meuble, elles y mirent assez de plants de patates, de haricots et de citrouilles pour nourrir une petite armée. Enivrée par l'idée que ce potager était leur projet commun, Marie-Philomène alla jusqu'à négliger les chevaux pour se donner des ampoules à bêcher d'immenses rangs de betteraves avec Mary. Elle répéta plusieurs fois que ses filles ne l'aimaient pas assez pour l'aider à s'occuper d'un potager et que depuis leur départ, elle s'était sentie abandonnée. « Si tu n'étais pas là, je serais si malheureuse... » Mary considérait sa nouvelle patronne comme sa mère adoptive et trouvait qu'elle se faisait un peu injuste envers ses filles. Si ces dernières ne l'avaient pas aidée dans les tâches de la ferme, c'était surtout parce que leur père l'avait interdit. Personne ne voudrait épouser une blonde aux mains calleuses. Or il avait toujours entretenu pour ses deux petites princesses des ambitions matrimoniales très élevées.

Le plus grand plaisir de Marie-Philomène consistait à observer Mary travailler dans le vaste potager derrière la maison. Elle s'installait à la fenêtre de la cuisine pour contempler le carré de terre au milieu duquel s'échinait la pauvre fille. Cette image d'une jeune femme au travail dans un espace quadrillé pour nourrir le monde s'opposait à l'œuvre infâme de la famine. Dès qu'elle avait rêvé de ce potager au début de l'hiver, elle l'avait dessiné sur une grande feuille de papier en se servant d'un bout de fusain. Un morceau de bois fit office de règle. Il devait avoir très exactement soixante pieds de longueur par soixante de largeur. Le tiers de l'espace était occupé par les pommes de terre et les légumes racines. Rien n'était laissé au hasard. Ne manquait que la pièce maîtresse de son œuvre : Mary. Ces quatre lignes droites représentaient l'espace symétrique que sa volonté avait imposé à l'irrégularité de la nature. Les rangs de légumes équidistants, dans leur parfaite symétrie, renforçaient son illusion d'avoir dompté les éléments. Au milieu, Mary, la grande et magnifique Mary, sarclait, binait, creusait et arrosait comme elle le lui avait enseigné. Tous les mouvements, elle les avait appris d'elle et d'elle seule. Cette image était son œuvre. Le monde était désordonné. Il fallait le quadriller comme le font les lignes des comtés et des concessions du Haut-Canada, car une vie non numérotée ne vaut pas la peine d'être vécue. Marie-Philomène allait fondre en larmes devant tant de beauté quand, à gauche de son champ de vision, une forme intruse pénétra lentement dans le grand carré. C'était Philippe-Charles Sanschagrin, qui enjambait les rangs de choux pour rejoindre Mary occupée à sarcler un rang de fèves, comme un renard entre dans un poulailler pour se repaître du fruit de la prévoyance et du labeur des humains. Le souffle coupé, les jambes raides, elle crut s'évanouir quand le jeune homme mit la main sur l'épaule de Mary, qui se retourna vers lui en souriant.

Deux jours plus tard, elle expliqua à Philippe-Charles que les temps étaient durs, ce qui était faux, et qu'elle s'occuperait dorénavant du potager avec Mary, ce qui était vrai. Philippe-Charles comprit qu'il n'était plus le bienvenu. Il en profita pour réaliser son rêve de s'enfoncer dans le cœur du continent et vécut une vie épanouie au bord du lac Huron, où il réussit à s'acheter une terre qui le rendit heureux et à épouser une femme qui lui donna sept enfants.

Quant à Mary, elle avait maintenant vingt ans et vivait désormais seule avec sa tutrice dans la maison de ferme. Le jour où Philippe-Charles partit pour l'Ouest, Marie-Philomène décréta qu'elles iraient se promener à cheval. Assise sur une chaise de bois, Mary agenouillée devant elle pour lui lacer ses bottes, la quarantenaire souriait. Elle s'était mise belle pour l'occasion, comme elle l'aurait fait pour des fiançailles. Si on lui avait posé la question, Mary n'aurait pas su expliquer pourquoi sa patronne se comportait de cette façon, pas plus qu'elle n'aurait pu dire pourquoi elle s'était penchée vers elle pour l'embrasser sur la joue.

— Il n'y a plus que toi et moi, Mary. Tu ne me quitteras jamais.

DU BONHEUR D'ÊTRE AIMÉ

Le frère Hubert est responsable des cours d'arts plastiques et de dessin au collège dont le nom évoque un saint, un martyr ou un parent proche du Christ. Les « r » y sont roulés avec l'application et l'entêtement qui rappelle celui dont une mule ferait preuve pour tracer son sentier à travers les forêts appalachiennes. Ce « r » est une force de la nature.

Dans le local du frère Hubert, il y a un parfum de gouache, de soutane et de garçons mal lavés, agrémenté d'effluves de lilas et d'un soupçon de gaz d'échappement, car les fenêtres sont grandes ouvertes sur la cour où des milliers de fleurons viennent d'éclore un peu hâtivement. Assis en retrait des autres élèves, il y a ce garçon blond qui vient d'avoir quatorze ans et qui est occupé à dessiner au crayon une scène champêtre qui fait partie du folklore canadien. L'œuvre est cousine de l'illustration de l'ouvrage de Jean-Ludovic Tock, mais elle représente la naissance de l'enfant autrement. Dans le dessin du garçon, trois minuscules doigts émergent d'une fissure dans un immense melon. Le frère Hubert, les mains dans le dos, contemple la scène derrière l'artiste.

— Encore des melons, Aimé ? Tu n'en as pas assez dessiné ?

Quand il dessine ou peint, Aimé n'entend pas toujours ce que les autres disent. Depuis le début de l'année scolaire, il a dessiné des centaines de fois cette scène de naissance dans un melon. Aimé a un coup de crayon miraculeux. Les frères l'ont souvent répété à son père.

— Il faut le mettre aux Beaux-Arts, nous n'avons jamais vu une chose pareille !

Mais le père d'Aimé ne s'intéresse que très peu aux talents artistiques de son fils. Certains frères, et même le directeur, gardaient en secret dans leur bureau des dessins que le garçon leur offrait. Il avait fait le portrait de chacun de ses camarades et de ses enseignants, qui conservaient précieusement ces offrandes, convaincus qu'elles seraient un jour adjugées comme autant de Joconde dans les grandes maisons de vente du monde. Il arrive à Aimé de s'aventurer dans les méandres de l'abstraction quand il réussit à travailler sans la supervision du frère Hubert. Derrière une armoire, il a caché aux regards des autres une peinture en camaïeux de rouges. Celui qui regarde cette image trop longtemps attrape le tournis. L'effet est différent sur Aimé. Étant donné qu'on le considère comme un surdoué au même titre que Mozart, le jeune artiste est souvent autorisé à quitter la salle de classe pour aller travailler seul dans l'atelier du collège. C'est à la faveur de ces séances solitaires qu'il aime fixer pendant quelques minutes cet étrange tableau rouge. Une fois qu'il est « dans le rouge », comme il aime le dire, il couche sur papier ce qu'il y a vu. La plupart du temps, ce sont des visages d'inconnus. Il y a cette femme occupée à des travaux de maraîchage. Mais la plupart du temps, Aimé dessine une fille qu'il ne connaît pas. Elle a son âge. Il aime la dessiner en train de lui tendre une pomme rouge. Sans qu'il sache pourquoi, esquisser son portrait fait descendre dans son dos et entre ses jambes une sensation semblable à une onde électrique. Ses sens lui ordonnent de cacher ces œuvres de la vue des frères, de sorte qu'il détruit au fur et à mesure les dessins que lui inspire le tableau rouge abstrait. Ainsi, Aimé reste dans les grâces du personnel enseignant.

De l'avis de tous les frères du collège, le petit Aimé Sanschagrin était l'enfant le mieux nommé de toute sa cohorte. Le garçon n'aurait pas pu s'appeler autrement, disaient-ils. Ils s'entendaient aussi pour dire qu'il fallait remercier Dieu pour Aimé, pour sa politesse, pour la perfection de ses manières et son calme serein quand ses camarades ne tenaient pas en place. Ainsi, les occupants des deux soutanes qui gardaient la porte à la sortie du collège ne purent réprimer leur étonnement en voyant le garçon jaillir de la porte principale comme un boulet de canon.

— On dirait que notre petit Aimé va rentrer chez lui tout seul, aujourd'hui. Je ne vois pas son papa.

— Vous êtes en retard dans les nouvelles, frère Hubert. Théo Sanschagrin ne vient plus chercher son fils depuis belle lurette. Vous prenez vos rêves pour des réalités.

— Je le trouve si gentil, le petit a ses yeux. On s'y perdrait.

— Vous avez raison, il est le plus attentionné des papas de toute l'école, malgré tout… Tentez quand même de cesser de trembloter quand il vous parle.

— Le père ou le fils ?

— Les deux, et le Saint-Esprit aussi, idiot !

Personne n'aurait été d'un autre avis. Théo Sanschagrin, peut-être encore plus que son fils, charmait tout le monde au collège.

— Votre petit garçon est le genre d'élèves pour lesquels on travaillerait bénévolement, docteur Sanschagrin.

Trois enseignants s'étaient déjà fendus de cette déclaration d'amour envers le petit.

— À sa naissance, je sortais de l'École normale, soupira le frère Hubert. Se peut-il que le temps passe si vite ? Avant longtemps, vous le verrez venir inscrire un autre petit Sanschagrin au collège.

— Oh, arrêtez ! Vous voulez ma mort ! Je voudrais plutôt que le temps s'arrête pour que jamais notre petit Aimé ne nous quitte !

— Apparemment, son père va lui faire une grosse surprise ce soir. C'est pour ça qu'il n'a pas attendu ses amis.

— Pour son anniversaire ?

— Mais non, son anniversaire est en septembre.

— Alors pour quelle occasion ?

— Allez savoir…

Si Aimé Sanschagrin avait eu des ailes en ce vendredi de mai, les deux frères ne l'auraient même pas vu sortir par une des fenêtres du collège. Il serait déjà assis dans le salon de la maison de la rue Saint-Hubert, attendant son père. Mais Aimé a eu un pressentiment. Il sait que Théo trame quelque chose. Et il n'a pas tort dans la mesure où Théo est le genre d'homme qui est toujours en train d'ourdir quelque surprise pour son fils. Ne possédant aucun talent divinatoire, les deux frères, dont le noir de la soutane offre aux lilas du collège un contraste magnifique, ne se doutent pas une seconde qu'ils viennent de voir le petit Aimé pour la dernière fois. Ils ne se doutent pas encore du malheur ni du bonheur qui sont sur le point de s'abattre et de s'acharner sur le garçon et sur son père. C'est d'ailleurs tout ce que la mémoire d'Aimé retiendra de sa dernière sortie du collège : noir sur lilas et vert.

Il est tout à fait étrange, aussi, que les deux frères aient une opinion favorable de Théo, qui ne se gêne pas, quand il leur rend visite, pour leur reprocher la minceur des programmes scolaires. À leur connaissance, Théo était le seul parent de toute l'école à intercéder auprès des enseignants pour obtenir davantage de devoirs. Selon lui, les frères sous-estimaient l'intelligence d'Aimé, ce qui était absolument faux. Les frères savaient très bien qu'Aimé apprenait plus vite que les autres, leurs réticences à enrichir ses lectures s'expliquaient par la crainte séculaire du clergé de voir ses enfants grandir trop vite.

— Il pourrait devenir orgueilleux, docteur Sanschagrin.

— Tant qu'il ne devient pas curé, c'est tout ce que je demande. Quand il est bien placé, l'orgueil est un vecteur de succès.

Ainsi, il était difficile de comprendre l'affection toute particulière que les frères avaient pour Théo Sanschagrin, le beau docteur qui avait un jour pris la peine d'expliquer son dédain des prêtres au frère Hubert. Ce dernier n'avait pas trop compris comment l'orgueil bien placé peut devenir vecteur de succès, mais il ne voulait pas contrarier un médecin. Vecteur de succès ? Pourquoi pas ! Socle de la nation, pendant que vous y êtes… Tiens, pourquoi pas lumière du monde ? Le frère n'avait rien rétorqué. Les sommes que versait annuellement le docteur en bourses pour les garçons nécessiteux lui interdisaient toute tentative de remettre le donateur à sa place. D'ailleurs, le frère Hubert ne l'aurait jamais avoué à quiconque, mais il n'aimait pas les prêtres non plus, ces créatures hautaines et condescendantes qui considéraient les frères comme des ratés. Entendre le beau docteur verbaliser son mépris à voix haute l'avait touché jusqu'au fond de son âme. Il tentait de chasser de son esprit l'image émoustillante de Théo Sanschagrin rossant un prêtre… Il se demandait maintenant auquel de ses confrères il rapporterait les paroles de Théo pour s'assurer que celles-ci arrivent aux oreilles du curé Marois.

En sortant comme une flèche du collège sans même dire au revoir au frère Hubert, Aimé avait espéré gagner les quelques minutes qu'il lui fallait pour faire un détour par la plaza Saint-Hubert.

Au moment où Aimé s'engagea sur la plaza, ce segment de la rue Saint-Hubert où tout brille et pétille, il tomba sur un attroupement de douze garçons dont le plus jeune venait d'apprendre à lire et le plus âgé venait d'acheter son premier paquet de cigarettes avec l'argent qu'il gagnait à livrer des poulets rôtis aux familles de la Petite-Patrie. Il arrive quand même bon premier devant la vitrine. Les filles ? Elles n'ont pas le droit de s'arrêter sur le chemin du retour. Quatre garçons venus du nord étaient déjà plantés devant la vitrine, la bouche entrouverte, les yeux ronds. Il y avait assez d'espace pour qu'Aimé mette en pratique un autre précepte paternel : « Ne bloque pas la vue des autres. Tout le monde a droit au bonheur, Aimé. Pas seulement toi. »

Elle est là. Dans la vitrine. Allumée. Elle fait table rase du passé.

Les autres garçons arrivent un à un en trébuchant comme les passagers du dernier train en partance pour l'avenir. Et c'est ce qu'ils ont devant eux : le premier modèle de télévision couleur vendu à Montréal. Devant trente-deux yeux écarquillés, les images de l'ouverture d'Expo 67 défilent. On y voit, l'espace d'une seconde, le sourire immaculé de Jackie Kennedy, présente à la cérémonie. Pour que Jackie et les princesses Grace et Caroline de Monaco ne soient pas importunées par des nuées d'éphémères et d'autres insectes qui naissent dans le fleuve au printemps, les organisateurs de l'événement ont versé dans les eaux du Saint-Laurent des hectolitres de DDT. Ce printemps-là, Montréal n'a eu ni mannes, ni éphémères, ni moustiques. Devant la vitrine de Saucier Stéréo, on aurait pu entendre une mouche voler, mais toutes les mouches sont mortes.

Le propriétaire de la boutique a eu la gentillesse de laisser la porte ouverte pour que le son de l'appareil parvienne aux oreilles des garçons, à qui il a interdit l'entrée de son magasin. Si Aimé avait été seul, Saucier l'aurait laissé entrer, car cet enfant fait de douceur n'aurait jamais abîmé sa marchandise, contrairement aux petits voyous qui l'ont suivi et dont il reconnaît les visages ingrats. Le plus grand, celui à qui il manque une dent, lui a déjà réduit en morceaux le couvercle d'une table tournante fait d'un plastique aussi fragile qu'invisible. Saucier porte cette chemise dont la couleur mystifie Aimé. C'est un de ces blancs impurs aux pigments bleuâtres dont Aimé ressent la vibration sur ses dents. Il n'arrive pas à décrire cette sensation un peu désagréable.

Depuis cinq jours, les passants s'agglutinent pour contempler ce modèle de Westinghouse à six cent quatre-vingt-dix-neuf dollars, livraison incluse. Inutile d'essayer de trouver mieux. Même Plazamart le fait au même prix. La fin des classes lui amène une délégation de jeunes garçons ébahis par la retransmission d'un monde qu'ils ne connaissent qu'en noir et blanc. Inévitablement, ils comparent les couleurs qui illuminent l'écran à celles des objets de la réalité. Aimé trouve que la peau des gens de la télévision le fait paraître blême. La synthèse additive du cyan, du jaune et du magenta confère à la peau humaine une vivacité nouvelle.

Sur l'écran apparaissent maintenant deux hommes bien mis qui discutent de choses très sérieuses. Soudain, le contour de leur visage se dédouble de sorte qu'on a l'impression que la télévision couleur a le pouvoir de dupliquer les gens. Les garçons poussent un ha ! dont on ne sait pas s'il exprime la déception ou la surprise. Saucier manipule l'antenne. Pendant quelques secondes, les visages des deux hommes dont on distingue maintenant les propos – celui de gauche pose à celui de droite des questions sur un récent voyage en URSS – tournent au vert, au jaune, puis au magenta, ce qui fait éclater de rire le groupe de garçons.

Le prix affiché sur le téléviseur donne le tournis aux braves gens. Pourtant, Saucier pérore.

— C'est la dernière. J'ai vendu toutes les autres ! Vous direz à vos parents que je vais en recevoir la semaine prochaine. Celle-là, je la garde en démo.

Ses paroles tombent dans l'indifférence. Aucun des garçons plantés devant la vitrine ne s'attend à voir arriver dans son salon cet objet venu du futur. Même Aimé, habitué aux balades du dimanche en voiture et aux week-ends dans les Cantons de l'Est, considère l'affaire tout simplement extraterrestre. Il n'aurait pas été plus fasciné de voir une soucoupe volante atterrir au milieu de la plaza Saint-Hubert. Tout en lui veut toucher cet objet. Contrairement aux images de la télévision en noir et blanc, qui ont l'air d'irréels croquis sans lien aucun avec les sujets qu'elles prétendent représenter, l'écran couleur, quand il se stabilise, rappelle le progrès que la science a promis au monde. Aimé est persuadé que si Saucier a placé la télévision derrière la vitrine, bien à l'abri de la foule, c'est parce qu'il est possible en avançant d'abord l'index, puis la main, l'avant-bras, le bras et finalement l'épaule, de basculer d'un léger coup de pied dans cette réalité améliorée. Avec leurs épaules larges et leurs ventres sphériques, les adultes ne pourraient qu'y glisser la tête, leurs postérieurs énormes resteraient bloqués dans le passé. Mais les corps sveltes des enfants, se dit Aimé, glisseraient entiers dans cet avenir extraordinairement irisé. Derrière la surface de la télévision, il y aurait des couleurs nouvelles.

— Vos parents vont vous chercher, maintenant. Rentrez chez vous ! Il faut que je ferme. J'ai encore une télévision à livrer !

Saucier glapit son ordre en faisant de la main un signe de balayage. Il éteint l'appareil. Aimé croit un instant que le commerçant le regarde dans les yeux. Il jette un coup d'œil à sa montre. Saucier a raison. Il est en retard. Cette pensée le traverse comme une décharge électrique. En se payant ce détour par la plaza Saint-Hubert, il s'est éloigné de chez lui. Pour ne pas décevoir son père par un retard inexcusable, il ne lui reste plus que la course.

À dix-huit heures pétantes et tapantes, Aimé monte quatre à quatre l'escalier extérieur de son domicile sans même remarquer le camion de Saucier Stéréo garé devant la maison. Il ne remarque pas non plus les trois garçons qui tentent de regarder par la fenêtre en se juchant sur les épaules l'un de l'autre, pas plus qu'il ne détecte, au coin de la rue Saint-Hubert, la présence de cette religieuse immobile qui l'observe de loin gravir les marches de l'escalier. Il pousse la porte avec une force suffisante pour prendre la Bastille. Haletant, il veut courir vers la salle à manger, où son père doit l'attendre, mais du salon lui parviennent des clameurs carnavalesques. La pièce est occupée par plusieurs personnes qui ne l'entendent pas reprendre son souffle et déposer son sac sur le sol. Il s'approche de la pièce au fond du couloir. Il reconnaît de dos l'oncle Donatien ; Saucier qui vient de le chasser de devant sa boutique de la rue Saint-Hubert ; et, bien sûr, Théo Sanschagrin. Ce dernier, voyant son fils arriver du coin de l'œil, fait signe à tout le monde de s'éloigner de l'objet qu'il veut qu'Aimé contemple. Au milieu de la pièce trône une télévision couleur identique à celle pour laquelle Aimé a failli se mettre en retard. Les trois hommes – deux avec un whisky à la main, Donatien Décarie et Saucier – se retournent vers lui en même temps, un sourire de miraculés aux lèvres. En entendant Saucier clamer qu'il vient tout juste de voir le garçon baver devant sa vitrine, il y a de ça moins d'une demi-heure, Théo Sanschagrin rougit d'orgueil. « Vingt-cinq minutes… » précise Saucier en regardant sa montre. Théo tape du talon en signe d'approbation. Ça, c'est mon garçon !

À ce moment, la vision du petit Aimé se brouille ; il comprend que Théo vient de faire livrer dans leur salon le dernier téléviseur couleur dont le vendeur parlait à la boutique. À l'écran défilent les pavillons d'Expo 67 filmés depuis une voiture de minirail dans une explosion chromatique orgasmique. Le cœur d'Aimé se met à grossir comme dans les cartoons de Bugs Bunny, plus grand que la maison, plus grand que le Plateau Mont-Royal, plus grand que le Canada *a mari usque ad mare*. Il veut à la fois pleurer, rire et annoncer la fin du monde. Il a maintenant la certitude que Théo Sanschagrin, son père, est l'homme le plus puissant de la terre et le sauveur de l'humanité. Donatien Décarie a à peine le temps de retenir sa petite tête blonde avant qu'elle frappe les lattes du plancher. Les couleurs sont insupportables.

La décharge de dopamine est si forte que le garçon s'est évanoui.

La religieuse n'est pas restée longtemps sur le coin de la rue. Elle descend maintenant la rue Saint-Hubert en direction du fleuve.

LES HIBOUX DES MARAIS

Aimé a une mère, comme tout le monde. Mais avant de parler d'elle, il faut expliquer pourquoi ce n'est pas elle mais Donatien Décarie qui l'a attrapé dans sa chute vers le plancher. L'homme a l'habitude de ramasser les Sanschagrin qui s'écroulent. C'est devenu pour lui un passe-temps au même titre que la pratique de la cithare ou l'étude de la démographie des populations aviaires de l'est du Canada. Ses études de médecine l'ont forcé à mettre une croix sur les instruments à cordes, mais il a gardé le plaisir d'accompagner son frère biologiste à l'Université Laval dans ses expéditions de numération d'oiseaux en tous genres. En 1962, les frères Décarie ont envoyé au Club ornithologique de Québec et à l'Audubon Society des États-Unis des données essentielles et révélatrices sur les sites de nidification du troglodyte familier dans la région de Mégantic. En 1960, les deux infatigables randonneurs ont prouvé que le pioui de l'Est niche en abondance dans l'arrière-pays de Charlevoix. Cependant, la communauté scientifique attend toujours la confirmation de la nouvelle par d'autres observateurs avant de se prononcer, doute dans lequel Donatien ne peut s'empêcher de lire un désaveu ou une forme de mépris, bien qu'il connaisse en qualité de médecin le chemin sinueux qui mène vers la certitude scientifique. Mais cela ne les a pas découragés pour autant. Damas et Donatien Décarie aiment compter les oiseaux, le premier dans le cadre de ses activités professionnelles, l'autre pour passer le temps et, surtout, pour le passer avec son frère, la seule personne au monde capable d'endurer son optimisme délirant pendant plus de trois jours consécutifs. À moins d'être né dedans, on ne s'habituait pas à l'optimisme de Donatien Décarie.

À l'été 1952, c'était le hibou des marais.

À Québec, la famille de Damas goûtait chaque seconde passée à ne pas entendre parler d'oiseaux. Sa femme et ses enfants espéraient que les hiboux des marais seraient nombreux et dispersés sur un vaste territoire que Damas mettrait des semaines à arpenter. Le dernier jour de leur expédition, les deux frères durent escalader un hêtre pour fuir une ourse qui les avait pris en chasse après que Damas eut trébuché sur un de ses deux oursons. Pendant trois heures, ils restèrent inconfortablement perchés sur une branche pendant que l'ourse attendait patiemment que la gravité fasse son œuvre.

— Si tu te laissais tomber sur elle à pieds joints, ça lui briserait probablement le dos, risqua Damas.

— Ça va aussi me briser les tibias. Et si je la manque…

Leur conversation morbide fut interrompue par un coup de feu. Sur le sol, l'ourse et ses petits déguerpirent comme trois gros cafards. Dans la lumière de la fin de l'après-midi, un jeune homme se tenait à trente pieds de l'arbre où tremblotaient Donatien et Damas.

C'est ainsi qu'ils font la connaissance de Théo Sanschagrin, vingt-cinq ans, étudiant en deuxième année de génie forestier à l'Université Laval, fils de feu Évariste Sanschagrin, lui-même travailleur forestier, et frère de Léo Sanschagrin, enseignant de mathématiques dans un collège privé de Trois-Rivières. Les deux garçons ont d'abord été louveteaux, éclaireurs et routiers, Théo ainsi vacciné à vie contre le catholicisme, mais obsédé par les défis d'orientation en forêt et lecteur vorace de livres de science-fiction. Théo ne s'est pas rasé depuis deux jours. Il mesure presque deux mètres et a gardé sa chevelure d'enfant qui a blondi au soleil de la Mauricie. Quand il sourit, les oiseaux qui se trouvent beaux redoublent d'ardeur dans leurs chants, car ils craignent la concurrence. Sa préférence ? Les récits dans lesquels les personnages sont catapultés de gré ou de force dans le futur. Mais ce n'est pas ce détail qui scelle le sort du cœur de Donatien, non. Dans le brun foncé de ses pupilles, Théo a des éclats de noir.

C'est ça qui a achevé Donatien.

« Nous serons tes frères. Tu peux nous demander ce que tu veux. Nos maisons sont désormais les tiennes. » Ces serments résumaient la posture de Donatien devant son sauveur. Damas lui avait servi une mise en garde pendant qu'ils portaient sur leurs épaules le canot qui devait les emmener jusqu'à Grand-Mère où ils étaient attendus chez la veuve d'un ami de Damas.

— Donatien, ne m'arrive pas avec un nouveau Maurice, c'est clair, mon frère ? Ce garçon est très gentil. Ne va pas gâcher le moment. On le remercie en lui achetant une voiture ou un billet pour

New York, mais tu t'arrêtes là. M'as-tu compris, Donatien ?

— Pourquoi tu parles de lui ? avait répliqué Donatien avec un air de bête atteinte.

Damas avait sorti les gros canons. La simple mention de Maurice – la blessure, la terre brûlée de Donatien – avait réussi à calmer son frère. Pendant une heure. Théo avait assez connu les séminaires pour comprendre ce qui se passait. Mais il n'en voulait pas à Donatien qui, maintenant assis derrière dans le canot, lui faisait la morale.

— Pourquoi tu ne fais pas d'études de médecine ? Un garçon brillant comme toi !

— Mes parents n'ont pas les moyens de me payer de si longues études. Les frères ont laissé mon frère faire l'école normale, moi, je vais essayer de devenir ingénieur forestier.

— Mais tu aurais voulu, non ?

— Oui, j'y ai même pensé, mais…

Assis au milieu du canot, Damas poussa un cri perçant qui fit sursauter ses deux compagnons de voyage. Il prétexta une vilaine crampe dans son mollet, mais il avait crié pour que se taise enfin son frère, chez qui il soupçonnait une rechute. Donatien comprit le message codé et se tut. Pendant trois minutes.

— Mais tu aimes penser à quoi dans la vie, Théo ?

Les frères Décarie apprirent que Théo avait une obsession non seulement pour l'orientation en forêt, mais pour l'orientation tout court. Quand Damas rétorqua que cela était une propension humaine, car personne n'aimait rester dans l'inconnu, Théo répliqua que c'était plus qu'une simple propension. Une propension, c'est ce qui par exemple mène à la paresse ou au mensonge. Son cas était différent. Enfant, il aimait jouer avec son frère à un jeu qui aurait donné des cauchemars à toutes les mères sauf la leur. Il s'agissait pour le père, qui était d'ailleurs à l'origine du jeu, de leur bander les yeux et de les emmener dans sa carriole au milieu de la forêt voisine. Une fois arrivé bien profond dans la forêt, l'homme les faisait tourner trente fois sur eux-mêmes dans le sens des aiguilles d'une montre pendant qu'il s'éloignait en douce. Il rentrait ensuite chez lui et attendait patiemment que ses fils retrouvent le chemin du bercail.

Damas et Donatien écoutaient ces récits sans broncher. Grande fut leur surprise quand Théo raconta que cette obsession pour l'orientation avait fait de lui un être qui ne supportait pas le chaos. Tout ce que le père Sanschagrin avait voulu leur transmettre, c'était la faculté de trouver leur chemin, quelles que soient les circonstances. Or ce qui devait être un talent ou une faculté s'était traduit chez Théo en manière d'être. La recherche du nord s'était transformée chez lui en une quête de sens quasiment religieuse : l'inconnu représentait l'état de désorientation initiale, et la rédemption était au bout du chemin, peu importe sa nature.

Quand ils débarquèrent à Grand-Mère et se rendirent compte que le village était dessiné sur un plan quadrillé, Théo exprima sa déception. Il rêvait d'arriver à un endroit où les rues seraient comme dans les livres qui viennent d'Europe. Il leur semble entendre des cris de femme en s'approchant de la maison de Rose Hurtubise où ils sont attendus. Cette dernière est la veuve d'un ami décédé de Damas. Puis on entend une fenêtre se fermer sèchement. C'est Damas qui frappa à la porte, qui s'ouvrit sur une jeune femme haletante.

— Vous n'auriez pas vu une ourse ?

— Non, je n'ai pas vu d'ourse. Je vis seule avec ma mère. Et vous, pouvez-vous m'aider à retrouver la quatrième couleur primaire que le monde a perdue ? rétorqua Jacinthe, le plus sérieusement du monde.

Théo Sanschagrin venait de se perdre à jamais dans les yeux de Jacinthe Hurtubise, au fond desquels régnait sans partage le plus grand désordre qu'il lui eût été donné de voir.

GRAND-MÈRE SUR UN PLAN CARRÉ

Le nom Hurtubise signifie « heurté par la bise ». Si elles avaient eu le choix, Rose et sa fille Jacinthe Hurtubise auraient préféré un autre nom, mais elles se contentent de celui que la vie leur a donné. Rose et Jacinthe ne font pas partie de cette portion de l'humanité qui croit qu'on peut changer sa destinée en prenant un nom différent. Un jour, Jacinthe changera de nom pour tenter d'effacer son passé, ce qui est une chose très différente, mais cette heure n'est pas encore venue. D'ailleurs, personne dans le village de Grand-Mère ne pensait aux origines poétiques du patronyme quand on évoquait, à la faveur d'une ronde de potinage, la veuve et sa fille. Oui, elles avaient été heurtées par quelque chose, tout le monde en convenait, mais la chose était plus forte qu'une bise. Les jours de printemps, quand les habitants du village osaient marcher tête nue, on constatait que la bise avait frappé la fille plus fort que la mère. Mais cela s'arrangeait vite. Mai chassait les pestilences de l'hiver, les odeurs des bouillons du carême étaient évacuées des maisons et l'humeur de Jacinthe recommençait à suivre l'évolution de la saison, comme chaque année.

« Mélancolie hivernale », avait tranché la médecine. Il fallait que Jacinthe s'évente la face, tout simplement. Le docteur lui avait prescrit des stimulants, comprimés d'un blanc laiteux qu'elle avait cessé de prendre sans le dire à sa mère. Chaque jour, elle faisait disparaître la pilule dans sa manche pour la jeter plus tard dans la toilette. Les eaux usées de la maison se déversant directement dans la rivière, les molécules antipsychotiques nourrissaient d'abord les poissons et les têtards, pour suivre la chaîne alimentaire jusque dans l'estomac de la population. De novembre à mai, au gré des mélancolies de Jacinthe, tous les habitants en âge de manger de la truite recevaient des microdoses d'un antidépresseur normalement prescrit aux suicidaires. Quand la débâcle printanière arrivait et que commençait la saison de la pêche, l'humeur des habitants prenait un élan solaire que Rose Hurtubise mettait sur le dos de l'arrivée de l'été. D'autres prétendaient que la bonne humeur qui flottait dans le village à la mi-juin n'était rien d'autre que la manifestation de l'increvable joie de vivre des Canadiens français. Peu importe, le matin où Rose frappa frénétiquement à la porte de sa fille pour lui annoncer que le grand jour était venu, Jacinthe n'avait plus pris ses médicaments depuis six mois. Tout pouvait arriver. Et tout arriva.

— Dès que je serai sortie, tu vas te mettre au piano pour être sûre de ne pas te tromper dans ton morceau. Mais avant, il faut que tu mettes la pâte à lever pour que le pain sorte du four à midi pile. Les fleurs vont arriver à onze heures, si je ne suis pas là, tu les arranges dans les vases. Ta tante Jeanne d'Arc va laisser les tartes après la messe. Arrange-toi pour que tout soit prêt avant que je revienne de chez la couturière, parce que, ma fille, une fois que tu auras ta robe sur le dos, tu ne touches plus à rien. C'est-y clair ? S'il te voit tachée, il va nous prendre pour des souillons. T'as-tu compris, Jacinthe ?

La jeune femme était à peine réveillée. Douze secondes avant que sa mère l'arrache avec violence au sommeil, elle était en train de rêver qu'elle expliquait aux Ursulines de Trois-Rivières qu'il fallait inventer une nouvelle couleur entre le rouge et le vert pour rendre justice aux arbres de Grand-Mère. Les sœurs opinaient de la tête. Cela serait juste et bon, Jacinthe. Vous le ferez, pour la gloire de la peinture.

— Ça veut dire aussi, ma fille, que tu ne mettras pas le pied dans ton atelier avant deux jours, le temps qu'ils s'en aillent. De toute façon, j'ai barré la porte. La clé est cachée. T'es réveillée, je le sais. Arrive pas, je te prie, avec les ongles couverts de peinture comme quand ta sœur Marguerite est venue à Pâques. Tu vas-tu me répondre, Jacinthe ?

Son « atelier » n'était rien d'autre que la chambre de sa sœur aînée Marguerite, pour laquelle Rose avait organisé à l'été 1951 une rencontre en tous points semblable à celle qui se préparait en ce lendemain de Saint-Jean-Baptiste. Marguerite leur rendait visite trois fois par année avec son mari et ses deux filles. Elle ne reviendrait pas avant août. De toutes les créatures que Dieu avait placées sur terre pour la peupler, Marguerite était celle que Jacinthe préférait. Son départ avait précipité sa mélancolie. Avant d'ouvrir les yeux pour affronter le jour, elle poussa un hurlement intérieur pour faire taire les voix, elle adressa une prière au cœur de sa grande sœur et supplia

Dieu que cette journée passe vite. « Tu ne peindras pas aujourd'hui… » la nargua cette voix nasillarde, celle qui semblait appartenir à une personne contagieuse qui se réjouissait de savoir que son entourage la rejoindrait bientôt dans ses souffrances.

Le sermon fut bref. En gros, il fallait éviter les médisances, penser à la décapitation de saint Jean le Baptiste plus souvent qu'une fois par année et rester à jour dans ses prières malgré le travail supplémentaire que les potagers apportaient. Rose avala goulûment son hostie, seule pitance qu'elle s'était permise depuis son lever, puis se dirigea vers la sortie où, malgré sa hâte, elle ne réussit pas à éviter, organisées sur trois lignes serrées comme des rangs de patates, Griselda et Anna Bouthillier, leurs filles aux dents croches, leur cousine Élisabeth Coulombe, une femme en visite que Rose ne reconnut pas, Antonine Bélanger, sa mère à qui il fallut rappeler qui était Rose Hurtubise et, la plus redoutable d'entre toutes, Victoire Pinson, à qui personne à Grand-Mère n'osa jamais expliquer le ridicule de son chapeau jaune serin. Sans le camélia de coton mauve gauchement cousu sur le côté, la chose aurait pu passer pour une folie printanière amusante, un clin d'œil à la saison. Mais ce mauve, Jacinthe l'avait révélé à sa mère, frappait les sens comme « un animal qui vomit ». C'est en ces termes qu'elle l'avait chuchoté à Rose pendant la messe de la fête des Mères. Dans un chuintement d'une violence inouïe, cette dernière avait sommé sa fille de se taire.

Caser son aînée première de classe avec un médecin de Trois-Rivières avait été un jeu d'enfant. Il avait suffi à Marguerite – sur l'ordre formel de sa mère et au mépris de son rêve de devenir enseignante – de se faire admettre à l'école d'infirmerie à Québec et d'exiger de faire ses stages dans des hôpitaux où traînaient de jeunes internes susceptibles de tomber sous son charme. Pour Jacinthe, l'entreprise serait plus difficile. La bouche de la Pinson était maintenant ouverte. Il était déjà trop tard.

— Il paraît que c'est aujourd'hui que ça se passe ! On va penser à votre Jacinthe, chère Rose.

— Merci, Victoire, vous êtes bien gentille.

Il fallait au moins quinze minutes de conversation pour comprendre que Jacinthe captait des ondes inaccessibles aux autres. Rose disposait donc d'un quart d'heure pour que le charme opère. Le plan était simple : une fois le docteur et son frère arrivés, Rose les inviterait à monter se laver à la salle de bains. Après deux semaines à errer dans la forêt, il leur faudrait au moins vingt minutes. Au moment où ils redescendraient l'escalier, affamés, Jacinthe serait innocemment assise au piano en train de jouer une pièce de Schubert qu'elle répétait depuis deux mois. Dans le four, le pain commencerait à répandre son odeur sèche et soyeuse. Se mélangeraient à ces provocations sensuelles le fumet d'un pâté au poulet et l'odeur honnête d'une maison propre. Si Jacinthe se contentait de servir le repas, de parler seulement quand on lui adressait la parole, si, comme le lui avait ordonné Rose, elle ne se mettait pas à parler – pour l'amour du Ciel, Jacinthe… – du besoin urgent pour l'humanité d'inventer une quatrième couleur primaire, si la croûte avait la dorure parfaite, le docteur Décarie s'éprendrait, le doute n'était pas permis, de la belle Jacinthe.

— C'est un monsieur de Montréal, non ? C'est le frère du professeur Décarie, le cousin à Pit Ferland, que Jacinthe nous a…

— Oui, Victoire, il a son bureau de médecin à Montréal. Il est resté là après la guerre.

— Pis il compte les oiseaux, c'est ça ?

Rose s'imagina Victoire plumée, farcie, prête à être enfournée, mais chassa sans tarder cette image de son esprit pour ne pas éclater de rire. Une réplique assassine lui vint à l'esprit, une pensée horrible mais hilarante qui exigeait qu'on la mît au monde… « S'il comptait les dindes, c'est ici qu'il devrait être, ma pauvre… » Mais Rose s'était donné l'ordre en sortant de chez elle ce matin-là de ne faire aucune victime. Elle usa donc de sa voix intérieure.

— Oui, Victoire, ils descendent la rivière en comptant les hiboux. C'est ça que Pit nous a dit. Mais Damas était le patient de Lionel, vous savez…

Victoire et les femmes présentes se signèrent. Rose avait joué la carte qui lui permettrait de s'échapper de cette commission d'enquête improvisée sur le parvis de l'église : le prénom de son défunt mari. Rose avait remporté la manche. Une fois le mari mort évoqué, Victoire Pinson n'aurait pas l'audace de parler de la différence d'âge entre Jacinthe et Donatien Décarie. Comment désamorcer une commère de perron d'église en dix leçons faciles, pensa Rose en descendant les marches.

— Au revoir, mesdames !

Cette fois, ça irait, quelque chose dans l'air le gazouillait à l'oreille de Rose. Le malheur ne pouvait pas continuer de s'acharner ainsi sur Jacinthe. Il faudrait bien qu'un jour le sort la laisse en paix pour s'intéresser à d'autres. La Pinson n'avait pas tout à fait tort, le docteur était bien le cousin de Pit Ferland de Shawinigan. Mais ce lien de parenté n'était en fait qu'une coïncidence heureuse. Si Rose avait bien connu Damas, c'est parce que feu son mari l'avait traité, cela juste avant d'être rapatrié au Canada à la fin de la guerre pour une bronchite têtue, qu'il avait attrapée pendant la campagne de libération de la Hollande. Les deux hommes étaient restés amis après s'être découvert des intérêts communs pour l'observation de la faune de la forêt boréale, dont la seule évocation de la beauté faisait monter à leurs yeux des larmes de nostalgie, là-bas dans ce plat pays sans arbres où l'armée canadienne les avait largués, Lionel Hurtubise en qualité de médecin de campagne, Damas Décarie comme fantassin. L'amitié est un mot bien faible pour décrire le lien qui unissait Damas Décarie et Lionel Hurtubise, mais les mots qui auraient pu les éclairer sur la véritable nature de leurs sentiments auraient aussi scellé leur perte aux yeux de leurs contemporains. Dans leur correspondance fréquente et assidue, ils parlaient donc d'oiseaux migrateurs, de leur fidélité, de ce merveilleux instinct qui fait qu'ils se retrouvent toujours dans un endroit secret du nord de l'Amérique et de ces distances que seul le cœur est capable de franchir. Ces deux-là ne se résignaient pas à l'absence.

Chaque année depuis leur retour au Canada, Damas envoyait à Lionel Hurtubise un résumé de ses activités ornithologiques et y joignait parfois une photographie. L'une de ses photos avait d'ailleurs bizarrement gagné une place de choix à côté de celles de Marguerite et Jacinthe sur le bureau du docteur

Hurtubise. « C'est mon ami Damas, un type très bien. Nous sommes maintenant comme des frères », avait répondu Lionel quand sa femme avait voulu savoir de qui il s'agissait. Quelque chose souffla à Rose de ne pas réclamer de détails. Si toutes les bronchites accouchaient d'un frère ou d'une sœur, on pourrait peut-être exiger des hépatites qu'elles nous offrent un gendre ou un mari, avait-elle pensé en se trouvant très drôle. Rose Hurtubise avait de l'esprit. Pour vivre le mariage qu'elle avait vécu, il lui en avait fallu.

Damas avait annoncé bien en avance qu'il logerait chez les Hurtubise, avec toute la politesse requise en ces circonstances, en accompagnant sa missive d'un joli recueil de poésie chrétienne qu'il destinait à Jacinthe avec les pensées les plus tendres du monde. Rose avait peut-être de l'esprit et de la repartie, mais sa propension à chercher des intentions cachées derrière des gestes anodins lui jouait souvent des tours. Pour Damas Décarie, ce recueil de poésie était un objet censé transmettre sa reconnaissance en vue de l'arrêt qu'il prévoyait faire à Grand-Mère au terme de son expédition de comptage de hiboux des marais, avant de rentrer à Québec. Il tenait par la même occasion à jeter un coup d'œil sur l'état de Jacinthe, la fille adorée de son vieil ami qui lui avait fait passer cette toux diabolique dans ce pays de brouillards. Pour Rose Hurtubise, ce recueil de poésie, tout chrétien qu'il fût, exprimait de manière claire et sans ambages un intérêt romantique pour sa fille, intérêt qu'elle trouva d'abord déplacé, mais qu'elle attribua ensuite erronément au frère de Damas quand elle finit par comprendre que ce dernier ferait partie de l'expédition. « Son frère médecin… » s'était-elle surprise à balbutier, tenant la lettre entre ses doigts, maintenant emportée par une vague d'espoir. Quel âge pouvait avoir Damas ? La dernière fois qu'elle l'avait vu, aux funérailles de Lionel, il devait avoir quarante-cinq ans… Cela lui en donnait maintenant presque cinquante-cinq et le seul frère qu'il eût jamais évoqué était ce Donatien dont il était question dans sa lettre, son « grand frère médecin qui vit à Montréal », en gros. Donatien avait donc quelque part entre cinquante-cinq et soixante ans, se disait Rose. Jacinthe en avait vingt-quatre. Bon. Une autre destinée à un veuvage hâtif…

— Ne le répète à personne, mais être veuve comporte certains avantages.

Elle l'avait dit une fois pour ne plus jamais le répéter tant Jacinthe avait été horrifiée par cette remarque sortie de nulle part. C'était un matin, trois ans après la mort de Lionel. Rose était assise dans la salle à manger, seule avec sa fille, en pensant au soulagement qu'elle avait ressenti quand elle avait enfin pu mettre à la porte l'employée domestique que Lionel tenait mordicus à garder. Rose ne supportait pas la présence de cette fille dans la maison et l'avait congédiée à peine deux semaines après la mise en terre. Rose frappa à la porte de la couturière, qui lui remit la robe. Elle la paya et la remercia machinalement.

C'était donc clair dans la tête de Rose : Damas venait présenter son frère célibataire Donatien à Jacinthe dans le but que naisse une idylle de cette rencontre. « Mon grand frère, ce solitaire citadin à qui le grand air fera le plus grand bien… » avait-il pris la peine de souligner. Il voulait trouver une femme pour son frère ! Tout de suite après, il s'enquérait de l'état de santé de Jacinthe. Peu importait cette histoire de photographie étrange sur le bureau de son mari, Rose aurait volontiers donné sa fille à Damas, mais il était déjà marié à une femme de Sillery qui se moquait d'avoir un mari qui passait le plus clair de son temps à compter les oiseaux de la province de Québec. Rose se demanda s'il y avait sur le bureau de Damas à l'Université Laval une photo de feu Lionel Hurtubise. Mais il y avait le grand frère : médecin. Pour Rose, ce mot de sept lettres permettait encore tous les espoirs, malgré les déceptions qu'il lui avait déjà réservées.

Elle se dirige vers sa maison de veuve de médecin. Elle constate que les fleurs sont arrivées et, en entrant dans la cuisine, que sa sœur Jeanne d'Arc a laissé les tartes. Jacinthe n'a pas mis les fleurs dans les vases. Rose n'entend pas le morceau de Schubert que sa fille est censée être en train de répéter. Le cœur de Rose se met à palpiter. Ses molaires grincent les unes contre les autres. Ne pas perdre patience, ce n'est pas le moment, mais pourquoi, pourquoi, Seigneur, cette fille ? Pourquoi toutes les filles ne sont-elles pas comme ma belle Marguerite ? Qu'ai-je fait au Ciel ? Par quelle parole vous ai-je indisposé, Seigneur ? Si elle a les doigts dans sa maudite peinture, je la… Seigneur, donnez-moi de la force…

Elle monte en vitesse à l'étage des chambres. Sans frapper, sans respirer, mais sans desserrer les dents, elle entre dans l'atelier. Jacinthe ne l'entend pas, car elle vient de résoudre une énigme chromatique qui l'accable depuis des jours. Ses yeux monopolisent tous les circuits de son cerveau, ne laissant plus rien à l'odorat, à l'ouïe et au toucher. Elle ne sent pas la main de sa mère qui s'abat sur elle, plusieurs fois. Elle n'entend pas ses cris. Il n'y a que ce rose qu'elle vient d'inventer et qui va guérir le monde, qu'elle applique lentement en petites lignes à peine visibles sur ce fond de jaune-vert parfaitement équilibré entre la fleur de moutarde et la feuille de l'iris. Jacinthe retient son souffle.

La fille de Griselda Bouthillier confirma à Victoire Pinson que Rose Hurtubise avait hurlé le nom de sa fille un peu après midi.

— Après, je ne sais plus, parce qu'elle a fermé la fenêtre. Probablement pour la battre sans qu'on entende.

— C'est sûr ! avait conclu Victoire, elle a des épines, la Rose Hurtubise !

La fille avait éclaté de rire, mais pas longtemps, pour ne pas trop montrer ses dents croches.

Donatien, Damas et Théo avaient frappé à la porte au moment précis où Rose avait fermé la fenêtre d'un geste sec, prouvant encore une fois que l'amour est fonction d'une synchronie. L'amour d'une femme dépend moins du lieu que du temps. Jacinthe descend en trombe les marches de l'escalier, car elle veut dire elle-même à ce vieux docteur qu'elle est trop occupée à inventer une couleur pour devenir sa femme. Pendant que Damas Décarie lui demande si elle a vu une ourse, elle contemple Théo qu'elle prendra pendant quelques mois pour son sauveur. C'est lui qui va la sortir de cet enfer. Elle sait qu'il le peut. Après, elle fera ce qu'elle voudra. Les éclats de noir de ses yeux l'hypnotisent.

NOCES DE SEPTEMBRE

Deux mois après le passage de Théo, quand sa fille lui apprit qu'elle était enceinte, Rose Hurtubise fut prise d'un élan de rage. Une voix lui vociféra d'abord de frapper sur la tête de Jacinthe avec une pelle – ou un autre instrument de jardinage – jusqu'à ce que les spasmes de la mort agitent ses membres inférieurs. Or, ayant prévu la réaction de sa mère, Jacinthe lui avait avoué son secret pendant qu'elles marchaient vers l'église un dimanche matin. Rose fut donc contrainte à la réflexion pendant au moins la durée d'une messe, pendant laquelle Jacinthe eut l'audace de communier comme le reste des paroissiens. Cela avait dû se produire le lendemain de l'arrivée de Donatien, Damas et Théo à Grand-Mère. Très tôt le matin, Rose avait perçu des chuchotements et des bruissements inhabituels venant de l'atelier de sa fille. Elle n'y était manifestement pas seule. Puis elle avait entendu un bruit de glissade, comme celui d'un corps qui en repousse un autre. Tout de suite après, elle entendait Donatien recommencer à parler. Cet homme ne se tairait donc jamais… Pendant le repas de la veille, il avait péroré pendant deux heures sur cette histoire d'ourse. Jacinthe poussa encore la provocation jusqu'à faire mine de mastiquer l'hostie avant de déglutir bruyamment en envoyant à sa mère un petit sourire en coin.

— Si c'est un garçon, je vais l'appeler Aimé, avait-elle murmuré à l'oreille de Rose, dont le souffle rapide et saccadé trahissait une agitation intérieure intense.

Rose ne desserra pas les mâchoires jusqu'à ce que la porte de la maison soit fermée. Jacinthe n'avait rien laissé au hasard. Elle brandit sous le nez de Rose la lettre dans laquelle Théo jurait qu'il allait l'emmener à Montréal pour en faire sa femme.

Si Donatien ne s'était pas porté garant de Théo, Rose Hurtubise aurait tout simplement forcé sa fille à avorter ou l'aurait envoyée accoucher à la Miséricorde de Montréal.

— Attends de voir comment les sœurs vont te traiter… Toi qui aimes les couleurs, elles vont t'en faire voir de toutes les sortes.

Quand elle s'était rendu compte que Donatien était sérieux dans sa volonté de transformer ce demi-bûcheron à la mâchoire carrée en un obstétricien apprécié, elle avait accepté de lui donner une chance.

— Pourquoi tu n'es pas tombée amoureuse du bon docteur Décarie ? Un homme aussi élégant, avec des manières si douces. Ton Théo est un rustre, un vrai Beauceron sans délicatesse. Il est gracieux comme une hache !

— Oui, Maman. Le docteur Décarie est très fin, pourquoi tu ne te maries pas avec lui ? Papa avait les mêmes manières, la même *douceur*… Demande à Damas Décarie, il va te l'expliquer, la *douceur* de

Papa ! D'après moi, tu vas trouver exactement la même chez Donatien. Ça doit être de famille…

— Tais-toi donc, p'tite vipère ! Dire ça de ton père, un homme qui s'est engagé dans l'armée même s'il n'y était pas obligé !

— Pardon, feu Papa !

Rose attribua l'agressivité de sa fille à la mauvaise influence que Théo exerçait sur elle. Quand, pendant le premier repas, elle avait observé le jeu des regards entre Théo et Jacinthe, elle avait tout simplement serré les dents. Comment ce coureur des bois osait-il ? Et quelle audace de la part de Damas et Donatien de débarquer chez elle avec ce type qui ne s'était pas rasé depuis des jours ! Une ourse ? Grand bien lui fasse ! Qu'on le remercie, qu'on lui paye une récompense peut-être, mais l'inviter à se mettre à table avec Jacinthe et à dormir dans une maison où ils étaient des invités ? Pourquoi pas faire entrer cette ourse dans la maison, tant qu'à y être ! En fait, la fuite de Jacinthe avait été ourdie par Donatien en personne, qui n'avait pas hésité quand Théo était venu pleurer sur son épaule.

— C'est simple, elle viendra s'installer ici avec nous à Montréal en attendant que tu finisses tes études. Et tout de suite. Je ne veux pas qu'elle subisse la honte dans son village. Pauvre fille ! De quoi traumatiser l'enfant à naître ! Je m'occupe de tout, Théo.

En changeant brusquement de couleur quelques jours avant son mariage, les feuillus de la Mauricie ont rendu Jacinthe folle. C'est du moins ce que pensaient sa mère et sa sœur Marguerite assises dans le salon, occupées à coudre les perles d'une longue robe blanche. C'était la robe de mariage que Marguerite avait cédée à sa sœur cadette. La couturière avait été claire : en un mois, elle n'y arriverait pas. Elles étaient toutes les deux assises sur un long sofa, la robe reposait sur des chaises que Rose avait alignées. La mère grogna en replaçant une manche qui était tombée mollement sur le plancher. Marguerite passa sa main sur le dos de la robe, dubitative.

— Elle ne va pas rentrer là-dedans.

— Avec les panneaux que la couturière a ajoutés, ça devrait aller. Si on met des perles partout, les gens ne verront rien.

— Tu crois qu'ils n'y verront que du feu ? Vraiment ?

— Ne parle pas de feu, je t'en prie.

La semaine précédente, Jacinthe avait passé deux soirées dans un état exalté à allumer des feux, d'abord dans le foyer pour finir dans la cour. Rose avait perdu le compte du nombre de bûches que sa fille avait jetées dans l'âtre. Toutes les fenêtres de la maison étaient ouvertes pour laisser sortir la chaleur. En janvier, la plupart de ces attisées auraient déjà été superflues. Dans la tiédeur de l'équinoxe d'automne, elles avaient transformé la demeure des Hurtubise en étuve. Impassible, une palette de couleurs à la main, Jacinthe se concentrait sur son impossible tâche : reproduire sur le papier à l'aide de peintures à l'huile les couleurs dansantes des flammes. Sans répondre à sa mère qui élevait maintenant le ton, Jacinthe plissait les yeux comme si le secret de l'origine du monde se terrait entre les jaunes bleutés des flammes. Rose hésitait à se servir d'un instrument pour obtenir l'attention de sa fille. La dernière fois qu'elle l'avait touchée, Jacinthe s'était défendue. Pour la première fois de sa vie. C'était en août, quelques semaines après la visite des frères Décarie et de Théo Sanschagrin. C'était le jour que Jacinthe avait choisi pour dire à sa mère qu'elle n'avait pas eu son cycle depuis huit semaines. Les coups de Rose étaient tombés avant les mots. Cette fois, au lieu d'offrir à sa mère son imitation de paillasson habituelle, Jacinthe s'était levée et lui avait assené un coup de tisonnier sur le côté du visage avec toute la force et la précision qui sont nécessaires au golfeur pour faire un trou d'un coup. Le tisonnier avait fendu l'air en sifflant avant de gâcher le maquillage de Rose, qui n'avait bizarrement pas perdu connaissance. Les gouttes de sang qu'elle avait laissées dans l'escalier fascinèrent Jacinthe pendant au moins une heure.

Le coup porté par le métal sur l'os zygomatique avait causé une onde de choc dans tout le squelette de Rose. La douleur l'avait d'abord empêchée de parler. En essuyant le sang qui coulait de sa pommette gauche, Rose avait d'abord craint que sa fille ne la tue. Trois points de suture. Elle avait menti au médecin, qui avait souri. Le sifflement du tisonnier avait percé le silence du village. Si le médecin souriait, c'est parce qu'il l'avait entendu. Comme tout le monde, il attendait depuis des années que ce son sec et pur sonne le glas de l'enfance de Jacinthe, qui aboutissait souvent dans son bureau avec des bleus sur ses bras tordus. Grand-Mère était dans l'expectative.

Rose n'insista pas. Une heure après, Jacinthe était dans la cour à mettre le feu à une montagne de bûches qu'elle avait empilées sous le regard narquois des voisins amusés par cette nouvelle excentricité. Les flammes dépassaient un mètre de hauteur. Papier et palette à la main, le visage noirci par la suie, Jacinthe mélangeait ses couleurs en poussant des « han ! » satisfaits. Rose la regardait par la fenêtre.

Marguerite cousait l'avant-dernière perle. Avec sa mère, elle y avait mis huit jours.

— C'est tant mieux, Maman. Elle ne sera pas mal, comme ça, entourée de médecins. Il y a toutes sortes d'avancées en psychiatrie. Elle a l'air de vraiment le trouver gentil, elle m'en parle comme d'autres me parlent de Dieu. Moi, je lui fais confiance, à ce Théo. Je suis sûre que ça va marcher. Il est aussi beau qu'elle le dit ?

— Je vais te dire un secret, mais ne le répète à personne. J'ai hâte qu'elle parte pour Montréal.

— Ce n'est pas un secret, Maman. Tout le village le sait. Et je pense qu'elle est contente de partir elle aussi.

Le mariage était prévu pour le dernier samedi de septembre. Trois jours avant la date prévue, la forêt mauricienne avait pris son grand coup de rouge. Rose maudissait les saisons. Les yeux fixés sur l'étoffe blanche, elle enfilait la dernière des perles en essayant de ne pas regarder dehors. Cela se passe habituellement à la faveur d'un grand coup de froid. Le rouge de Mauricie n'est jamais une surprise. Il s'annonce. Mais malgré cela, il étonne dans sa rassurante violence.

Théo lui avait écrit quatre lettres. Elle n'avait jamais répondu. Elle ne le ferait jamais. Écrire n'était pas son fort. Écrire l'éloignait de sa palette de couleurs. En lieu et place d'une réponse passionnée à ses épîtres enflammées, Jacinthe était arrivée à Montréal sans s'annoncer, avec sa mère, dans la maison de Donatien où il s'était installé, car il avait accepté l'offre du médecin excentrique de faire son cours de médecine. Donatien avait tout arrangé.

— Combien de temps avant que vous soyez médecin, Théo ?

Rose menait l'entretien. Jacinthe lui souriait comme l'orphelin sourit aux familles pendant les visites, les yeux noyés d'espoir. Rose ne les laissa pas seuls, pas plus qu'elle ne sourit pendant l'entretien.

— Ça sera le dernier samedi de septembre, dans cinq semaines. Vous me donnerez les adresses des gens que vous voulez inviter. Pas plus de dix personnes en tout. Vous comprendrez qu'étant donné les circonstances, on ne fera pas une grande noce.

Rose et Jacinthe étaient restées pour la nuit, mais Théo n'avait pas reçu le droit de se trouver seul avec elle, sauf pour une promenade qu'il proposa. Il parla pendant quinze minutes de toutes sortes de choses de moindre importance, puis il lui avoua que l'idée de passer le reste de ses jours avec elle le faisait trembler de bonheur, à un point tel qu'il arrivait à peine à se concentrer sur les lectures que Donatien lui avait assignées avant les examens de l'université. Pour toute réponse, elle serra son index, qu'elle tenait de la main gauche. Puis elle se tut. Théo s'attendait à une déclaration verbeuse, à un baiser éperdu. Il eut droit à trois mots.

— Je veux peindre.

Théo aimait le feu. Il aimait en tout cas celui qu'il voyait dans les yeux de Jacinthe. Il se dit qu'elle était trop émue pour parler ou pour lui donner une réponse plus pertinente à sa déclaration d'amour. Dépourvu d'intelligence émotive, il choisit consciemment de croire que dans le vocabulaire de Jacinthe, « peindre » voulait dire « être une femme aimante et une mère dévouée, car l'amour est une œuvre d'art ». Juste avant de monter les marches qui menaient au perron de Donatien, rue Saint-Hubert, Jacinthe s'arrêta de marcher. Elle contemplait la maison de trois étages.

— Une fois que nous serons mariés, je ne retournerai plus jamais à Grand-Mère.

— Tu pourras y aller quand tu voudras. Nous aurons une voiture, répondit Théo sur un ton rassurant.

Mais Jacinthe n'était pas inquiète.

— Non, je ne retournerai plus jamais à Grand-Mère. Je le sais déjà. Il faut que je fasse des adieux mémorables.

À Grand-Mère, quand ils s'étaient rencontrés, elle l'avait entretenu pendant des heures des couleurs, des nervures des feuilles et de la victoire définitive de l'abstrait sur le figuratif. Parfois, elle se taisait des minutes entières. Pendant ces instants de silence, Théo croyait qu'elle était trop émue pour parler. En vérité, elle se projetait dans ses couleurs.

Lionel Hurtubise avait légué à ses filles de quoi se payer des noces grandioses. Dans le cas de Marguerite, il y avait eu plus de quarante invités. Lionel avait spécifié que dans l'éventualité où l'une d'entre elles devait se faire religieuse, la somme réservée au mariage serait donnée à la congrégation qu'elle aurait choisie. Pendant le trajet du retour vers Grand-Mère, Jacinthe voulut discuter de cette somme, de ce montant. Rose n'en revenait pas. Jamais sa fille n'avait parlé d'argent. Jamais elle n'avait demandé quoi que ce soit pour elle-même hormis des fournitures d'artiste. Jamais elle ne s'était souciée de son avenir financier. La voilà qui tenait un discours d'agent d'immeubles. Jacinthe planifiait déjà sa cérémonie des adieux.

— Pourquoi « pas une grande noce » ? Marguerite a eu une grande fête, elle !

TABLEAU DE LA MARIÉE AU MILIEU DES ÉRABLES EN FEU

En 1952, à Grand-Mère, très peu d'expressions de la langue française semblent moins justes qu'« enterrement de vie de fille ». D'abord, on n'enterre rien pendant ces fêtes débridées, du moins, rien qui soit viable. Pas dans ce village, en tout cas. Il n'y aura pas pour Jacinthe d'enterrement de vie de fille, car ces événements sont habituellement organisés par des cousines et des amies, figures absentes de la vie de la mariée. Il y aura un enterrement de vie de garçon pour Théo à Trois-Rivières, chez son frère Léo qui a invité leurs vingt-deux cousins de la Beauce, dont neuf ont accepté l'invitation. Les cousines ne font pas partie de la liste des invités. Dans ce cas, il est tout à fait possible de parler d'un enterrement, puisque l'un des cousins, probablement pour faire rire, est arrivé à la fête avec une pelle. Ce qui est sûr, c'est que Jacinthe porte en elle la vie et que cela l'enchante parce qu'elle pourra quitter Grand-Mère grâce à ce petit être. Elle aurait pu l'appeler Orphée et elle aurait pu s'appeler Eurydice, mais les religieuses du collège ne lui avaient pas enseigné cette histoire. Pourtant, elle aurait pu la raconter, car elle résume bien les circonstances. Le petit Aimé qu'elle porte lui garantira sa sortie des enfers. Ce que Jacinthe ne sait pas, c'est que tout comme Eurydice, elle disparaîtra de la vie d'Aimé avant que le garçon soit assez grand pour se souvenir d'elle. Pour son enterrement de vie de fille, Jacinthe se promène seule dans la forêt de la Mauricie avec un grand sac de jute qu'elle remplit de feuilles rouges choisies avec soin.

Dans la maison, Rose Hurtubise, sa fille Marguerite et quelques autres parentes lointaines préparent la noce qui n'aura rien de petite. Jacinthe a menacé de mettre le feu si la cérémonie n'était pas mémorable.

— Papa l'a voulu !

Résignées, Rose et Marguerite ont invité la moitié du village. Après tout, Lionel Hurtubise fut pour beaucoup le médecin qui les a soignés, recousus et accouchées. Rares étaient les Grand-Mérois qui n'avaient pas connu les sœurs Hurtubise, et qui ne s'étaient pas émerveillés devant Marguerite et inquiétés en observant la lente glissade de Jacinthe dans l'excentricité. Si tout allait bien, se disait Rose, ce mariage pourrait clouer le bec de toutes les commères. Chez les principales intéressées, on n'allait pour rien au monde manquer ce divertissement. Avec un peu de chance, on serait peut-être témoin de scènes inoubliables. Les personnes suivantes avaient accepté l'invitation : Griselda et Anna Bouthillier, leurs filles aux dents croches dont l'aînée venait de se fiancer avec un directeur d'école, leur cousine Élisabeth Coulombe, fille de feu Antonine Bélanger, enterrée en juillet et, pour son plus grand enchantement,

Victoire Pinson qui, pour l'occasion, avait décidé de mettre au rancart son chapeau jaune serin. Chacune de ces huit femmes était accompagnée d'un homme plus ou moins taiseux selon son niveau d'intoxication au whisky blanc. Venaient ensuite les cousins de Théo, dont certains étaient accompagnés de leur conjointe et de quelques enfants dont personne n'était certain du nombre exact. Donatien et Damas Décarie s'étaient déplacés. Les frères et sœurs vivants de Rose, les sœurs de feu Lionel Hurtubise, deux ou trois enseignantes de la petite école et une ancienne employée domestique. Finalement, l'église serait à moitié pleine. La fête aurait lieu dans la salle paroissiale. Un immense cipaille, deux dindes et un gâteau figuraient au menu.

Sans être un exemple d'audace esthétique, la robe que Marguerite a léguée à sa sœur a causé assez d'émerveillement lors de sa première apparition pour que les invités aient envie de la voir une deuxième fois. L'ajout des perles blanches consolera probablement ceux qui auraient préféré une nouvelle robe à admirer. Tout le monde est prêt à pardonner à Jacinthe et Théo leur incartade prénuptiale, un nombre appréciable de Grand-Mérois étant venus au monde moins de neuf mois après le mariage de leurs parents. On est d'ailleurs très curieux de voir en chair et en os celui qui emmènera Jacinthe en ville. Le groupe des quatre-vingt-treize invités est divisé en deux variétés.

On retrouve d'un côté celles qui ressentent pour Jacinthe un grand soulagement. En général, ces personnes vivent dans un rayon de deux cents mètres de la résidence Hurtubise. Elles ont vu les deux sœurs grandir. Elles ont été témoins de l'affection que leur portait Lionel Hurtubise et de l'indifférence de Rose vis-à-vis de sa cadette. Les soulagées se méfient de Rose et n'osent pas toujours la regarder dans les yeux. Elles connaissent les frasques chromatiques de Jacinthe et ont appris à s'en moquer. Elles savent aussi que leurs rires ne sont qu'un mécanisme de défense devant un phénomène qu'elles ne comprennent pas. Elles ont aussi entendu les cris de Jacinthe quand sa mère la frappait. Souvent. Parfois tard. Et même quand elle était devenue adulte. Nous ne savons pas pour qui les soulagées votent aux élections provinciales.

De l'autre côté, on retrouve les sceptiques. Ceux-là sont des amis ou parents de longue date contaminés par Rose dans l'affection partielle qu'elle porte à ses filles. Selon eux, ce mariage sera une malédiction pour Théo, qu'ils ne connaissent pas, mais qu'ils plaignent en silence. Dans ce groupe, on choisit d'ignorer les coups violents de Rose et on ferme les yeux sur les incidents étranges que rapportent les commères, comme le jour où Jacinthe, à quatorze ans, s'est perdue dans la forêt en suivant le verdissement printanier de la mousse sur les arbres. Quand on l'a retrouvée après une nuit d'angoisse, elle a tout simplement souri en expliquant que pour comprendre ce que le vert essayait de lui dire, il fallait qu'elle y pose le visage pour dormir, car les verts ne parlent que dans les rêves, contrairement aux rouges qui parlent en toutes circonstances. Les sceptiques préfèrent Marguerite et votent presque tous pour Maurice Duplessis.

Dans l'église, les soulagées et les sceptiques sont mélangés, de sorte que leurs divergences d'opinions ne causent aucun mouvement dans l'air chargé des parfums de l'automne. Pour l'œil de Jacinthe, les couleurs de l'église Saint-Paul de Grand-Mère se mélangent en une sorte d'orgie chromatique débridée qui, si on la contemple trop longtemps, peut induire un état de fatigue corporelle accablante. La toile de fond de l'ensemble est une sorte de vert bouteille contre lequel les petits cris rouge et jaune des vitraux éclatent comme les cordes dans un concerto baroque. Les fresques rectangulaires au plafond et sur les murs, grandes toiles rappelant la vie du Christ, forment des étangs tantôt obscurs, tantôt bleu ciel, où le regard peut se remettre de l'irradiation verte qui illumine les murs. Au jubé, le doré des tuyaux de l'orgue Casavant s'envole pour tomber en vol plané vers les plaques de marbre blanc du chœur, où il s'effiloche en fines nervures comme le fait la tire d'érable sur la neige au printemps.

Donatien Décarie, son frère Damas, sa belle-sœur et ses nièces occupent le banc avant avec le frère de Théo, Léo Sanschagrin, et son épouse enceinte. Donatien se préoccupe moins des couleurs que du mélange d'odeurs entre l'intérieur et l'extérieur. L'hiver, quand les portes et les fenêtres de l'église sont fermées, les odeurs du dedans ne cèdent pas un pouce à celles du dehors. Ce jour-là, Donatien s'émerveille du parfum de la sciure et de la forêt qui vient casser la senteur mortuaire de l'encens. Des rayons obliques pénètrent les vitraux et tombent comme le cercle d'un projecteur sur une héroïne d'opéra pendant son grand air. C'est sur la tête de Donatien que se concentre ce rayon qui le réchauffe au point qu'il craint maintenant de s'endormir. Il n'aurait pas dû porter ce veston de laine. Mais qui aurait pu prévoir qu'il ferait si beau pour un mariage obligé ? D'immenses gerbes de glaïeuls envoient des effluves lactés en petites ondes jusqu'au nez de Donatien, qui se demande qui a choisi ces fleurs pour un mariage. Il sait qu'il y a près de lui une personne qui a abusé de l'eau de rose. S'il avait le choix, Donatien se marierait pendant la saison du lilas, mais il n'a aucune intention de se marier. Donatien est un homme de succulence et de senteurs, de soifs et de fringales, de papilles et de parfums. Pour lui, les couleurs proviennent des goûts et des odeurs, pas le contraire. Lui et Jacinthe ne seront jamais sur la même longueur d'onde. Pour Jacinthe, la couleur est l'origine de tout ce que les sens peuvent percevoir. Elle se moque de savoir si un rouge sent l'érable ou le sang. Pour Jacinthe, les couleurs existent hors du monde. Pour Donatien, les couleurs ne sont que des conséquences, elles ne sont pas des causes.

D'ailleurs, elle est où, Jacinthe ? Théo est arrivé dans l'église dont seuls les dix premiers bancs centraux sont remplis. La plupart des invités n'ont jamais vu l'homme qui est sur le point d'épouser Jacinthe Hurtubise. Ils savent qu'il a sauvé la vie de Donatien et Damas Décarie en tuant une ourse qui était sur le point de les déchirer en morceaux. La plupart d'entre eux savent que Donatien était pressenti pour devenir l'époux de Jacinthe et se disent que Rose devait être bien désespérée pour donner à sa fille de vingt-quatre ans un mari bien engagé dans sa cinquantaine. Personne ne se gênait pour souligner que cette différence d'âge rappelait quand même un peu celle qu'il y avait entre Rose et son défunt mari, Lionel Hurtubise. Tous s'entendaient pour dire que Jacinthe y avait gagné au change. Par son physique, Théo faisait bonne impression. On n'avait rien contre

Donatien, gentil citadin cultivé au parler châtié et roucoulant capable de résumer en quelques minutes les grandes œuvres de la littérature, mais il fallait être pragmatique… Donatien aux tempes blanchies par les années aurait-il pu s'occuper du cœur de cette femme pleine de vie ?

On commence à regarder en direction de la porte de l'église, car il est quatorze heures et la mariée n'est pas encore arrivée. C'est un oncle qui doit l'accompagner dans l'allée. L'organiste a repris quelques fois la mélodie prévue pour cette période d'attente. Le prêtre est maintenant là et fixe de son regard de chouette Rose Hurtubise, qui regarde par terre en grinçant des dents. La maison n'est qu'à cinq minutes de marche. Marguerite y est restée avec sa sœur pour l'aider à se parer en vue de la cérémonie. La robe perlée est magnifique. Les deux sœurs sont restées longtemps devant le miroir à contempler le travail de la couturière. Plus tard, quand on tenterait de comprendre ce qui s'était passé pendant ce mariage, Marguerite expliquerait qu'elle avait été victime d'une ruse de sa sœur. « Elle est sortie par l'escalier de derrière ; quand je suis remontée, elle était déjà loin. Je l'ai vue disparaître en robe blanche dans la forêt. »

Marguerite courut en direction de l'église pour alerter sa mère. Quand les invités la virent entrer hors d'haleine en lieu et place de la mariée qu'ils attendaient, une crampe perça le bas-ventre des soulagées et un sourire narquois fendit la face des sceptiques. Marguerite mit deux minutes à reprendre son souffle. Haletante, elle siffla que sa sœur s'était sauvée dans la forêt vêtue de sa robe de mariée. Dans un excès de candeur, elle ajouta que Jacinthe avait crié qu'elle allait se marier avec les couleurs de l'automne. Pour une raison inexplicable, les regards se tournèrent vers Donatien, car on interprétait cette fuite comme un aveu de la part de Jacinthe. Finalement, elle avait toujours voulu le vieux Donatien. Ce dernier, gêné, fixait ses chaussures de cuir fraîchement cirées comme s'il avait voulu dire qu'il était hors de question, ainsi chaussé, de partir à la recherche de la mariée dans les bois. Rose Hurtubise et le prêtre tenaient un conciliabule inaudible pour les invités.

Personne ne quitta l'église. On avait été invité à un mariage, pas n'importe lequel, mais un mariage dans toute sa banalité quand même. Le prêtre poserait une question à laquelle un homme et une femme répondraient par l'affirmative. On applaudirait. Dans une salle à l'éclairage glauque, on danserait jusqu'à très tard. Des dindes seraient découpées et servies. Quelqu'un vomirait d'avoir bu du mauvais vin. Telles étaient les attentes partagées des soulagées et des sceptiques. Le vent avait tourné et on était sur le point de vivre un événement qui ferait histoire. Pour chasser Victoire Pinson et son armée de commères (toutes sceptiques) de l'église Saint-Paul, deux rafales de mitraillette dirigées sur le plancher de la nef n'auraient pas suffi. Pour rien au monde elles n'auraient manqué ce qui était sur le point de se produire, mais dont on ne savait rien. Il fallait être là.

Les paris étaient ouverts. Du côté des sceptiques, on murmurait sous le regard désapprobateur des saints que Jacinthe avait, cette fois, complètement perdu la boule et qu'on la retrouverait dans un état catatonique, prête à être enfermée. Chez les soulagées, on supposait plutôt une attaque de panique, un dernier relent d'enfance qui avait poussé Jacinthe à aller faire ses adieux aux arbres éclatants de couleurs avant de partir pour la ville. Se produisit alors un phénomène remarquable. Lentement, comme le mouvement des glaces au printemps, les soulagées et les sceptiques se levèrent de leur banc pour se séparer en deux groupes compacts. Il n'était plus question de se mélanger. D'un côté comme de l'autre, on n'endurait plus la proximité du clan adverse. Maintenant que les choses se corsaient, il fallait choisir son camp. Agglutinées sous une statue de la Vierge miséricordieuse, les soulagées élaboraient leur plan. Il faudrait encore attendre une heure pour laisser à Jacinthe le temps de surmonter ce qu'on croyait être l'angoisse naturelle qui précède le jalon le plus important de la vie d'une femme : son mariage. Si après cette période la mariée n'apparaissait pas, il faudrait penser à envoyer quelqu'un la chercher. En tel cas, il faudrait éviter à tout prix qu'il s'agisse de Rose, qui l'effaroucherait pour de bon, ou de ce Donatien Décarie, qui intimidait tout le monde avec son beau parler.

Réunis sous un vitrail représentant la crucifixion d'un Jésus sanguinolent et résigné, les sceptiques avaient d'autres plans. D'abord, il fallait intervenir auprès du curé pour qu'il annule ces noces grotesques. Quelqu'un se chargerait de raconter à Théo toutes les excentricités de celle qu'il croyait faite pour lui. Après, il faudrait épauler Rose, qui n'avait plus d'autre solution que d'envoyer sa fille accoucher chez les sœurs. Il faudrait discuter avec elle des options d'internement après la naissance de l'enfant qui, bien évidemment, serait envoyé à la crèche, où une brave famille le cueillerait. Quelqu'un mentionna sa cousine qui venait de subir la grande opération sans avoir eu le temps de donner naissance à un septième enfant. L'enfant de Jacinthe ferait son bonheur. D'autres rétorquèrent que ce seraient les sœurs qui décideraient.

À part Donatien, personne n'avait remarqué que Théo était sorti de l'église peu après l'arrivée de Marguerite. Derrière la maison de Rose Hurtubise, il lui avait suffi de suivre les petites perles blanches qui étaient tombées de la robe de Jacinthe. Elles s'étaient dispersées sur le sol couvert d'aiguilles de sapin et de feuilles mortes comme autant de petites étoiles. En suivant cette voie lactée, il ne lui fut pas difficile de pister sa future épouse, même si elle avait enjambé un ruisseau dans sa fuite. Il marcha pourtant pendant plusieurs minutes avant de la trouver au milieu d'une clairière. Il se voyait déjà raconter à ses petits-enfants qu'il avait dû rescaper sa fiancée dans la forêt pour l'emmener dans ses bras vers l'autel.

Aux pieds de Jacinthe, la robe blanche gisait sur des genévriers comme une reine vaincue, les manches déchirées étalées en croix comme si elle avait offert son âme à Dieu avant d'expirer. On voyait qu'elle était trempée, tachée et déchirée à plusieurs endroits, comme si Jacinthe s'était servie d'une égoïne pour l'arracher de son corps. Son pied droit appuyait sur une des épaules de la robe comme si elle avait eu peur que l'ennemi mort ne se relève pour continuer la bataille. Jacinthe avait presque terminé son œuvre, qui consistait à épingler sur sa nuisette et son jupon les feuilles écarlates d'un érable qu'elle avait amassées en un tas. Ainsi gréée, elle avait l'air d'un personnage d'une comédie shakespearienne campée dans les bois anglais, d'un elfe des forêts nordiques ou d'une folle furieuse, c'était selon. L'œuvre forçait l'admiration. De bas en haut, les feuilles assemblées formaient une mosaïque de rouges, de dorés et d'ocres. Jacinthe s'était tressé une couronne de feuilles, celles-là toutes écarlates, qui acheva de charmer Théo. Il attendit quelques instants avant d'avancer, car elle ne l'avait pas encore vu à travers les branches. Quand elle posa finalement les yeux sur lui, elle étouffa un cri.

— Je veux me marier en rouge !

Théo souriait. Délicatement, doucement cette fois, comme s'il avait voulu faire oublier la première fois où il l'avait prise sans qu'elle le veuille, il lui enlaça la taille et la serra sur son corps dans un bruissement de feuilles. Les mains terreuses de Jacinthe tenaient ses larges épaules. Dans son costume de marié, Théo ressemblait à un acteur de cinéma venu demander pardon pour les péchés de l'humanité. Jacinthe lui en pardonna un. Elle comprit qu'il voulait un nouveau départ après une entrée ratée dans sa vie. Quand plus tard elle se demanderait à elle-même de s'expliquer pourquoi elle l'avait embrassé, pourquoi elle l'avait laissé sans se débattre la coucher sur les genévriers et pourquoi elle l'avait guidé de sa main en elle en le regardant dans les yeux, elle se donnerait le prétexte de cet enfant qui avait été conçu sans amour, comme elle l'avait été, tout comme sa sœur et presque tous les enfants de Grand-Mère. Elle le fit pour qu'un jour, il puisse dire à cet enfant que l'amour l'avait mis au monde. Quand il eut fini de s'essouffler, il tomba à côté d'elle, le pantalon aux genoux, son nœud de cravate intact. Jacinthe souriait.

— Théo, je voudrais qu'on l'appelle Aimé.

Il aurait préféré Denis. Mais il lui accorda cette fantaisie, car il se sentait en dette d'amour envers elle. Pourtant, c'était le contraire. Il l'avait aimée. Mal. Comme un mammifère aime la femelle, mais il l'avait quand même aimée.

Quand ils entrèrent dans l'église, bras dessus, bras dessous, souriants, tous les invités étaient toujours là. De petits cris fusèrent. La mariée avait gardé ses chaussures de cuir blanc, mais le reste de son corps était couvert d'une robe faite de feuilles rouges. Le curé, scandalisé par cette apparition, disparut dans la sacristie, où il commença à se dévêtir de ses saints habits. Chez les invités, les sceptiques furent soulagés et les soulagées commencèrent à douter. Rose était blanche comme un drap. Marguerite tenait fermement la main de sa mère, non par affection ni pour lui apporter un soutien moral, mais parce qu'elle savait que Rose était sur le point de marteler le visage de Jacinthe de son poing fermé. Dans la sacristie, Donatien allongeait les billets de banque sous les yeux d'un curé qui, dans un premier temps, ne daigna même pas regarder la somme en question. À mesure que les billets tombaient sur le dessus de l'armoire de chêne de la sacristie, son visage passa progressivement du dégoût à la colère, à la tristesse puis à l'indifférence. Au sixième billet de banque, il revêtit ses vêtements liturgiques sans même regarder Donatien dans les yeux. Ce dernier lui avait d'ailleurs déjà tourné le dos pour retourner vers la nef, où l'attendaient des dizaines de visages incertains. Jamais un curé ne lui avait coûté aussi cher.

Donatien ne sut jamais combien de billets il avait allongés sous les yeux du curé. Ce qu'il savait, c'était qu'il était prêt à liquider toute sa fortune et à cambrioler des banques pour obtenir le droit de voir Théo tous les jours jusqu'à sa mort. Il savait aussi qu'en lui fournissant une femme et en la laissant vivre dans sa maison, il augmentait les chances que Théo accepte de rester dans la rue Saint-Hubert, près de lui. Ce privilège n'avait pas de prix aux yeux de Donatien.

— Chers amis, je vous invite à vous asseoir, tonna-t-il d'une voix profonde. Notre bien-aimé curé célébrera comme prévu le mariage auquel vous avez été invités.

En pointant le menton autoritairement en direction de l'organiste, Donatien donna le coup d'envoi de la cérémonie. L'organiste reprit depuis le début le programme musical. Certains essayaient de compter les feuilles qui composaient la robe improvisée de Jacinthe. Tous étaient hypnotisés par le chatoiement des couleurs d'automne qu'illuminaient les derniers rayons du soleil qui pénétraient dans l'église à travers les vitraux. Il se mit à faire chaud. On entendait Marguerite sangloter et les dents de Rose grincer. Victoire Pinson réprimait ses gloussements malpolis. Donatien comptait les heures qui le séparaient du départ de ce lieu. Hagard, Théo enfila l'anneau de mariage au doigt sali de terre de Jacinthe, puis il l'embrassa sous les acclamations déchaînées des invités.

Pour la toute première fois, Jacinthe sentit le petit pied d'Aimé frapper les parois de son utérus.

LA MAISON
DE LA RUE SAINT-HUBERT

Aimé naquit à Montréal, loin de Grand-Mère et des hiboux des marais. Inscrite aux Beaux-Arts un an après la naissance de son fils, Jacinthe avait vite regagné le monde des couleurs dans lequel errait aussi un jeune professeur américain qui, contrairement à Théo, avait quelque chose à dire sur les nuances qu'elle tentait d'inventer. Ces paroles d'artiste réussirent à la convaincre de le suivre jusqu'à Chicago. Sur le guéridon du vestibule, une carte.

Je dois trouver mes couleurs. Ne me haïssez pas, je vous en supplie.

Théo n'avait pas parlé pendant six semaines. Aimé fit preuve d'un pragmatisme étonnant pour un garçon de trois ans. Quant à Donatien, il arriva à feindre l'effarement pendant quelques mois pour devenir le premier de la maisonnée à exprimer sa résignation quand il en eut assez de faire une tête d'enterrement. Homme de joie et de jouissance, Donatien n'avait que peu de choses à dire à Jacinthe, qu'il s'était mis à considérer comme une exaltée après l'avoir vue, le matin suivant l'accouchement, se remettre à manipuler sa palette et ses pinceaux tandis que vagissait le petit Aimé, affamé.

— Tu ne vas pas le nourrir ?

Elle le nourrit la plupart du temps, oui. Elle ne l'emmène pas dans ses errances dans les parcs de Montréal où elle cherche les couleurs du feuillage qu'elle a laissé à Grand-Mère. C'est d'ailleurs la seule chose qui lui manque de son patelin natal, cet instant, car il s'agit d'un instant, où les érables du voisin deviennent rouges à la fin du mois de septembre. À Montréal, les feuilles des arbres sont en permanence recouvertes d'un film de poussière de pollution qui affadit les tons et corrompt les nuances. Il faudrait épousseter toutes les feuilles de tous les arbres de Montréal à l'aide d'un chiffon humide tous les jours, mais depuis la guerre, la main-d'œuvre est hors de prix. En revanche, les couleurs qui explosent sur les cordes à linge et dans les vitrines des supermarchés illuminent la rétine de Jacinthe, perdue dans la contemplation des citrouilles et des épis de maïs dont le vert pâle lui arrache parfois des sanglots. Quand elle pleure à cause du vert pâle, elle oublie de nourrir son fils qu'elle a oublié à la maison. Jacinthe Hurtubise n'a pas la conscience du temps qui passe. Elle a son temps à elle, qui est tissé de couleurs.

Elle avait préparé le biberon sans un mot. D'abord pris de compassion pour cette personne en apparence sans défense, Donatien avait vite déchanté en constatant le désintérêt de Jacinthe pour son fils. Ce détachement ne surprit guère Rose Hurtubise, qui confirma dans une lettre à Donatien qu'enfant, Jacinthe avait démontré pour sa mère une froideur quasiment blessante. C'était à sa grande sœur Marguerite et à son père qu'elle s'était attachée, jetant souvent sur Rose le regard qu'elle aurait réservé à une vieille poupée laide. Le sentiment était réciproque. Pour Rose, cette deuxième enfant était superflue. Marguerite était parfaite. Qu'était venue chercher cette petite intruse ?

Quand Aimé eut six ans, une carte arriva de Chicago par la poste. Après avoir ouvert l'enveloppe et lu le message que Jacinthe avait peint en rouge à l'intérieur d'une carte d'anniversaire, Donatien la jeta au feu. Il n'en parla jamais à Théo, encore moins à Aimé, qui jamais ne put lire l'étrange message que sa mère lui envoyait et dont il n'aurait de toute manière su que faire : *Si tu maîtrises les couleurs, tu domineras le temps*.

Donatien en glissa un mot à son frère, Damas, qui le réprimanda sévèrement.

— Damas, la suture n'aurait pas tenu le coup. Ils ont déjà accepté sa disparition. Cette carte les aurait détruits tous les deux. Fais-moi confiance. D'ailleurs, tu ne croiras jamais ce qu'elle lui a écrit.

— Peu importe, ça venait de sa mère. Tu n'avais pas le droit.

— *Si tu maîtrises les couleurs, tu domineras le temps*. Rien d'autre. Juste ça. Tu crois qu'elle a le droit de rendre fou ce pauvre enfant ?

Théo parlait de disparition. Donatien préférait le mot « fuite », dont le sens implique une volonté de partir. N'importe qui peut disparaître, la disparition peut être le fruit d'une volonté extérieure à soi. On peut, par exemple, être enlevé ou soulevé de terre par un vent très fort pour ainsi disparaître. Pour Donatien, Jacinthe avait soigneusement planifié sa disparition. Il préférait donc parler d'une fuite. Et l'art ne pouvait pas lui servir de prétexte. C'est là où Jacinthe et Donatien étaient différents. Citadin jusqu'à l'os, Donatien aurait appris à tirer le meilleur du pire et à faire des concessions pour accommoder à la fois devoir et passion. Jacinthe était un animal de la forêt mauricienne pour qui concéder signifiait mourir. La fuite reste le mécanisme de défense le plus efficace pour le lièvre, le chevreuil et le saumon. Ces bêtes ne peuvent pas se permettre la concession. C'est ce que Donatien ne comprenait pas, car sa capacité à se mettre dans la peau des autres était limitée. Ainsi, il comprenait le désespoir de ses patientes, mais il ne le ressentait pas. Et c'était tant mieux, car son cœur ne l'aurait pas supporté. Le sien éprouvait un autre désespoir que Jacinthe comprenait sans le ressentir.

Pendant les derniers mois de ses études, Théo ne vécut plus que pour ses livres. Naturellement, l'enfant ne s'attacha pas à Rosalba, la cuisinière, qui disparaissait chaque jour à dix-sept heures tapantes, mais à Donatien, qui avait sa chambre dans la maison. Ce fut néanmoins Rosalba qui fournit à l'enfant le prétexte dont il avait besoin pour canaliser l'énergie de sa mère et inventer sa propre subjectivité : un jeu de peinture à l'eau et trois petits pinceaux.

Des années plus tard, quand Donatien tenterait de recoller les morceaux de ce qui était arrivé, quand il tenterait de trouver dans la succession des événements le moment où sa vigilance avait flanché, il ne se souviendrait même pas de ce cadeau si innocent que Rosalba n'avait même pas pris la peine de l'emballer ni d'attendre à Noël pour l'offrir à Aimé, qui le trouva sur le pupitre de sa chambre un matin de novembre. Il ne vint jamais à l'esprit de Théo et de Donatien de dénigrer Jacinthe devant l'enfant, pas plus qu'ils ne tentèrent de discréditer à ses yeux tout ce qui avait trait au dessin, aux couleurs ou à la peinture. S'ils n'avaient jamais initié Aimé aux arts visuels, c'est tout simplement parce qu'ils ne s'y intéressaient eux-mêmes que très peu.

L'arrivée de ce jeu de peinture à l'eau coïncida avec le remplacement de la fournaise au mazout. Le remplacement d'un tuyau d'aération libéra au fond d'un placard de la cuisine un espace assez grand pour qu'Aimé puisse s'y étendre sur le ventre et contempler, à travers une grille d'aération devenue inutile, le cabinet où Théo recevait ses patientes. Aimé découvrit l'endroit en cherchant les biscuits que Rosalba cachait dans une armoire. La lumière du bureau de Théo éclairait sur le plancher du placard un rectangle assez grand pour y déposer un cahier et des couleurs. C'est dans la pénombre de ce placard, sans le dire à personne et en écoutant son père recevoir ses premières patientes, qu'Aimé s'initia à la peinture. Dans la maison, on croyait qu'il sortait jouer dans la cour par la porte de la cuisine. Parfois Théo entraînait son fils à s'orienter dans la ville, il avait sans le savoir éveillé chez lui une fantaisie originale. Pendant qu'il tentait de trouver son chemin, le petit avait compris une réalité cruciale : il était perdu pour les autres aussi. Avoir perdu son chemin, c'est aussi disparaître. Et il aima cette invisibilité, car elle faisait de lui une créature libre. Jamais il ne se sentit plus libre que lorsqu'il s'enfermait dans le placard de la cuisine, d'où il voyait les chaussures de son père assis à son pupitre de médecin.

Avant de commencer l'école, Aimé avait déjà mélangé son premier vert pomme. Le jour où on l'arracha à son plaisir coupable pour l'envoyer sécher comme le reste des enfants bourgeois sur les bancs d'école, il s'était attaqué au bleu du ciel sans même se tacher les doigts. De l'autre côté de la grille, les talons de femmes défilaient.

POSTE RESTANTE

Quand il est installé au fond du placard de la cuisine, Aimé n'entend pas la sonnette. Il se doute cependant que quelqu'un a sonné, car il entend Rosalba marcher en direction de la porte. Il vient d'avoir huit ans. Il n'entendra rien de l'étrange conversation entre Rosalba et cet homme inconnu qui se présente sur le perron de la maison. Il s'appelle Bellavance. C'est un petit monsieur très gros qui tient une sacoche de cuir à la main gauche dont il vient d'extraire une petite boîte de fer-blanc. Même s'il a pris la peine de dire qu'il ne vend ni brosses ni aspirateurs, Rosalba est allée chercher Donatien, qui était occupé à aider Théo avec une patiente. Il tente de maîtriser son agacement d'avoir été séparé de son protégé.

Bellavance s'excusa avec profusion. Il ne cacha pas son malaise d'être debout sur le perron de la clinique de Donatien où n'entraient d'habitude que des femmes. Il voulait qu'on l'invite à l'intérieur, car être vu devant la clinique de Donatien et de Théo n'était pas fait pour tout le monde. Une fois la porte fermée, son visage bleuit dans le reflet des vitraux du vestibule. Donatien lui demanda de le suivre jusque dans la salle d'attente vide. Bellavance voulut savoir si un Théo Sanschagrin vivait à cette adresse.

— Il est occupé, il a repris la clinique. Je peux lui faire le message ?

Bellavance sembla hésiter. Était-il absolument impossible de parler à monsieur Sanschagrin ? Donatien se montra catégorique. Il savait que Théo aurait besoin d'au moins une heure avec cette dernière patiente de la journée.

L'histoire de l'homme était à la fois simple et extraordinaire. Son père avait longtemps gardé dans ses affaires cette boîte très ancienne qui contenait des objets mystérieux. Avant de l'ouvrir, Bellavance prit la peine de souligner que son père était liquidateur de successions et qu'il supposait que cette boîte faisait partie du fatras laissé par un mort quelconque.

— Vous savez, il est rare que les gens prennent la peine de faire de l'ordre avant de mourir.

Impossible de savoir laquelle avec précision, mais il y avait tout à parier que ces objets avaient été trouvés dans une des maisons bourgeoises que l'on avait démolies pour construire les pavillons modernes de l'université McGill, au pied du mont Royal. Si le père d'Anton Bellavance avait conservé cette boîte, ce n'était pas parce que les objets qu'elle contenait valaient beaucoup d'argent, mais parce que l'un d'eux menait directement jusque chez Théo. Rapidement, les propos de Bellavance devinrent insensés aux oreilles de Donatien. Il déposa la boîte sur un guéridon et l'ouvrit. Au fond reposait une enveloppe de papier très fin rendu friable par les années. En la palpant, il sentit qu'elle contenait de petits objets, des graines de quelque chose, sortes de pépins.

— Cette lettre est adressée à Théo Sanschagrin. J'ai essayé de le trouver ici, en 1951, deux mois après la mort de Papa, mais aucun Théo Sanschagrin ne vivait au 3404 Saint-Hubert, à cette époque. C'est la même dame qui m'a répondu ! Depuis que j'ai pris ma retraite, j'ai beaucoup de temps libre. J'ai recommencé à le chercher. Quand j'ai vu son nom sur la plaque, je n'en ai pas cru mes yeux.

— Ça ne me paraît pas si étonnant, il vit ici.

— Depuis quand ?

— Depuis 1952.

— Je pense que vous ne comprenez pas ce que je vous dis, docteur Décarie. Je suis en possession de cette boîte depuis 1951. Mon père l'a gardée dans ses affaires pendant des décennies. Le nom écrit sur l'enveloppe, c'est Théo Sanschagrin. C'est comme si la personne qui avait écrit son nom sur cette enveloppe savait qu'un jour il finirait par habiter ici.

— Je ne sais pas quoi vous dire, monsieur. Je ne comprends pas.

Quand Bellavance demanda s'il pouvait s'installer pour attendre Théo, Donatien regretta de lui avoir dit que Théo était dans la maison. Il réussit à convaincre le type de lui laisser la lettre et les objets. Bellavance insista pour lui donner sa carte.

— C'est dommage que mon père ne soit pas là. Il cherchait souvent des gens pour leur remettre des objets qui leur étaient destinés. Je sais que cette lettre appartient à monsieur Sanschagrin, mais comme je la conserve depuis…

— Théo va vous écrire ou vous appeler.

Bellavance était déchiré. Il aurait tant voulu remettre la boîte en mains propres à son destinataire, mais Donatien faisait barrage. Il dut se résoudre à partir. Le soir, Donatien remit la boîte de fer-blanc à Théo, qui n'en fit pas grand cas. Il était affamé et voulait à tout prix manger et jouer aux cartes avec Aimé.

— Dis à Rosalba de la mettre dans ma chambre, je vais voir à ça.

Rosalba avait placé la boîte de fer-blanc dans un tiroir de la commode de Théo. C'était à l'époque où le jeune médecin partageait son temps entre la douleur du départ de Jacinthe, le labeur que lui infligeait sa profession et la joie de rire avec son fils tant aimé. Une boîte de fer-blanc n'avait aucune chance de s'imposer dans ce contexte. Donatien ne s'en informa jamais non plus, croyant que Théo avait réglé l'affaire. Cette bombe à retardement attendrait six ans avant d'exploser. Pourtant, il aurait fallu que l'on s'y intéresse. Comme quoi il est parfois inutile pour le destin d'envoyer des signes. Si Donatien s'était moins intéressé aux garçons du parc La Fontaine et aux hiboux des marais, et s'il avait été plus attentif aux messages subliminaux que la vie lui envoyait, le destin d'Aimé n'aurait pas été le même. Mais l'optimisme de Donatien était une forme de pragmatisme.

LE TEMPS DES PAUVRES

Quand Sanschagrin rentra chez lui, il trouva un immense potager carré dans lequel poussaient des légumes d'une beauté inouïe. Il avait d'abord ignoré les lettres que ses filles lui envoyaient à Montréal, où il avait passé le printemps et le début de l'été à s'occuper de projets d'affaires, car en plus de l'élevage de chevaux dont s'occupait sa femme, Joseph Sanschagrin exportait des céréales vers l'Angleterre. L'élargissement récent du canal de Lachine lui avait permis de doubler son tonnage et d'inclure dans ses transports les récoltes de ses concurrents du Haut-Canada. Brasser des affaires de transport de grain à Montréal s'avéra beaucoup plus payant et divertissant que de regarder blondir les épis dans l'ouest de l'île. Ses filles mariées, il ne voyait plus l'utilité d'aller s'ennuyer sur la ferme avec son épouse, qui lui avait d'ailleurs bien fait comprendre que sa présence sur ses terres n'était pas nécessaire. Quand il avait entendu dire par les Décarie que Marie-Philomène avait fait terre brûlée autour de sa protégée, il avait résolu d'aller élucider l'affaire. Mais avant de rentrer, il s'arrêta chez madame Turvy, qui tenait une maison close sur la rue

Saint-Laurent où on ne trouvait que des filles en début de carrière. Moins elles avaient d'expérience, moins il risquait de se retrouver avec une chaude-pisse. Il avait su d'un associé que deux filles venaient de s'ajouter aux locataires de la tenancière.

— Deux petites Canadiennes, dépêche-toi avant qu'elles se défraîchissent… lui avait chuchoté à l'oreille son complice qui, à en juger par son haleine, arrivait tout droit de chez la Turvy.

— Donne-moi au moins le prénom de celle que tu as prise pour que je me fasse l'autre, je n'ai pas envie de sentir ton whisky bon marché sur ma viande, vieux débris…

Mais l'hurluberlu ne se souvenait pas du prénom de cette fille de quinze ans qui l'avait « reçu » au bout du couloir recouvert de faux velours de la Turvy. Ce serait un coup de dé pour Joseph Sanschagrin. Maintenant debout devant le magnifique potager qui cuisait sous le soleil d'août, Sanschagrin se pencha pour cueillir des haricots qui pendouillaient. Il ne put retenir un sourire tant il les trouva à la fois croquants et juteux. Dans la maison, il tomba sur une jeune femme au visage magnifique qu'il n'avait jamais vue. Vêtue de vêtements qui lui rappelèrent ceux de sa femme, les cheveux retenus en un chignon lustré, elle exultait la santé. Il la surprit dans la cuisine en train d'écosser des petits pois. Sanschagrin crut qu'il s'agissait de la fille d'un éleveur des alentours. Mais il se trompait.

— Je cherche ma femme, vous ne savez pas où elle se cache ?

— Oh ! Vous êtes revenu de la ville, monsieur Sanschagrin ! Madame Marie-Philomène est aux écuries. Vous voulez que j'aille la chercher ?

— Oui, et savez-vous ce qui est advenu de cette gardienne de poules qui est arrivée il y a cinq ans ? Vous savez, cette fille à demi sauvage qui travaille comme dix ? Ne me dites pas que cette cinglée l'a mise à la porte aussi !

— Je suis toujours là, monsieur. Madame ne m'a pas mise à la porte, non.

Sanschagrin faillit restituer ses haricots. Cette voix, c'était bien elle. Par quel miracle avait-elle évolué en cette créature plaisante au regard qui venait de sortir de la cuisine pour quérir Marie-Philomène ? Il remarqua au passage que Mary était mieux chaussée que ses propres filles, elle qui était arrivée pieds nus sur sa ferme.

Marie-Philomène n'attendait pas son mari et le lui fit bien comprendre.

— Vous auriez pu nous aviser, laissa-t-elle sèchement tomber sans même lui donner un geste d'affection.

Cela ne surprit pas Sanschagrin, qui ne touchait plus à sa femme depuis des années.

— Mary, tu mettras la table pour Joseph, il doit avoir faim. Je vais m'occuper de le servir. Tu peux retourner à l'écurie surveiller les journaliers. Ils sont d'une paresse épouvantable aujourd'hui.

Pendant qu'elle lui servait un morceau de viande, elle expliqua à son époux qu'elle avait fait de Mary son bras droit. Sanschagrin posa des questions sur le potager. Apparemment, Mary avait le pouce vert. Pendant les dernières années, Mary avait été soumise à un régime pédagogique rigoureux. Elle lui avait montré à marcher, à sourire, à répondre convenablement aux gens qui lui adressaient la parole et, surtout, à donner assez d'amour à une semence pour qu'elle germe.

— Tu aurais dû voir ses yeux quand ses premières pousses sont sorties de terre. Je lui ai fait semer des melons dans la maison au printemps. Elle peut passer des minutes entières rien qu'à observer les plantes pousser. Tout récemment, elle a commencé à leur parler… tu sais, comme on parle à de petits enfants que l'on aime.

— Comme tu n'as jamais parlé à nos filles.

Joseph venait de toucher un nerf. Stoïque, Marie-Philomène lui renvoya le sourire des femmes qui n'aiment pas leur mari, ce rictus venu du fond des âges qui dit : « Je t'emmerde, gros con. »

— Mary ne prend pas d'airs, elle aime le travail physique. Elle est comme moi. Nos filles ont toujours eu peur de se casser un ongle. Tu en as fait de parfaites petites princesses. Jolies, mais complètement inutiles dans une maison.

— Leurs maris les trouvent utiles.

— Nuance : leurs maris sont eux aussi inutiles. Qui se ressemble s'assemble.

Joseph préféra ne pas continuer la conversation. Depuis des années, lui et sa femme ne communiquaient plus que par des phrases très courtes. Ce dernier échange contenait plus de mots qu'ils n'en avaient échangé en cinq ans. Deux ans avant l'arrivée de Mary, il y avait eu cette histoire bizarre avec une employée qui avait fini par fuir la maison, effrayée par l'affection de Marie-Philomène. Cette pauvresse finirait par faire la même chose. En montant à l'étage, il constata avec stupeur qu'une chambre à coucher avait été aménagée dans la pièce attenante à la chambre de Marie-Philomène. Tout donnait à entendre que c'était désormais là que dormait Mary, dans le lit de sa cadette. Il s'enferma dans la pièce qui lui servait de refuge, où il avait une table et un grabat. L'idée de partager un lit avec sa femme le faisait rire.

Quand Marie-Philomène lui avait demandé d'aller à l'écurie, Mary avait bien compris que sa patronne voulait tout simplement qu'elle sorte de la maison. Officiellement, Mary était encore employée des Sanschagrin. Seulement, ses tâches n'étaient plus du tout les mêmes. Il y en avait beaucoup moins, pour commencer, de sorte que de vastes plages de temps s'ouvraient dorénavant devant elle sans qu'elle sache trop quoi en faire. Cela se produisait surtout à la fin de la journée, après que Marie-Philomène lui avait donné sa leçon de lecture et d'écriture, car elle avait décidé de l'alphabétiser. En vérité, Mary n'avait jamais pensé à la notion du temps. C'était comme si une personne qui n'avait jamais entendu parler de l'argent gagnait à la loterie. Elle ne savait qu'en faire. L'espace, Mary le connaissait bien, car elle en avait vu beaucoup défiler sous ses yeux depuis qu'on l'avait trouvée dans un champ. Elle commençait un peu à saisir la vastitude du monde. La dimension temporelle, cependant, ne lui avait été révélée que tout récemment par deux phénomènes importants dont elle venait tout juste, grâce à Marie-Philomène, de faire la découverte : la germination des plantes et l'oisiveté.

Chez les Gallagher, il lui fallait survivre, se battre, frapper, protéger les animaux qui recevaient des rations plus généreuses et goûteuses que la pitance qu'on lui lançait. La besogne la menait du lever au coucher du soleil et l'empêchait de penser au temps. Au début, pendant les premières heures de liberté que Marie-Philomène lui avait octroyées, Mary avait eu le vertige.

— Vous n'avez pas de travail pour moi ?

— Non, je veux que tu te reposes.

Le cadeau du temps venait avec de nouveaux mots. Me reposer ? Elle crut qu'il s'agissait d'un terme réservé aux gens qui savaient lire et avait mis du temps à en comprendre le sens. Il en est ainsi de ces filles et de ces garçons auxquels on apprend à marcher dans le simple but de les mettre à la corvée. Ils triment leur vie durant et quand, à cinquante ans, déjà vieux et édentés, grevés par de douloureuses tumeurs, ils s'arrêtent brusquement de travailler pour guetter pendant quelques heures la mort arriver, ils ont sur le visage une expression semblable à celle que Mary afficha quand elle eut pour la première fois une heure à elle. Leurs yeux ne s'écarquillent pas par crainte du trépas, non, ils sont tout simplement étonnés de la conscience du temps que leur fin prochaine leur donne. Ils ont bien compris que leur vie se termine avec leur dernière besogne. Pour Mary, la conclusion allait de soi : elle était sur le point de mourir. Quand elle se rendit compte que c'était une fausse alerte, elle se mit à chercher de quoi meubler ces espaces de temps vides. Elle avait donc accepté d'apprendre à lire.

Ce soir-là, pour laisser le couple Sanschagrin discuter en paix, elle s'était installée sur une pierre au bord du ruisseau avec un livre d'histoires. Elle fixait l'eau, remontait du regard le courant, s'imaginait son âme se détacher de son corps pour partir en montaison jusque derrière la colline. Elle vivait dans un pays où le temps s'arrête l'hiver et court en été. Une fois arrivée à la source, elle se laisserait descendre sur l'onde pour passer à côté de sa propre personne. C'est là que le temps lui apparaissait comme une donnée vertigineuse. Il ne pouvait y avoir deux Mary Gallagher, l'une en amont et l'autre en aval de la rivière. L'idée du dédoublement lui donna un léger vertige, la plongea dans des réflexions bien plus complexes que les histoires du petit livre que Marie-Philomène lui avait offert. Elle avait lu pendant dix minutes, puis avait regardé le vol d'un colibri pour s'étonner que ce petit être arrivât, lui, à voler à reculons. Était-il possible de remonter le temps ? Finalement, elle avait passé de longues minutes à contempler ses pieds, ses doigts et les lignes de sa main gauche qu'elle trouvait fascinantes depuis qu'on lui avait enseigné à décrasser ses paumes avec du savon. Faire l'inventaire de son corps est un luxe réservé aux filles qui ne travaillent pas.

Marie-Philomène s'était beaucoup amusée à observer Mary guetter les pousses sortant de terre. Après quelques semaines de jardinage, de repos vespéral et de dégel du ruisseau, Mary commença à saisir le temps dans sa fluidité et dans son élasticité. Du moins, elle avait compris que le temps, contrairement à l'espace, ne permettait pas l'erreur. Se tromper d'endroit ? Cela s'arrange. Se tromper d'heure est fatal. Il fallait que certaines choses soient faites à un certain moment, comme le sarclage des rangs de légumes. Et le temps ne se revisitait pas. Il n'était pas possible de revivre l'hier ni le dernier Noël.

Elle espérait de tout son cœur que sa bienfaitrice ne meure jamais, car avec elle disparaîtrait le temps.

COMME UN VER DANS UNE POMME

Le 3 juillet 1967, la reine Élisabeth II visita le site de l'Expo coiffée de ce qui ressemblait à une toque de natation fleurie. Elle fut enchantée par ce qu'elle y vit. L'itinéraire qu'on avait planifié pour Sa Majesté ne prévoyait pas de déplacement en minirail. Or, quand la souveraine aperçut les petites voitures bleues ouvertes avec leurs petits toits plats qui protégeaient les passagers du soleil, son cœur d'enfant ne fit qu'un tour. Au lieu de marcher, elle exigea, dans un élan de hardiesse windsorienne, de pouvoir serpenter entre les pavillons à bord du petit train. Les officiels agirent prestement. Au premier arrêt, on chassa des petites voitures les gueux qui y avaient posé leur flasque fessier pour permettre à la reine de satisfaire son envie de l'heure. Avec la souveraine à son bord, le minirail entra dans le dôme géodésique américain et en ressortit, comme un ver dans une pomme.

Au sujet d'Expo 67, la reine n'eut qu'un seul bémol, qui concernait la propreté des lieux, remarque qui piqua au vif l'équipe responsable de la maintenance du site. À partir de cet instant, l'Expo demeura jusqu'à sa clôture d'une propreté irréprochable. Dès qu'un morceau de papier tombait sur le sol, une volée d'employés se précipitaient dessus pour se le disputer, telles des mouettes agglutinées autour d'une frite perdue. Les équipes faisaient de leur mieux. Seulement, les choses ne se passèrent pas comme prévu.

À peine trois jours après l'inauguration officielle, le millionième visiteur franchit les tourniquets de l'Exposition un peu avant midi, à l'insu de tous et dans l'anonymat absolu, car dans la frénésie de l'ouverture, on avait complètement perdu le compte des visiteurs. Même dans les prévisions les plus optimistes, on ne l'attendait pas avant la mi-mai. Si on avait demandé à cette personne d'expliquer sa hâte, elle aurait probablement répondu qu'elle avait suivi ses jambes, comme le reste des Montréalais curieux de prendre le métro nouvellement inauguré pour marcher sur des îles qui n'existaient pas en 1960. Elle franchit le tourniquet à l'heure où commence habituellement la messe. Le millionième visiteur de Terre des Hommes était une visiteuse.

De tous les pavillons d'Expo 67, le plus visité ne fut ni le pavillon de la Tchécoslovaquie – où l'on servait de délicieuses bières – ni celui de la Grande-Bretagne – où même les charmantes hôtesses avaient de l'esprit –, mais le pavillon du Téléphone. S'il avait été seul, Donatien aurait rebroussé chemin devant l'interminable file d'attente qui serpentait autour du bâtiment blanc. Pour Aimé, la file d'attente faisait partie des attractions autant que le trajet dans le métro tout neuf de la station Sherbrooke jusqu'à l'île Sainte-Hélène ou les promenades en minirail. Elle préparait déjà au dépaysement. Devant eux, une famille de Toronto dressait la liste des pavillons nationaux qu'ils avaient préférés dans une langue dont Aimé comprenait un mot sur trois. Donatien lui avait expliqué qu'il ne fallait pas dévisager les visiteurs, peu importe leurs traits, la langue qu'ils parlaient et les vêtements qu'ils portaient.

— Mais comment on fait pour les comprendre, si on ne voit pas leurs lèvres bouger ?

Après son malaise devant la télévision couleur, Aimé avait passé des jours à regarder l'appareil qui lui transmettait les images de l'Exposition nouvellement inaugurée. Donatien, retraité et oisif à souhait, s'était porté volontaire pour accompagner Aimé et pendant trois jours consécutifs de visite. À la fin du premier jour, ils étaient rentrés de l'Exposition en état de choc. Jamais ils n'avaient reçu une telle dose d'extraordinaire de leur vie. Aimé aimait par-dessus tout, quand il entendait une langue autre que le français, s'arrêter à côté de la personne pour l'écouter à défaut de pouvoir la dévisager et l'étudier de la tête aux pieds comme Donatien le lui avait interdit. En fermant les yeux, il s'imaginait que les mots incompris n'étaient rien d'autre que des arbres qui cachaient le sens et dont il fallait tout simplement percer le mystère.

— C'est comme quand on est perdu. Après, on finit par comprendre quelque chose, mais il faut être attentif.

Donatien avait ébouriffé les cheveux d'Aimé, qui venait de s'exprimer comme l'aurait fait Théo. Ces manifestations d'atavisme provoquaient toujours chez Donatien un débordement de tendresse pour le garçon. Ébouriffer les cheveux de Théo : inadmissible. La tête d'Aimé serait encore accessible à sa paume pendant quelques mois. Après, ce serait la tape sur l'épaule. Puis plus rien que des accolades à Noël et à Pâques dans le respect de la froideur canadienne-française. Dans le pavillon du Mexique, Aimé avait entendu une femme parler d'*el tiempo* alors qu'elle montrait du doigt une horloge. C'était pour lui un premier pas vers la lumière du sens dans la forêt des mots espagnols. Plus la langue était différente du français, plus il avait envie de s'arrêter pour écouter, pour comprendre et sortir du charabia. Derrière eux, dans la file d'attente, deux religieuses échangeaient dans une variété du français qu'Aimé n'avait jamais entendue. Ils avancèrent de quelques pas.

— Moi je n'en peux plus. Je vais t'attendre là-bas sur ce banc.

— C'est bon, mon oncle.

Aimé ne se rappelait pas avoir été présenté à Donatien Décarie qui, dès ses balbutiements de bébé, avait pris le nom de « Monokonatien ». Sur un meuble du salon de la maison de la rue Saint-Hubert, à côté des photographies de Jacinthe Hurtubise et de la grand-mère de Grand-Mère, il y avait cette étrange photo sur laquelle un Donatien cinquantenaire, la tête encore recouverte de son calot d'obstétricien, tendait un bébé encore dégoulinant de liquide amniotique à un Théo dont le visage était défiguré par un sanglot de bonheur.

— Pourquoi Papa pleurait ?

— Parce qu'il était content, il pleurait de joie, Aimé. Parce que tu étais là.

Aimé disparut dans l'enceinte du pavillon du Téléphone pour la troisième fois en autant de jours.

Il en avait parlé toute la journée. Mais les jambes de Donatien n'en pouvaient plus. Dans deux heures, se disait-il, il pourrait s'étendre et boire son whisky. La nuit tombée, il irait probablement traîner sur le mont Royal ou, mieux encore, dans le parc La Fontaine voisin. La ville grouillait d'hommes étrangers qui donnaient aux buissons de la débauche un air de Nations unies. Donatien avait réussi son pari. Il avait réussi à garder Théo près de lui sans l'effaroucher. Il n'y avait pas eu d'autre Maurice, ce garçon marié qui avait mis le feu à sa vie avant de se jeter dans le fleuve un soir de novembre. De cette tragédie, Donatien avait tiré d'importantes leçons. C'était tout simple. Théo avait mordu à sa proposition de lui payer ses études de médecine. Il avait aussi accepté de suivre Donatien dans une résidence en obstétrique à l'hôpital Notre-Dame. Il avait même accepté de prendre en charge le cabinet et les patientes de Donatien quand ce dernier avait décidé de prendre sa retraite. Quand Théo était arrivé dans la maison avec Jacinthe, Donatien avait pris une chambre sous les combles, malgré les imprécations aiguës de son frère.

— Tu ne vas pas être capable de te retenir. Tu vas souffrir, Donatien. Pense à guérir de ton mal.

Son mal ? Comme si son frère n'en était pas lui aussi atteint ! Damas avait tout simplement mieux déjoué les observateurs, c'est tout… Son mal, Donatien s'y vautrait deux soirs par semaine dans les bosquets du parc La Fontaine. Dans la pénombre, il suffisait de fermer les yeux et de penser à Théo. Le temps passa. Les hormones finirent par se calmer. À soixante ans, il trouva un équilibre jouable entre l'affection qu'il portait à Théo et ce que le monde était prêt à autoriser. Au pied d'un hêtre, il avait juré, en voyant Théo, qu'il ne passerait plus une journée de sa vie sans parler à cet homme. Le père Sanschagrin ayant eu la malchance d'être emporté par une grippe intestinale en 1952, Donatien avait pu s'immiscer dans la vie de Théo sous le déguisement du père de remplacement, de celui qui veut guider un jeune homme méritant vers le succès. Pour Donatien, cet arrangement représentait la plus douce et décisive des victoires sur un monde qui se méfiait de lui comme des espions soviétiques. L'autre option consistait à ne jamais voir Théo, une pensée qui le remplissait d'horreur. Il redoutait ce vide comme d'autres craignent le cancer. Être mort lui paraissait préférable à une existence inutile sans Théo. C'est donc pour éviter la mort de son cœur qu'il traita Théo comme on traite un fils perdu et qu'il fut pour le petit Aimé l'oncle le plus aimant et disponible dont on pouvait rêver.

Toujours correct et décent.

Et Théo ? Ce qui le retenait auprès de Donatien était ce qu'on pourrait appeler de l'amitié, pour faire court et pour faire taire, parce qu'on n'a pas toujours envie d'expliquer aux gens pourquoi on aime rester près d'une personne. Mais la nature du sentiment était différente. L'amitié a ses limites. Le lien qui unissait Théo à Donatien s'apparentait dans son refus du compromis au lien qui l'unissait à son fils Aimé. Sans l'intervention active de Théo dans leur vie, Donatien et Aimé n'auraient tout simplement plus existé. Il n'est écrit nulle part, se disait Théo, qu'un père doit aimer ses enfants. Aucune loi, aucun serment officiel ne prévoit l'amour paternel. Son propre père, Évariste Sanschagrin, l'avait bien compris et le lui avait expliqué clairement quand il avait douze ans : « Mon homme, j'ai de mauvaises nouvelles pour toé. Le bon Dieu n'existe pas. Nous sommes seuls. » Théo et son frère étaient restés interdits. Le père en avait rajouté une braoule. « Quand vous créez la vie, vous êtes Dieu. Vous êtes responsables et obligés pour toujours. » Il n'était nulle part question d'amour, mais de responsabilité. Et quelle était la différence entre créer la vie et empêcher la mort ? Y en avait-il une ? Théo était responsable et obligé à l'égard de Donatien et d'Aimé. Et l'amour ? Oui, il avait aimé Jacinthe. Il en était convaincu.

Théo n'était pas dupe. Il avait compris, dès que Donatien lui était tombé dans les bras au pied d'un arbre, que le médecin souffrait de la même maladie que les prêtres, celle dont il est illégal d'être atteint. Il avait compris l'exaspération de Damas, les références à ce mystérieux Maurice et la tentative ratée de Rose Hurtubise de jeter dans les bras de Donatien celle qui était devenue, neuf mois jour pour jour après la visite à Grand-Mère, la maman d'Aimé. Il avait compris tout ça, mais il avait aussi compris que Donatien était probablement le cœur le plus pur de toute la province de Québec. L'homme ne se fâchait jamais. Pour tout, il trouvait une solution. Tout ce qu'il avait appris en trente ans de pratique de la médecine, il l'avait expliqué à Théo petit à petit. Et jamais, jamais le type ne lui avait fait la moindre avance. Il y avait certes cette tendance, quand Donatien buvait, à rire exagérément de ses plaisanteries comme le font les amoureux sots. Donatien avait aussi le réflexe de se crisper quand une femme, peu importe son âge, montrait pour Théo quelque forme d'affection que ce soit. Un jour, Donatien avait observé comment une patiente avait dardé son buste en direction de Théo qui venait d'appeler son nom dans la salle d'attente. Il avait détesté ce sourire de boudoir qu'elle lui avait envoyé. Après la consultation, Théo avait éclaté de rire quand Donatien lui avait dit, sur le ton de la confidence désinvolte, qu'il croyait avoir déjà traité cette femme pour la syphilis « ou quelque chose comme ça ».

— Je n'ai rien à craindre tant que tu veilles sur moi, hein, Donatien ? C'est vraiment pour le meilleur et pour le pire, notre affaire ! Tu te souviens de son nom ?

Le vieux médecin avait rougi.

— Agrippine ou Thérèse, je ne sais plus… En tout cas, il me semble que c'était elle.

— Elle s'appelle Adrienne, Donatien !

— Oui, c'est ça, Adrienne…

Théo en avait ri pendant des heures. Donatien avait une mémoire phénoménale. S'il avait vraiment traité cette fille, il se serait souvenu de son nom, de sa pression artérielle, de son adresse et de tous les détails sur sa personne. En ce qui concernait Théo, la dette que les frères Décarie avaient supposément contractée envers lui le jour où il avait chassé l'ourse était payée depuis que Donatien l'avait défendu contre les assauts de Rose Hurtubise, pour qui il demeurait « un aventurier dangereux et criminel » qui avait détruit sa fille.

Donatien repensait à Rose Hurtubise perdue dans sa Mauricie. On ne risquait pas de la croiser ici. Aimé ressortait maintenant du pavillon du Téléphone, exalté comme s'il avait eu une apparition divine. Pour la millième fois, il décrivit sur le rythme d'une mitraillette les caractéristiques du pavillon. Le film avait encore une fois duré vingt minutes, c'était toujours la même production de Walt Disney, ces images du Canada, d'un océan à l'autre, si grand, si beau sur les neuf écrans ; sur les douze canaux de son, il avait entendu le même chien japper en arrivant à l'Upper Canada Village, l'ordinateur du pavillon avait encore deviné son âge, l'ordinateur l'avait battu au tic-tac-toe… Alors qu'il était déjà passé dix-neuf heures, Aimé tenta de convaincre Donatien de l'accompagner au pavillon Kaléidoscope, un endroit qui intriguait Aimé au plus haut point.

— La religieuse qui était dans la file d'attente du pavillon du Téléphone m'a dit qu'elle en revenait et que c'était une « expérience chromatique émotionnelle et psychologique », qu'est-ce que ça veut dire ?

— Elles sont toujours en noir et blanc, pas étonnant ! Elles doivent paniquer quand elles voient un citron ! ironisa Donatien

— C'est quoi « chromatique » ?

— C'est un adjectif, on s'en sert pour parler des couleurs. Une expérience chromatique, c'est quand on fait des expériences avec les couleurs. Et tu iras avec ton père demain. Moi, je suis trop fatigué. Là je pense que je vais y aller. Ne rentre pas trop tard.

Donatien ne s'inquiétait pas. Dans le métro bondé, les passagers ne parlaient que de téléphones, de couleurs, d'Union soviétique et de capsules spatiales. Il pensa encore à cette troupe de danseurs africains, torse nu, qui s'était produite sur la place des Nations pendant qu'il attendait Aimé occupé à faire la queue pour le pavillon du Canada. Les percussions résonnaient encore dans ses tympans, et dans sa mémoire ondulaient des corps lustrés sous le fragile soleil de mai. Donatien pensait à Aimé, à la vivacité époustouflante de cet enfant, à sa manière de toujours raconter tout ce qu'il voyait d'extraordinaire et de nouveau, à sa fascination pour l'avenir, et il se posa une question qu'il trouva d'abord d'une stupidité sans nom, mais qui finit par s'imposer comme une hypothèse amusante, comme le font les horoscopes. Cet enfant avait dû être conçu le matin. Autrement, comment expliquer la lumière qui irradiait d'Aimé ? Avant de monter, il passa dans le bureau de Théo, qui était entre deux patientes.

La question qu'il posa laissa Théo pantois. Elle tarabustait Donatien depuis une demi-heure.

— Ça s'est passé le dimanche matin, quand Rose dormait encore, c'est ça ? Quand on t'a trouvé… enfin… ton pyjama était descendu…

Théo tentait de réprimer un sourire.

— Le monde appartient à ceux qui se lèvent tôt, mon Théo. C'est un enfant du matin. C'est pour ça qu'il est si éveillé !

Ce soir-là, Donatien eut peine à trouver le sommeil en s'imaginant Théo entrer dans l'atelier, tremblant de désir pour le corps de Jacinthe, un matin de juin 1952. Il s'imaginait les mains de Théo sur le corps de Jacinthe. Il tentait de ne pas s'imaginer les lèvres de Théo touchant le corps de Jacinthe. Après vingt minutes à tourner sur lui-même, il se rendit à l'évidence : il ne dormirait pas. Dans la pénombre, il se vêtit à la hâte et descendit l'escalier de la maison sur la pointe des pieds en tenant ses chaussures de la main gauche. Sur le trottoir, il avança d'un pas décidé vers le parc La Fontaine et ses buissons aux mille mains. Ce serait un soir comme les autres.

LE KALÉIDOSCOPE

« La chimie embellit tout ce qui nous entoure », dira l'hôtesse à Théo quand leur tour sera venu d'entrer dans le Kaléidoscope. Ce slogan n'est pas pris à la légère. Comme condition d'embauche, toutes les hôtesses de ce pavillon doivent avoir été de récentes concurrentes du concours Miss Canada. Ainsi, la jeune femme qui guidera Aimé, Théo et Donatien vers la première salle de projection du pavillon a été couronnée Miss Winnipeg moins de cinq ans avant l'ouverture d'Expo 67. Son sourire d'hôtesse ne se décroche pas de son visage parfaitement maquillé quand elle reconnaît Donatien, le médecin de la rue Saint-Hubert, celui dont les coordonnées circulent entre les mains des femmes qui ont un problème à régler. Elle ne perd pas sa composition.

L'uniforme en tissu synthétique que l'on a expressément créé pour elles moule parfaitement leur corps. La matière de ces robes est si instable que si deux d'entre elles décidaient de se frotter le derrière l'une sur l'autre, un incendie serait probablement déclenché. Mais les hôtesses ne s'adonnent pas à ce genre de simagrées suggestives devant les visiteurs.

Cette petite robe qui s'arrête juste au-dessus du genou est tricolore. Le rouge, le bleu et le jaune forment des figures à pointes dont il est impossible de détourner le regard, peu importe l'éducation que vous avez reçue. La robe se décline aussi dans un assemblage vert-blanc-bleu un peu moins violent pour l'œil. Quand on s'approche du pavillon à bord du minirail, les cent douze lamelles de diverses couleurs créent l'illusion d'optique que le Kaléidoscope est en train de changer de couleur sous vos yeux. Cela est voulu par les architectes de l'Institut de design de Waterloo, qui ont voulu laisser une impression chromatique durable dans l'esprit des visiteurs.

Le pavillon Kaléidoscope est financé par un regroupement d'entreprises chimiques parmi lesquelles figurent la Cyanamid of Canada Limited et la Dow of Canada Limited, dont les simples noms évoquent tous les empoisonnements et toutes les malformations du monde. Les couleurs du pavillon d'Expo 67 ont beaucoup plus de succès que la suie noirâtre qui recouvre les vêtements mis à sécher et les pare-brise à Niagara Falls, où les cheminées de la Cyanamid vomissent dans le ciel de la ville d'épais nuages de produits chimiques. Les films projetés dans le pavillon ne montrent d'ailleurs pas ces affreuses images, pas plus que les éclaboussures de styrènes, de glycols, de chlore et d'ammoniaque qui grossissent les flots de la rivière Sainte-Claire à Sarnia. Dans le Kaléidoscope, on regarde vers l'avenir. Les projections qu'Aimé s'apprête à visionner vont changer le cours de son existence. Il ne le sait pas encore. Si Théo avait la moindre idée de ce qui est sur le point de se passer dans l'esprit de son fils pendant la projection, il sortirait de cette file d'attente en quatrième vitesse, jetterait son passeport Expo 67 au fleuve avec ceux d'Aimé et de Donatien et rentrerait chez lui en métro et en silence. La file avance un peu, ils sont presque à l'intérieur. À peine quelques années auparavant, à l'endroit où ils se tiennent en 1967, il n'y avait que le fleuve.

Pour Théo, qui ne peut pas s'absenter de son bureau pendant la semaine, c'est une première journée sur le site de l'Exposition, qu'il a d'abord observé depuis les hauteurs du minirail. Quand les voitures pénètrent dans l'immense sphère du pavillon états-unien et qu'elles en ressortent après y avoir laissé quelques personnes, les passagers se recueillent dans un silence admiratif. Sur les milliers de films amateurs qui en ont été faits, on s'imaginerait entendre fuser des cris de surprise, de joie et d'admiration pour cette fantaisie technique futuriste. Si cela avait été un manège dans une foire, les gens auraient probablement crié. Mais le pavillon des États-Unis n'est pas présenté comme un manège dont le simple but est de vous étourdir. Il accueille le plus long escalier mécanique du monde, au sommet duquel les visiteurs peuvent s'extasier devant des véhicules spatiaux authentiques, des combinaisons spatiales et d'autres merveilles comme ces répliques de sièges éjectables dans lesquelles il est possible de s'asseoir et la reproduction du sol lunaire. Si les passagers du monorail sont silencieux, c'est parce qu'ils viennent de comprendre, en traversant le pavillon des États-Unis, que l'avenir est là, sous leurs yeux. C'est pour cela qu'ils se taisent et leur silence est vertigineux.

Ils descendent du monorail pour que Théo puisse voir ce qu'Aimé et Donatien connaissent déjà par cœur. À part la flotte d'appareils de la NASA, il y a dans le pavillon une exposition sur Hollywood et, dans un coin, un champ de mannequins coiffés de toutes sortes de chapeaux, installation qui vise à montrer la diversité culturelle et sociale des États-Unis. Le chapeau, peut-on lire, dit tout sur une personne. Casquette de base-ball, casque de footballeur, canotier, melon, haut-de-forme… il y a autant de chapeaux qu'il y a d'Américains. Donatien grogne.

— Le chapeau, on peut l'enlever, on peut le mettre pour se faire passer pour ce que l'on n'est pas. D'ailleurs, qui porte encore des chapeaux ? Il y en a de moins en moins. Essayez de vous promener sans chaussures ! L'insulte, c'est de dire à quelqu'un qu'il est un va-nu-pieds, pas qu'il se balade tête nue ! C'est par les chaussures que l'on peut évaluer la valeur d'une personne. Regardez discrètement autour de vous juste pour voir. Les gens ont mis leurs plus belles chaussures pour venir à l'Expo, regardez un peu… C'est comme s'ils étaient allés à la messe.

— Tu exagères, Donatien… Disons qu'ils sont habillés comme pour aller faire les magasins.

— Même à ça… voyez le résultat ! Maintenant, allez comparer avec ce que les gens chaussent vraiment en ville dans leur vie quotidienne. C'est là qu'est la vérité de l'humanité. L'Expo va peut-être faire comprendre aux Canadiens qu'il est important de bien se chausser ! Avez-vous vu les magnifiques chaussures des gens du pavillon de la Thaïlande ? L'avenir sera bien chaussé, mes amis !

Dans le métro qui les conduit jusqu'à l'Expo, Théo, Donatien et Aimé comprennent que l'avenir est arrivé. L'avenir les a avalés dans ses passages souterrains pour les déposer devant le pays des merveilles. Ils sont aussi convaincus que cette victoire est le fruit de leur labeur et qu'ils ne méritent rien de moins que le bleu ciel des wagons du métro et la musique exquise que l'on joue à la Place des Nations d'Expo 67. Il n'y aura plus de typhus. Il n'y aura plus de gale. Bientôt, plus personne ne mourra. Donatien convainc Aimé qu'il verra cela de son vivant.

Il arrive que Donatien refuse de faire la queue pour un pavillon qu'il a déjà vu. Il laisse donc Théo et Aimé attendre et engage un pedicab pour se promener à sa guise entre l'île Sainte-Hélène et l'île Notre-Dame en sentant sur son cou le souffle du jeune homme qui pédale derrière le guidon. Il choisit toujours le même type de chauffeur. Il suffit qu'il ait une petite ondulation dans les cheveux et de belles mains. La plupart de ces garçons sont vêtus d'un uniforme blanc, et coiffés d'un salacot difficile à expliquer dans la fraîcheur du mois de mai montréalais. Ce détail saugrenu n'échappe pas à Donatien, qui s'en sert toujours pour établir le contact avec un chauffeur oisif.

— Vous partez en safari ? Vous m'emmenez, jeune homme ? leur dit-il immanquablement en pointant du menton l'anachronique couvre-chef.

Il se fait conduire vers la Place des Nations, où a toujours lieu quelque numéro de danse mettant en vedette des hommes en collants ou même, les jours de chance, torse nu. Donatien adore Expo 67. Sur son passeport de l'Expo, on lit : *Passeport pour la Terre des hommes*. Ce titre ne restera pas vaine promesse.

Quand le pedicab se met en mouvement et qu'il sent le souffle du jeune homme dans son cou, Donatien ferme les yeux et s'imagine être Thésée courant dans le labyrinthe, sans fil d'Ariane, le Minotaure à ses trousses, une créature qu'il s'imagine musclée, transpirante, immense, à la peau chaude et à la poigne impitoyable.

Théo suit son fils pour qui visiter le même pavillon huit fois tombe sous le sens. Il veut absolument être à côté de son père devant la magnifique fontaine du hall d'entrée du pavillon de la France, quand commence le ballet des stroboscopes. Il veut voir le visage de Théo quand l'ordinateur du pavillon du Téléphone devinera son âge. Il veut que Théo lui explique les regards ébahis des visiteurs du pavillon de la République fédérale allemande, où on imprimait des bibles sur les presses de Gutenberg.

Pour Théo, le nom « Terre des hommes » semble bien mal choisi. D'abord certaines hôtesses européennes sont vêtues d'uniformes aux couleurs criardes si moulants qu'ils donnent l'air d'avoir été peints sur leur corps. Peu importe le pavillon, le visage humain qu'on tente de donner à la fête est celui d'une femme jeune et jolie. Chaque tampon de son passeport est associé au sourire d'une hôtesse. Une Australienne lui a fait très belle impression, de sorte que s'il n'était pas avec Aimé, il tenterait probablement sa chance, comme le feront des milliers d'hommes qui dragueront cet été-là des centaines de jeunes femmes livrées comme autant de promesses d'avenir avec des capsules spatiales, des vidéophones et des écrans cinéma à trois cent soixante degrés. Dans le pavillon de la jeunesse, des fêtes échevelées sont organisées tous les soirs, sur des rythmes psychédéliques, et là les représentants de toute la jeunesse du Canada et du monde se déhanchent en comparant leurs polyesters et leurs hormones.

Quand ils en parlent entre eux, Donatien et Théo affublent leurs patientes de noms d'héroïnes d'opéra. Pamina viendra jeudi. Cio-Cio San a subi un curetage. Norma a voyagé depuis Québec. Donatien se souvient parfaitement de Lucia di Lammermoor. Elle est passée à la clinique quelques mois avant l'ouverture de l'Expo. Il a été impossible de tirer plus de quelques mots de cet animal timide qui a fui tout de suite après la procédure. Donatien l'a vue descendre les quatre marches du perron en deux foulées et disparaître dans la rue Sherbrooke sous une pluie qui avait commencé quand elle était arrivée et qui s'était dissipée peu après son départ. Elle était aux yeux de Donatien une créature du brouillard, comme la Lucia di Lammermoor à l'opéra. C'était un surnom prédestiné. Il doit rester impassible. Aujourd'hui, c'est elle qui accueille les visiteurs du Kaléidoscope. Il la reconnaît tout de suite. Ce n'est pas la première fois qu'il reconnaît une patiente hors de la clinique. Et chaque fois que cela se produit, Donatien fait mine de ne rien avoir vu.

Devant le pavillon Kaléidoscope, Théo et Aimé retrouvent Donatien, qui frissonne encore de sa promenade avec le Minotaure. Il fait la queue depuis déjà dix minutes. Il n'y a pas tant de gens que ça, finalement. Ils seront à l'intérieur dans moins d'une demi-heure.

La question que les visiteurs se posent en entendant ce garçon, qu'ils comprennent ou non sa langue, est de savoir où est sa mère. Tout le monde déduit que Théo est le père, car Aimé est du même gabarit. On voit qu'il suffira de quelques années pour qu'il devienne une réplique de l'homme qui le tient par l'épaule comme si Aimé s'apprêtait à se marier en justes noces. Personne n'est trop sûr du statut de Donatien dans cette histoire, car il est plus petit que Théo. Ses traits sont aussi très différents, de sorte qu'on se dit qu'il doit être un oncle ou carrément le père de cette énigmatique mère qui n'a pas accompagné son mari et son fils à l'Expo en ce samedi de mai. Il n'en faut pas plus pour que la mécanique du jugement se mette en marche. Si cette personne n'est pas là, c'est parce que Théo ne l'aime plus.

Est-ce que Théo considère qu'il aime Jacinthe ? Bien sûr que oui, sauf que pour les besoins des circonstances, c'est-à-dire la file d'attente du pavillon Kaléidoscope, il est nécessaire de mettre de côté les pensées démoralisantes et de se concentrer d'une part sur l'amour qu'il a pour Aimé et d'autre part sur ce bon Donatien, qui demeure pour lui un père dévoué et un associé généreux, et pour Aimé une nounou aimante et un pédagogue attentionné. Si Aimé connaît par cœur les capitales de tous les pays du monde, c'est parce que Donatien les lui a fait répéter par un jeu. Oncle Donatien est celui qui connaît le sens des mots. Il est aussi celui qui sait anticiper les évanouissements d'Aimé. Deux minutes avant d'entrer, Théo ne pense pas à Jacinthe, mais à la robe en polyester de Lucia di Lammermoor, miss Winnipeg, qui s'apprête à ouvrir la porte du pavillon. Il sait que le plus grand plaisir de Lucia, le soir quand elle rentre dans sa chambre d'hôtel, c'est de retirer de sa peau cette étoffe ingrate et de la jeter d'un coup de pied dans le coin de la chambre en criant délivrance. C'est à ça que Théo pense, à ce coup de pied libérateur et à l'odeur que le polyester a laissée sur le dos de Lucia, qu'il reconnaît maintenant.

La porte du pavillon s'ouvre. Théo, Aimé et Donatien y entrent, muets de curiosité. Donatien et Théo doivent chasser l'image de Lucia di Lammermoor de leur esprit. Ils ne s'en parleront même pas, car ce qui est sur le point de se produire leur fera oublier l'hôtesse et sa robe de polyester. Plus tard, quand on essaierait de comprendre ce qui s'était passé ce jour-là dans la tête d'Aimé, Donatien ferait valoir que l'obscurité complète qui régnait dans la première salle avait pu causer chez le garçon un microtraumatisme que la projection avait aggravé. Pour Théo, cela n'avait pas de sens. Aimé ne craignait ni l'obscurité ni les espaces exigus, encore moins les trente inconnus que Lucia di Lammermoor avait enfermés avec eux en fermant la porte.

Le pavillon est conçu pour permettre au visiteur de parcourir le cycle complet du jour, de l'aube au crépuscule, en douze minutes grâce à des projections sur des murs couverts de miroirs qui donnent aux visiteurs l'impression d'être entrés dans un immense kaléidoscope. Dans la première salle de projection, une musique précède de quelques secondes l'apparition d'une image facile à reconnaître : le lever du soleil. En les multipliant, les miroirs donnent aux images une profondeur inattendue.

Une petite fille court dans une cerisaie en fleurs. À cet instant, Aimé pousse un « hun ! » effrayé, un son qui détonne dans le paysage sonore inquiétant qui accompagne les images et qui contraste complètement avec les soupirs admiratifs des autres spectateurs. Le rose des fleurs l'interpelle. Il sent dans son ventre cette onde électrique indéfinissable. Se succèdent de gros plans d'un dahlia, d'un zinnia et d'une pivoine. Vermeil timide, vermillon affolé, incarnat cassant. À la recherche des mots pour décrire ses impressions, Aimé saisit l'avant-bras de Donatien, lui-même éberlué par les images. Défilent les uniformes rouges de la fanfare de la Gendarmerie royale du Canada, quelque part entre le ponceau et le garance.

Après trois minutes sur le thème de la nature, c'est la fin de l'émerveillement, la salle est plongée dans le noir. Au fond, des sons et quelques rayons de lumière appâtent le groupe vers la deuxième projection, consacrée à la technologie. Cette fois, il s'agit d'un monde mécanique de machines impossibles et de couleurs encore plus nombreuses et contrastées que celles de la première salle. Des tours lumineuses qui rappellent des gratte-ciels de couleur pulsent sur une musique maintenant très rythmée. Aimé n'arrive pas à reconnaître les formes qu'on lui présente. Comme il se l'expliquerait plus tard, ses yeux sont soumis à des mélanges et des juxtapositions de couleurs qu'il ne croyait pas possibles, ni souhaitables, d'ailleurs. Les bleus, les verts et la plupart des jaunes ne lui causent aucun souci, mais les rouges, fréquents et violents, le font sursauter. Quand se termine la deuxième projection, il est déjà haletant et en sueur. Dans le noir, Théo et Donatien ne se rendent pas compte que des larmes coulent sur le visage d'Aimé.

Dans la troisième et ultime salle du pavillon, les sons se font carrément agressifs. Ici, on ne reconnaît plus rien. Cette salle a pour thème le fantastique.

Des formes explosent de partout. Les visiteurs ont parfois l'impression que ces orgies de couleurs font partie d'une tentative d'intimidation tant l'effet est spectaculaire. Personne en 1967 n'a jamais vu autant de couleurs en aussi peu de temps. C'est comme briser un jeûne de soixante jours avec une assiette de lièvre à la royale. Certains estomacs ne supportent pas. Donatien est bouleversé par tant de stimulation visuelle. À la fin de la représentation, des feux d'artifice pétaradent et une énorme sphère qui contient toutes les nuances de rouge identifiables par l'œil humain apparaît. C'est à ce moment qu'Aimé perd pied et s'écroule sur le plancher du pavillon. Tant que les objets colorés avaient une forme reconnaissable, il arrivait à se tenir debout. Une fois dans l'abstrait, les couleurs prennent toute la place, expulsant du regard les objets familiers et reconnaissables qui permettent à Aimé de se rattacher à la réalité.

Sa petite tête tombe sur les chaussures d'une femme, qui se met à hurler. Quand la musique s'éteint, on n'entend plus que son long hurlement et la voix de Théo, qui tente de ranimer son fils évanoui.

— Théo, il va falloir faire quelque chose, lui souffle Donatien à l'oreille. C'est le rouge, encore…

LES PATIENTES DE THÉO

Rosalba Béland ne venait jamais à la maison de la rue Saint-Hubert les dimanches. Le 29 mai 1967 était une exception. La veille, Théo était arrivé sur le pas de son appartement de la rue Saint-André pour lui dire que Donatien la demandait, le petit Aimé ayant été victime d'un malaise à Expo 67.

— Encore les couleurs, c'est ça ?

Théo avait acquiescé du menton. Oui, c'était encore une histoire de couleurs, mais il ne voulait pas l'admettre. Rosalba était une sorte de gouvernante de la maison. En termes simples, elle prenait en charge contre rémunération la quasi-totalité des tâches ménagères, incluant la cuisine et la gestion du mobilier, même si elle faisait elle-même presque partie des meubles après vingt-sept ans de services fidèles auprès de Donatien, qui l'avait engagée trois jours après que sa propre mère s'était endormie dans une chaise berçante pour ne plus se réveiller. Rosalba avait été témoin de multiples changements dans la vie de Donatien. Elle avait par exemple connu l'énigmatique Maurice. Pendant l'été 1952, elle était allée quérir son patron au poste de police, où il était détenu après une rafle de l'escouade de la moralité dans le parc du Mont-Royal. Il lui arrivait aussi de servir de secrétaire dans le bureau du docteur Sans-chagrin quand la réceptionniste devait s'absenter.

En entrant dans la maison, elle surprit une conversation stressée entre Donatien et Théo. Selon le premier, l'évanouissement d'Aimé dans le Kaléidoscope et celui devant la télévision couleur avaient la même cause. Théo niait. Cela n'était pas possible. Si Rosalba n'avait pas tout su de l'arrangement familial chez Donatien et Théo, elle aurait juré entendre un couple se disputant au sujet d'un enfant.

— Théo, tu nies les évidences. Combien de fois les frères t'ont écrit pour te dire que le petit tombe dans les pommes quand ses yeux se perdent dans les vitraux de la chapelle du collège ?

— Rien à voir, c'est parce qu'il grandit.

Il fut décidé qu'Aimé ne retournerait pas à l'école le lendemain. Rosalba devrait s'occuper de lui, en commençant tout de suite. Quand on lui expliqua ce qui s'était produit, elle abonda dans le sens de Donatien. « Ce sont les couleurs, il ne faut pas qu'il en voie trop. C'est comme ça, je… » Théo l'interrompit abruptement. Il ne voulait rien savoir. Son fils n'était pas sensible aux couleurs, point final. D'ailleurs, le mal que décrivait Rosalba n'existait pas dans les livres de médecine. Donatien la suivit dans l'escalier qui menait à l'étage, piqué au vif par le ton que Théo venait de prendre avec lui. Il se retint de taper du talon comme un petit garçon exaspéré.

Aimé reçut congé d'école jusqu'à ce qu'il se sente mieux. Cela signifiait en termes clairs qu'il répéterait ses leçons en matinée avec Donatien et qu'il passerait l'après-midi aux soins de Rosalba. Or le destin se chargea d'expédier cette dernière à Ottawa, où sa sœur était à l'agonie. Elle devait y rester tout un mois.

De sa mère, Aimé avait gardé le souvenir d'une couleur innommable. Obsédée par ses tableaux abstraits, elle n'avait eu pour la maternité qu'un intérêt détaché. L'enfant qu'elle avait mis au monde ne lui avait pas apporté de réponses aux questions qu'elle se posait devant ses toiles. Dès qu'il put marcher, le petit se mit à courir dans toutes les directions, mais évitait sa mère. Il s'accrochait au tablier de Rosalba, tirait sur les orteils de Donatien étendu pour une sieste, faisait irruption dans le bureau où son père tentait d'étudier ses manuels d'anatomie, mais ne semblait éprouver pour Jacinthe ni attirance ni intérêt. Elle ne lui en voulut pas. Cet apparent désamour précipita d'ailleurs sa décision de partir.

Les leçons de Donatien finissent bien avant midi, ce qui laisse à Aimé le reste de la journée pour se vautrer au fond du placard de la cuisine. Dans deux ans, son corps sera trop grand pour s'y tenir à l'aise. De l'autre côté de la grille, il entend une femme décrire ses symptômes à Théo. Il ne comprend pas tous les mots qu'elle utilise, encore moins ceux de son père quand il lui répond. La plupart du temps, les conversations restent courtes. D'ailleurs, Aimé n'entend pas tout. Théo finit toujours par disparaître dans une pièce où il ausculte ses patientes. De là, Aimé ne le voit ni l'entend. Parfois, les femmes qui se rassoient ensuite devant le pupitre de Théo se mettent à pleurer ou à ricaner. Dans la plupart des cas, elles sortent de la salle d'examen pieds nus. Aimé les observe glisser la pointe du pied dans des bas de Nylon semblables en tous points à ceux que portent les hôtesses du Kaléidoscope. Certaines ont des alliances, d'autres pas. Celles qui parlent anglais s'entourent d'une aura de mystère qui donne des frissons à Aimé. Un jour, le vent pousse un long cheveu roux à travers la grille. Sur le papier à dessin d'Aimé, le jaune cuivré, presque mordoré, hypnotise son regard. La réponse est dans cette chevelure. Qui y passe la main est transformé par ses reflets cuivrés. « *I'm two months gone* », l'entend-il dire. Il se demande où elle ira pendant ces deux mois, c'est ce qu'il croit avoir compris. Puis elle se met à pleurer. Peut-être ne veut-elle pas partir ? Il tentera longtemps de reproduire la couleur de ce cheveu qu'il garde dans le repli d'une feuille de papier. L'émoi naît autour du rouge.

À vrai dire, Aimé est assez content de ne plus aller à l'école. Ses copains lui manquent un peu, il doit se l'avouer. Pour la première fois, il peut jouer avec sa peinture pendant des heures. Quand il mélange les couleurs, il ne voit plus le temps. En fait, s'il devait l'expliquer, il dirait plutôt qu'il voit le temps. Mais il n'a pas les mots pour décrire ce qu'il voit. Cela se produit quand il obtient des rouges vifs et qu'il ferme les yeux. Il se met à distinguer des formes, des lignes et quelque chose qu'il prend pour une accélération, mais qui est en réalité une forme visible de temps. Il le sait parce que ces images contiennent le visage de sa mère dont il n'a habituellement que très peu de souvenirs. Il arrive aussi à distinguer un prêtre qui lui verse de l'eau sur le front. Aimé sait que le rouge est la couleur du temps.

Aimé essaie de ne pas penser à l'interdiction qu'il a reçue de mettre les pieds seul à Expo 67 depuis l'incident du Kaléidoscope. En plus de la prise de conscience de l'existence d'un temps rouge, Aimé doit assimiler l'idée nouvelle pour lui qu'un espace lui est interdit. Pour un garçon de quatorze ans, c'est beaucoup. Jusqu'à maintenant, son père l'a poussé à posséder l'espace, à le dominer. Soudainement, l'espace le plus couru du monde lui est interdit. Expo 67 devient son unique pensée. Aimé reçoit très mal cette interdiction, qu'il prend pour une punition. Il n'a pas dit à Théo et Donatien que les images qu'il a vues avant de tomber dans les pommes au Kaléidoscope étaient celles d'une fille de son âge qui lui souriait en lui tendant une pomme. Il a compris que cette fille est apparue à cause du rouge des projections du Kaléidoscope. Sur ses feuilles de papier, Aimé épuise tous les rouges qu'il possède, et il quémande à son père l'argent qu'il faut pour en acheter d'autres. C'est peine perdue, les rouges qu'il réussit à produire dans le placard de la cuisine ne lui permettent que de voir les images passées de sa mère.

Les après-midi, il arrive à Donatien d'emmener Aimé en voiture dans la campagne qui entoure Montréal. Ces expéditions ont un but précis, qui n'est pas d'éloigner Aimé de son placard, étant donné que Donatien ne sait même pas qu'il y passe autant de temps. C'est un lieu qui n'appartient qu'au garçon. Depuis quelques années, le mois de juillet venu, Donatien sort les après-midi dans sa Ford vert forêt qu'il conduit en chantant d'anciens chants scouts parce qu'il cherche un fruit qui a disparu des marchés de Montréal. Il lui arrive d'emmener en promenade un des garçons qu'il fréquente dans les bosquets du parc. Donatien étant allergique à la solitude – c'est sa manière de dire les choses ; en réalité, il a besoin en permanence d'une paire d'oreilles pour l'écouter –, il se fait accompagner par Aimé. Il arrive que les gens des villages lui demandent s'il s'agit de son petit-fils. Souvent, le jeune intéressé répond par l'affirmative, pour rire. Quand il fait ça, le cœur de Donatien se brise en un milliard de poussières rougeâtres. Pendant l'été 1967, Donatien et Aimé sont sortis huit fois dans les fermes de Laval et de la Rive-Sud à la recherche du melon de Montréal. Cette obsession embarrasse un peu Donatien, car elle le force à adopter une posture nostalgique qu'il déteste. « La nostalgie est un sentiment inutile, Aimé. La nostalgie, le regret, la mélancolie, toute émotion qui est contrôlée par des éléments qui appartiennent au passé doit être évitée. Regarde les Soviétiques ! Tu as vu leur pavillon ? Est-ce qu'ils se vautrent dans le passé comme les Tchécoslovaques ? Les as-tu vus ennuyer les visiteurs avec leurs gloires d'antan comme le font les Français ? Non ! Ils regardent vers l'avenir et c'est pour ça qu'ils finiront par mener le monde. » Aimé acquiesce du menton, le regard rivé sur la route que Donatien quitte parfois des yeux pour lui parler.

— Regarde devant, Donatien !

La voiture a failli percuter un camion. Puis Aimé se tait pendant quelques minutes en admirant les champs de blé qui ondulent au nord de Terrebonne. Puis il ose.

— Mais Donatien, ton melon, c'est un élément du passé ! Il faut manger les fruits de l'avenir !

Donatien ne répond pas à cette provocation. Comment expliquer à ce garçon qu'il aurait fallu qu'il naisse comme lui en 1901 pour comprendre ? Fin août, un cousin agriculteur de Notre-Dame-de-Grâce livrait aux Décarie d'Outremont une douzaine d'immenses melons, fruits de dix kilogrammes à la chair verte au goût de soleil et de miel. La mère de Donatien demandait à la cuisinière de couper deux fruits en tranches, puis de préparer de la confiture avec le reste. C'est le seul fruit que le père de Donatien et Damas acceptait de manger et il le faisait en assoyant ses fils, qui n'avaient que six et quatre ans, sur ses genoux, sur la véranda qui donnait sur le jardin. C'était le seul instant où le docteur Décarie père s'assoyait près des employés de la maison et qu'il leur souriait. La première fois, Donatien n'a rien pensé du goût du melon de Montréal. Aujourd'hui, en juillet 1967, il serait prêt à toutes les bassesses pour qu'on lui en tende un morceau, qu'il mastiquerait lentement parce que le goût du fruit ramènerait, grâce au miracle de la mémoire des sens, l'odeur qui sortait de la chemise de son père quand il venait de défaire son nœud de cravate pour le lever du sol et l'asseoir sur sa cuisse gauche. Docteur Décarie lui tendait les morceaux en silence. Parfois, une goutte de jus de melon roulait sur son menton, pendouillait un instant, puis s'écrasait sur la joue de Donatien. De sa manche gauche, il essuie une larme qui coule sur sa joue tandis qu'il tient le volant de la main droite.

— Tu pleures, Donatien ! Du calme, on va le trouver, ton melon !

On ne trouve plus de melon de Montréal, parce que sa culture est trop exigeante et que les melons américains qui roulent vers le nord sont vendus à des prix qui tuent la concurrence locale. Plus personne n'a le temps pour ça. Au fil des ans, les semences ont aussi disparu. Mais Donatien n'abandonnera pas. Il retrouvera un jour son fruit, celui qui par sa douceur et son raffinement a un jour mis le mot « Montréal » sur toutes les lèvres friquées de la Nouvelle-Angleterre.

Pour rentrer de Saint-Eustache où ils ont vainement cherché le fuit perdu, Donatien emprunte l'autoroute Décarie, première autoroute en tranchée du Québec, terminée juste à temps pour accueillir les visiteurs de l'Expo. Sous le bitume se trouve la terre où poussaient jadis les melons des Décarie et des Sanschagrin, victimes collatérales de l'ambition montréalaise.

Donatien Décarie et Aimé Sanschagrin n'ont pas conscience d'être des descendants des familles qui ont cultivé le melon de Montréal cent ans avant l'ouverture de l'Exposition universelle de 1967. Tant chez Donatien que chez Théo, cette connaissance s'était perdue quelque part entre les deux guerres. En fait, le père de Donatien lui avait bien mentionné que le melon de Montréal était une affaire de famille ; et Théo avait déjà entendu de son grand-père que l'enfant-melon avait été trouvée sur la terre de son aïeul, mais ils étaient tous les deux trop petits pour se faire un souvenir clair de cette confidence et, surtout, pour mesurer son importance. Tout ce que leur conscience enfantine avait compris et retenu était que le melon de Montréal était un fruit important et que dans son goût et sa consistance se trouvait une partie de leur être.

LES HEURES OUVRÉES

Marie-Philomène savait que son mari finirait par revenir comme elle savait que les verrues plantaires peuvent récidiver. Joseph était un être polarisant : on le craignait ou on le haïssait. Jusqu'à ce que la brave Mary entre en scène, il n'existait pas d'autre sentiment à son égard.

Quand il exigea que cessent sur-le-champ les attentions pédagogiques de sa femme pour sa protégée, il se buta à une résistance farouche.

— Les Pauvres nous ont été offerts par la reine pour la besogne, pas pour lire des histoires. Qu'ils remercient le Ciel de ne pas tous être morts déjà.

— Envoyez-la-moi, votre reine.

Marie-Philomène ne lâchait rien. Le labeur de Mary cesserait à dix-huit heures. Elle aurait ses soirées à meubler à sa guise. Joseph menaçait de la jeter sur les routes du Bas-Canada comme une chienne. Il était hors de question pour lui qu'une journalière aux mains calleuses demeure oisive et crèche, de surcroît, dans la maison de ses maîtres. Et il ne disait rien encore de ces mains baladeuses posées sur les épaules et les genoux de Mary quand sa femme se croyait à l'abri des regards. Les caresses, courtes et furtives, qui découlaient de ces postures amusaient beaucoup Mary. Quand Marie-Philomène déposait, pendant trois secondes, la tête sur son épaule, cela lui rappelait les adorables petites têtes des agneaux enfouies sous le ventre de leur mère dans la bergerie. Il arrivait à Marie-Philomène de se laisser aller à quelques pitreries dans le but avoué d'entendre le rire de Mary. À constater ce gaspillage de ressources humaines, à entendre ces deux étourdies se lire à voix haute des histoires insignifiantes tandis que le bois attendait d'être fendu, Joseph entrait dans une rage noire, mais contenue. Il en viendrait à bout.

Il avait d'abord pesé la possibilité de tuer cette intruse, mais il s'était ravisé en pensant aux conséquences sur ses affaires. Les gages ridiculement bas qu'elle touchait étaient encore trop à ses yeux. Pour que l'investissement en vaille la chandelle, il fallait que Mary recommence à travailler le soir comme les autres employés et qu'elle cesse de se comporter comme si elle faisait partie de la famille. Lui accorder ces heures de fainéantise avait été une grave erreur qui, si on la reproduisait à l'échelle du pays, causerait la perte de l'Empire. Il l'avait maintes fois constaté : impossible de ramener dans le droit chemin du labeur ces travailleurs qui avaient goûté aux loisirs. C'était une pente bien dangereuse. Il choisit donc de prendre les grands moyens en montrant à Mary les plaisirs pour lesquels elle se jetterait bientôt tête première dans la poussière des villes : l'alcool et les hommes. Il n'y parvint qu'à moitié.

Des années plus tard, Mary avouerait elle-même que son malheur lui avait été versé dans un verre de cristal de la main de Joseph. Il n'y avait normalement pas d'alcool dans la maison Sanschagrin, tout simplement parce que Marie-Philomène l'interdisait. Du temps où il lui faisait la cour, Philippe-Charles n'avait pas osé boire devant Mary, parce qu'il craignait que sa patronne ne lui interdise l'accès à sa protégée. Tout le comté savait que Marie-Philomène n'avait aucune patience pour les buveurs. Cela avait d'ailleurs été une des conditions pour qu'elle accepte de donner ses filles en mariage : que leurs époux soient des modèles de tempérance. Il avait donc fallu embellir les choses un peu. L'idée de présenter Mary officiellement au whisky s'était distillée dans l'esprit de Joseph en l'observant rire des blagues idiotes de son épouse. Il comprit qu'une fois libérée des travaux physiques éreintants, cette fille aimait s'amuser. Restait à trouver un moyen de se débarrasser de sa femme. Le destin y pourvut avec son indétrônable intransigeance. À Ottawa, l'aînée de Joseph, qui allait accoucher de son premier enfant, réclamait l'attention de sa mère. Celle-ci aurait pu, certes, ignorer son devoir d'aider sa fille à se relever de son premier accouchement pour rester à la ferme, mais le prix à payer pour cette bravade lui paraissait trop élevé. La jeune maman avait refusé la présence de Mary. C'est donc bien à regret qu'au début du mois d'octobre, Marie-Philomène prit le train pour Ottawa, où elle s'occuperait de sa fille pendant deux semaines. Avant de partir, elle donna des ordres stricts : Mary devait cesser de travailler à dix-huit heures. Elle menaça son mari de mort si cet ordre n'était pas respecté.

Joseph ne perdit pas de temps. Dès le premier soir, il proposa à Mary une leçon de lecture. N'ayant pas appris à détecter la ruse, Mary accepta. Devant monsieur Joseph, la timidité et les nerfs la faisaient trébucher sur chaque syllabe. Il avait beau prendre un ton doucereux pour la calmer, elle était toujours intimidée par sa personne.

— Tu sais ce qui nous ferait du bien pour mieux lire, Mary ?

— Non, monsieur Joseph.

La première gorgée lui brûla le pharynx. S'ensuivit la dilatation du cœur et de tout ce qui occupe le thorax : la peur, la réserve et l'angoisse. Joseph en avait vu d'autres : il ne la laissa pas boire plus de deux gorgées le premier soir. Pendant les vingt premières minutes d'ivresse, Mary pouffa de rire à la fin de chacune des phrases qu'elle tentait de lire. Son professeur en rajoutait, feignant lui aussi de trouver la situation très drôle. Au bout d'une heure, Mary fut prise de vertiges et demanda la permission de monter à sa chambre, comme Joseph l'avait prévu. C'est là que le reste de l'œuvre s'accomplirait, il le savait. Étendue sur son lit, épuisée par cette première ivresse, Mary souriait. Elle ne sentait plus rien dans son corps, ni douleur ni inquiétude. Le souvenir oppressant des coups du père Gallagher, le travail qui vous abîme le squelette, tout cela, le whisky l'avait avalé. Elle se rendit compte avec délice que l'image de Philippe-Charles ne l'obsédait plus autant. Et vint la mélancolie, d'abord goutte à goutte comme l'eau coule de l'érable en avril, puis en un ruisseau chantant pour se transformer en un fleuve noir et compact sur lequel elle voguait seule. Un dernier rire la secoua avant qu'elle ne sombre dans son tout premier sommeil éthylique. En fermant les yeux, elle demanda à Dieu de lui apporter chaque soir juste assez de whisky pour noyer la tristesse de l'orphelinat. Elle pensa encore aux yeux bleus de Marie-Philomène et dormit. Par la lumière dorée qu'il faisait jaillir, le whisky laissait présager l'accomplissement de grandes choses.

Au matin, elle fut réveillée par Joseph qui frappait à grands coups sur sa porte. L'éducation de Mary Gallagher ne faisait que commencer.

Mary passa la journée à engloutir pinte après pinte d'eau froide, à s'asperger le visage et à prendre de grandes respirations pour soulager la douleur qui régnait sans partage dans sa tête. Mais le soir venu, quand elle eut mangé assez pour se refaire des forces, Joseph l'invita à s'asseoir à côté de lui pour une deuxième leçon de lecture. Quand il devint évident qu'il n'y aurait pas de whisky ce soir-là, Mary s'étonna. Pendant toute la journée, elle avait préparé son refus poli. Voilà que Joseph n'offrait rien d'autre que sa gentillesse et son amabilité. Elle l'avait mal jugé. Le whisky aurait rendu sa lecture plus fluide, se surprit-elle à penser, mais elle n'en demanda pas. Le troisième soir fut aussi sec que le second. Le quatrième, Mary avoua entre deux pages que l'alcool lui avait donné des ailes.

— C'était comme si les mots se décollaient du papier.

Joseph alla quérir la bouteille cachée. Fin stratège, il servit un demi-verre à Mary et remplit le sien en trinquant secrètement à la victoire. Comme s'il avait voulu montrer à un public invisible que sa grossièreté ne reculerait devant rien, il crut bon de se faire philosophe.

— Tu sais que « whisky » est un mot irlandais ? Ça vient de *uisce beatha*, en gaélique. Ça veut dire *eau-de-vie*.

— Je ne savais pas, non. Je n'ai pas appris cette langue.

Deux heures après, Mary ronflait, ivre morte. Peu à peu, l'alcool prit dans l'esprit de Mary la place que la contemplation de la nature occupait auparavant comme thérapie pour contrer les douleurs causées par le travail physique. Après une semaine, elle et Joseph étaient à tu et à toi dans le salon. Il lui suffisait d'une once de whisky pour que commence la fête, autre notion nouvelle. Parfois moqueur – mais si gentil, et encore beau pour un monsieur de son âge, susurrait le whisky –, Joseph la mettait au défi de lui montrer une danse irlandaise, ce dont elle était absolument incapable. Il se mettait alors à imiter ce qu'il appelait son « crazy donkey » en grimaçant comme un crétin des Appalaches. Par deux fois, Mary fut prise d'un fou rire qui la fit s'écrouler sur le plancher. En l'aidant à se relever, Joseph colla son corps contre le sien et l'embrassa passionnément. Puis il la prit dans ses bras pour la déposer dans son lit.

Complètement ivre, Mary se vit élevée au rang de reine de la ferme. Elle trouvait Joseph magnifique, l'odeur de son tabac la rendit folle, et quand elle sentit les doigts chauds de son patron sur l'intérieur de ses cuisses, elle remercia Dieu pour le whisky, pour la vie et pour les heures ouvrées.

Quand il eut joui, Joseph abandonna Mary à son sommeil. Il laissa un dollar sur sa table de chevet.

POUR L'AMOUR D'AIMÉ

La libido de Donatien est une chose infamante et obscure. C'est ce qu'Aimé a compris. Depuis qu'il a vu Théo sourire aux anciennes concurrentes de Miss Canada qui jouent le rôle d'hôtesses au pavillon Kaléidoscope, il sait que le désir existe sans en connaître le nom. Il l'associe à une ou plutôt à des couleurs changeantes, insistantes, pulsantes et mystérieuses. Quand il pense au mot « sexe », car cela lui arrive aussi souvent que cela peut arriver à un garçon de quatorze ans, il revoit l'image de cette fille qui lui tend une pomme.

Comme beaucoup de garçons de son âge, Aimé a des douleurs à l'avant-bras à force de se masturber. Il a compris que le parfum du lilas qui fleurit en mai devant la maison de la rue Saint-Hubert n'a rien à voir avec cette thématique et que la voix des femmes qu'il entend derrière la grille du placard en est remplie. Il sait que Donatien a – le soir surtout – dans la voix les mêmes intonations. Finalement, il sait que ce désir ne deviendra jamais un sujet de conversation entre lui et Donatien. Il ne demande d'ailleurs jamais si Rosalba est sa femme. Il évite toute question susceptible d'étouffer la lumière qui tombe du visage de Donatien. Quand Aimé a eu six ans, son père lui a acheté une bicyclette sans lui montrer comment s'en servir parce qu'il était trop pris avec ses études. C'est Donatien qui a enseigné au petit à avancer sur deux pneus dans la ruelle. Dans la tête d'Aimé, l'oncle Donatien, malgré son âge, était l'être de la locomotion et de l'avenir. Pourquoi ?

— Il parle toujours de ça, de l'avenir. Il dit que nous y sommes presque, que les hommes seront libres. La seule chose qu'il voudrait retrouver du passé, c'est un melon qui a disparu.

Aimé répondait aux voisins, qui venaient de lui rapporter une rumeur selon laquelle les garçons devaient se méfier de Donatien. Un frère du collège qui s'était enquis de l'état d'Aimé auprès d'eux avait apparemment fait une moue dépitée avant de leur servir cette mise en garde.

— Ouvrez l'œil, les garçons. Cet homme est peu recommandable. Vous le savez. Il travaille contre la famille. Évitez-le.

Ce fut leur ultime conseil pour le dernier jour de l'année scolaire dont Aimé avait manqué les dernières semaines. Libéré de l'école, il passait la matinée à travailler ses leçons avec Donatien. Le soir, il les regardait le cœur gros partir pour l'Expo. Aimé sourit en pensant au slogan du produit que le cigarettier Bastos du Canada avait créé pour les circonstances : *Expo 67, la cigarette des hommes... que les femmes désirent*. Dans un élan de solidarité pour tout ce qui était relié à l'Expo, Donatien avait abandonné pour l'été ses Camel habituelles.

Ce soir de juillet, Théo avait décidé d'organiser une petite fête pour consoler Aimé de ne plus pouvoir se promener dans Expo 67 à sa guise. Quand Damas avait annoncé qu'il prendrait Rose Hurtubise en chemin pour l'emmener à Montréal pour l'occasion, personne n'y avait vraiment cru. Depuis ce qu'elle appelait la « disparition » de Jacinthe, elle s'était faite très discrète dans la vie de son gendre et de son petit-fils. Pourtant, elle était bel et bien venue. Pour l'occasion, Aimé avait reçu de sa grand-mère un ensemble de pièces commémoratives du centenaire de la confédération frappées par la Monnaie royale canadienne qui contenait une pièce de vingt dollars en or. Elle avait tenu à le lui remettre avant le repas. Impressionné par la valeur du cadeau, Théo avait remercié Rose avec profusion. Aimé s'y intéressa pendant quelques minutes, observa les animaux gravés sur les pièces de monnaie courantes, mais c'est la pièce d'or qui le charma par-dessus tout. Son père lui ordonna de mettre le cadeau en lieu sûr dans sa chambre. Il s'exécuta sans toutefois réussir à résister aux reflets de la pièce d'or qui irradiaient les murs. Il ne voulut pas s'en séparer et la glissa dans sa poche en se disant qu'il se cacherait dans la ruelle pour l'admirer pendant que les adultes mangeraient.

Chaque fois que Rose prononçait le mot « disparition », Donatien se mordait la joue pour ne pas lui demander sèchement si l'idée du libre arbitre lui était familière, si elle croyait vraiment que cet Américain avait enlevé sa fille. Rose ne lâchait rien. Après le deuxième épi de maïs, déjà un peu imbibé de whisky, Donatien tomba pour la première fois.

— Il faudrait peut-être qu'on sache si Jacinthe a disparu ou si elle a fui.

Un silence gêné s'abattit sur la tablée. Théo chercha son fils du regard pour s'assurer que les paroles de Donatien n'étaient pas arrivées à ses oreilles. Il ne le trouva pas et s'imagina, rassuré, qu'il était derrière la clôture, dans la ruelle. Rose fusilla Donatien du regard.

— Si elle a fui, siffla-t-elle, demandez-vous bien pourquoi !

Donatien contemplait les rangs de grains de maïs qui restaient sur son épi. Il était partagé entre deux élans. Ses sens lui ordonnaient de continuer à mastiquer son maïs dans le respect des bonnes manières, la bouche fermée. Mais son orgueil le suppliait de servir une réplique assassine à Rose, quelque chose qui la ferait taire à jamais, des phrases qui la feraient se rouler en boule à ses pieds, des mots qui la remettraient une fois pour toutes à sa place. Le matin même, Théo lui avait confié que Rose avait communiqué avec lui par l'entremise d'un bureau d'avocats de Trois-Rivières. En gros, elle demandait qu'on lui confie la garde d'Aimé jusqu'à sa majorité, alléguant que l'enfant vivait dans des conditions familiales inacceptables et que son âme risquait d'en être à jamais endommagée. Elle avait ensuite contacté Damas pour le sommer de la conduire jusqu'à Montréal, où elle offrirait à Théo la possibilité d'éviter l'humiliation d'un jugement défavorable. Elle était prête à lui laisser Aimé pendant deux semaines, l'été, si Donatien s'engageait à ne pas se trouver dans les parages. Ce dernier venait d'arracher à l'épi les derniers grains juteux de maïs et, la bouche encore pleine, il décida de céder au chantage de son orgueil.

— C'est une question qui semble vous préoccuper, Rose. Vous vous l'êtes posée quand vos *deux* filles ont fui votre village perdu ? Fuir est souvent un mode de vie, vous savez. Cela s'apprend dans l'enfance…

Le parfum pointu des pétunias râpait les muqueuses nasales des convives, donnant à la douceur du maïs un arrière-goût mesquin.

— Tais-toi donc, vieil excité !

Deux épis tombèrent de quatre mains sur les assiettes de papier. Rosalba disparut dans la maison. Damas s'inventa une valise oubliée dans la voiture stationnée rue Saint-André. Ne restèrent plus à table que Rose, Théo et Donatien.

— Vous n'avez pas le droit de m'enlever mon petit-fils. Vous n'avez pas le droit de le soumettre à…

— À quoi ? hurla Donatien en lançant un épi mâchouillé en direction de Rose.

Il se leva, dépité. Il n'était pas question qu'il discutât avec elle. Donatien tomba pour la deuxième fois.

— Vous n'aidez pas votre cas. Mon avocat m'assure qu'il lui suffira de montrer au juge le dossier de Donatien pour que je gagne. J'ai parlé au prêtre, il a dit qu'il allait prendre Aimé sous son aile pendant les premiers temps. Il sera mieux à Grand-Mère qu'ici. Il est encore temps qu'il oublie. Quand je pense que vous ne l'envoyez même pas à la messe et qu'il n'a pas encore fait sa confirmation ! Mon petit-fils vient d'une famille catholique !

Théo restait muet. Rose aurait tout aussi bien pu lui annoncer qu'elle avait construit une fusée pour voyager vers la planète Saturne. À ses yeux, elle avait de meilleures chances de succès avec la fusée. Pourtant, il sentait une certaine fermeté dans son ton et il savait que dans le monde des avocats, elle risquait de triompher au moins partiellement. Mais il ne perdait pas son calme. Il allait lui répondre quand il remarqua que sa bouche était déjà ouverte.

— Et quand on lui expliquera ce qui se passe dans cette clinique diabolique, il ordonnera probablement qu'Aimé…

— Assez !

Damas était revenu près de la table, cigarette à la main.

— Et si on demandait à Aimé ce qu'il pense de tout ça, hein ?

La tête sortie dans la ruelle, il s'époumonait maintenant comme les mères de famille du Plateau Mont-Royal dont il aimait se moquer. Le prénom d'Aimé retentissait dans le ciel obscur comme un impératif, un souhait, un regret : Aimé ! Aimé ! L'enfant ne répondait pas. Quelques lumières s'allumèrent dans les maisons.

BAD GIRLS GO TO MONTREAL

Premier chancelier de l'Empire allemand, Otto von Bismarck, la chose est connue, mena sa vie durant un combat contre ses trois grands ennemis : sa gourmandise légendaire, d'affreuses hémorroïdes et sa prédilection pour la morphine. Les esprits les moins éclairés sur les relations parfois conflictuelles entre les sens et la raison feront valoir, et il sera difficile de les contredire, qu'il s'agissait en réalité d'un seul ennemi doté de trois têtes et que si Otto avait tranché la première, les deux autres auraient, le doute n'est pas permis, disparu dans l'air prussien. D'autres commentateurs, probablement influencés par les vagues d'ésotérisme de pacotille qui déferlaient sur l'Occident pendant les années 1870, suggéreraient que le lien causal qui renvoyait le pauvre Bismarck en un ballottage sans fin entre ses trois démons s'expliquait par le fait que son prénom, Otto, était un palindrome.

— Quand votre propre prénom peut se prendre de la gauche comme de la droite, votre vie est un éternel combat intérieur. Regardez Anna Karénine ! Souvenez-vous d'Ève, bon sang !

Mais le père de l'unification allemande avait, paraît-il, d'autres préoccupations, dont le commerce. « Le marchand doit précéder le soldat », disait-il pour bien signifier qu'il n'était pas disposé à saquer les finances de l'État pour établir des colonies sur des terres lointaines. Ce n'étaient pas des paroles creuses. Pour donner de l'élan au commerce extérieur allemand, Otto arriva à la conclusion qu'il fallait tout simplement faire comme les Anglais pour voir s'étaler au-delà des mers un empire sur lequel le soleil ne se coucherait jamais. Et que faisait-on en Angleterre que l'on ne faisait ni en France ni en Allemagne ? La réponse exhaustive à cette question est toujours en cours de rédaction. Mais Otto avait réussi à encercler au moins un élément dans ce jeu des sept différences : le Royaume-Uni utilisait pour sa monnaie l'étalon-or. C'est-à-dire que la quantité de billets de banque imprimés et de pièces frappées à l'effigie de Sa Majesté ne devait jamais dépasser la valeur en or détenue par la Banque d'Angleterre, autrement lesdits billets et pièces risquaient de ne plus rien valoir. Il suffisait donc de décréter qu'une livre valait x grains d'or, métal qu'il s'agissait dès lors de conserver en réserves suffisantes. L'Allemagne et la France gardaient quant à elles des réserves d'argent pour stabiliser leur monnaie. Pour Otto, la solution était simple. Pour commercer avec les Britanniques, il fallait parler le même langage qu'eux et l'or était la base de cet idiome. Dans cet élan, il obligea les Français à faire couler vers l'Allemagne des rivières d'or versées comme indemnités pour la guerre franco-prussienne. L'arrivée de telles quantités de métal précieux dans les caisses du nouvel État allemand provoqua un déséquilibre dans l'écosystème bancaire européen. Une après l'autre, au rythme des faillites, des banques en apparence solides tombaient comme autant de géants aux pieds d'argile.

Dans son château de Poméranie occidentale, Otto serre les dents en farfouillant dans un tiroir où il est certain d'avoir planqué un dernier flacon de morphine. La veille, il a avalé un poulet entier avec ses accompagnements. Mais la morphine stoppe depuis des jours sa digestion et son transit intestinal. L'oiseau, les pommes de terre rôties et les quartiers de chou se sont métamorphosés en une pépite métallique aux arêtes dures qui traverse en l'élargissant le gros intestin d'Otto. Ce flacon est là, il en est sûr. Des jurons lui échappent. La douleur le rend fou. Ça y est, le voilà. Dieu, faites qu'il ne soit pas vide ! Il sait que dans les minutes qui viennent, il sera libéré, mais pas à n'importe quel prix. La météorite qui lui laboure maintenant le côlon le fera pleurer de douleur. Il appelle en hurlant son valet de chambre. Il pense à l'Alsace.

De Vienne à Berlin, la panique s'empare des banques et des gouvernements. Les dominos de la finance basculent les uns après les autres jusqu'en Amérique, où les entreprises de transport ferroviaire qui jettent partout leurs tentacules d'acier sont emportées par le déluge. Les prix des denrées et les salaires sombrent, entraînant dans les abysses les espoirs des petits commerçants et producteurs. La Grande Dépression du dernier quart de ce siècle se transforme en un long chemin de croix pour les travailleurs, sur lesquels le piège capitaliste se referme lentement. À Montréal, des grèves ouvrières violentes éclatent.

Accroupi au-dessus du pot de chambre, Otto pousse de toutes ses forces avec un grognement sourd.

Son valet de chambre le tient par les aisselles. Puis c'est le silence. Une contraction horriblement douloureuse pousse le corps étranger vers le sas. Otto glapit, car il a maintenant une idée claire de la grosseur et de la dureté de la chose. Paniqué, il avale encore trois gouttes de morphine. S'ensuit un rugissement glaçant, puis Otto s'évanouit, au bout de sa douleur. Dans la chambre règne le silence à peine coupé par les halètements du valet de chambre à bout de souffle. Sur le fond métallique du pot de chambre, une masse que l'on devine de la consistance d'une pomme mûre tombe avec un bruit mat. L'Allemagne est enfin unifiée dans un ruissellement de sang. Le valet appelle à l'aide.

Sur le quai d'une gare au bord du lac Saint-Louis, Mary Gallagher s'est assise à côté d'une famille qui vient de perdre sa terre parce que l'industrialisation des procédés agricoles a fait baisser les prix de tout ce qui se cultive, se vend et se mange. Ils n'arrivent plus à vivre de leur travail. Les campagnes se vident au profit des villes. Dans sa fuite, Mary a eu le temps de prendre quelques affaires. Les flashes de sa dernière nuit chez les Sanschagrin lui reviennent quand elle s'endort. Le train qui transporte les passagers vers Montréal vient d'arriver. Quand elle ferme les yeux, elle entend les cris de Marie-Philomène qui est rentrée sans s'annoncer. Elle a trouvé la bouteille de whisky sur le guéridon du salon. Le bruit de ses pas, plus fort qu'à l'habitude, tire Mary d'un sommeil profond. Joseph s'est endormi à côté d'elle, presque nu. Elle a le temps de voir la tête de Marie-Philomène dans l'encadrement de la porte. Celle-ci disparaît, dévale l'escalier. On entend la porte arrière claquer. Deux minutes après, elle remonte à toute vitesse, cette fois armée d'une bêche, la même que Mary a utilisée pour récolter des pommes de terre la veille. Il n'y a rien à faire pour l'empêcher de frapper Joseph, qui se réveille en sursaut, le front ensanglanté. Il réussit à immobiliser Marie-Philomène contre la fenêtre, qui craque. La bêche terreuse tombe sur le plancher avec un bruit sourd. Joseph assène à sa femme des coups d'une force létale. Des années plus tard, Mary se dira qu'elle aurait pu se contenter de saisir ses vêtements et de fuir en les laissant s'entretuer. Mais Marie-Philomène appelle à l'aide. Mary s'empare de la bêche pour tenter d'assommer Joseph, mais il s'esquive et c'est la vitre de la fenêtre qui vole en morceaux. Furieux, l'homme saisit Mary à la gorge et la fait culbuter. Elle sent les coups de pied de Joseph et comprend qu'il veut la jeter par la fenêtre. Le toit roule sous sa peau, puis le vide. Sa tête tombe sur une pierre sans pourtant qu'elle ressente de douleur. Sonnée, elle s'assoit sur l'herbe. Elle ne saigne pas. La lumière du soleil l'aveugle un peu, mais pas assez pour qu'elle n'y voie rien. Elle comprend qu'elle est tombée de l'étage et se croit morte, mais quelques secondes après elle est debout, incrédule. Elle contemple ses mains, intactes. Ses pieds nus semblent même l'inviter à une balade. Oui, elle est un peu étourdie, mais c'est à cause du whisky que Joseph lui a fait boire la nuit précédente, plus que la première fois, assez pour qu'elle ne se souvienne plus que c'était lui qui l'avait transportée à l'étage pour soumettre son corps à ses désirs. Un oiseau chante, car il est encore tôt. Puis les cris recommencent. Il dit qu'il va la tuer. Le voilà qui s'approche. Il a eu le temps d'enfiler une chemise, mais ses jambes blanchâtres luisent dans le soleil du matin. Joseph la renverse dans l'herbe, il est maintenant sur elle, ses mains lui enserrent le cou et pourtant Mary ne perd pas conscience, elle arrive même à le frapper. Et soudainement, une pelle s'abat du ciel, comme au ralenti, pour fracasser le crâne de Joseph, qui s'affale à côté d'elle. La pelle continue de frapper, dix, quinze, vingt fois, les membres inférieurs de Joseph s'agitent comme les pattes des poules décapitées.

Marie-Philomène est hors d'haleine. Ses bras tremblent. La pelle tombe au sol. Mary est fascinée par la force de sa patronne et par la polyvalence des instruments aratoires. Étendue sous la charrette, elle se réveille en sursaut, prête à crier. Elle se souvient de s'être sauvée de la ferme, d'y être retournée le lendemain avant le lever du soleil, de Marie-Philomène qui lui tend de l'argent, qui lui tend une lettre, qui lui dit de partir, de marcher dix milles avant de s'arrêter à Dorval et de prendre le premier train pour Toronto, ce que Mary ne fera pas.

On sent une agitation dans la longue file des voyageurs. Une carriole transportant deux hommes s'arrête à quelques mètres de la gare. Une rumeur traverse le groupe humain qui s'est formé autour de la porte d'une voiture. Un des deux hommes marche d'un pas décidé en direction de la locomotive pour s'entretenir avec le conducteur. L'embarquement est reporté. Maintenant réunis, les deux hommes marchent devant les passagers en scrutant tout le monde, en particulier les femmes. L'un d'entre eux a bu, sa démarche le trahit.

— Nous cherchons une Mary Gallagher !

Les gens se toisent avec un air curieux. Mary regarde ailleurs, elle cherche une issue par laquelle

elle pourrait fuir, mais elle est déjà engagée sur le quai. Si elle part en courant, elle est cuite. La rumeur se précise, ces hommes seraient des policiers. L'homme ivre et son acolyte arrivent à sa hauteur. Ils ont dû recevoir sa description.

— Vous êtes Mary Gallagher ?

— Mary Décarie, ment-elle.

— Vous connaissez Marie-Philomène Sanschagrin ?

— Elle vit dans la région ?

Le visage du policier se crispe. L'expression de dépit qui y apparaît n'échappe pas à Mary, qui serre le poing. Il la prend vraiment pour une idiote. D'un air distrait, il tend un morceau de papier à Mary. Elle a envie de sourire tant elle trouve la ruse primitive. S'assurant de laisser la bouche ouverte, elle n'allonge même pas la main pour saisir la feuille de papier.

— Je ne sais pas lire, monsieur.

— Regardez quand même.

— Puisque je vous dis…

Le policier sourit. Tout son corps semble maintenant relaxer. L'autre est resté en retrait, éructant de temps en temps un nuage éthylique.

— Je ne suis pas d'ici. Je retourne à Montréal, je vis là-bas.

— Et vous faisiez quoi, ici ?

Mary ne se laisse pas démonter.

— Je suis venue enterrer ma mère.

— Elle est morte de quoi ?

— De vieillesse.

— Vous êtes sûre que vous ne voulez pas lire ceci ?

— Je vous répète que je ne sais pas lire, monsieur.

Le policier ivre coasse des paroles inintelligibles qui semblent convaincre son collègue. Ce dernier replie la feuille de papier qu'il tendait à Mary. Ils montent dans leur carriole et déguerpissent. Une heure après, le train quitte la gare avec Mary à son bord. Elle a suivi presque tous les ordres de Marie-Philomène sans pouvoir pourtant se résoudre à prendre le train qui dépose les bons garçons et les bonnes filles à Toronto. Mary Gallagher est une enfant des alentours de Montréal. À ses yeux, la ville est assez grande pour qu'elle s'y cache. Elle sonne à l'hospice des Sœurs Grises. Elle y reste pendant une semaine, pétrifiée à l'idée de sortir dans les rues qui l'effraient.

Puis elle doit se trouver du travail.

Les religieuses envoient Mary dans une usine où des enfants fabriquent des cigarettes. Ses mains brunissent comme si elle manipulait de la mélasse. À son troisième jour de travail, Mary observe trois gaillards en frapper un autre à coups de bâton jusqu'à ce qu'il arrête de bouger. Après avoir constaté la mort du garçon, le contremaître gifle Mary, à qui il reproche de ne pas être intervenue pour sauver la vie du jeune travailleur. Elle aurait voulu demander à ces bourreaux de la frapper exactement comme ils avaient frappé le défunt. Mary veut en avoir le cœur net. Comment est-elle arrivée à tomber du toit sans se faire mal ? N'importe quelle autre personne serait morte sur le coup en se frappant la tête sur cette pierre.

Elle décide de quitter l'usine et le couvent des Sœurs Grises. Elle se retrouve dans une taverne du port, sans argent, sale, affamée et étrangement remplie d'espoir. On lui a dit que le propriétaire de l'endroit pourrait l'aider, car il aide tout le monde, surtout les Pauvres, et qu'il garde une ourse dans sa cave.

Mary tombe amoureuse de la saleté de Montréal.

LE PAVILLON D'ISRAËL

C'est cette chanson des Beatles qui tourne en boucle depuis une semaine à la radio, *All you need is love*, dont Aimé comprend, approuve et adore le refrain. Ces cinq mots s'infiltrent dans son canal auditif pour se lover à jamais dans le creux de son oreille interne. La chanson émane d'un tourne-disque derrière une fenêtre ouverte alors qu'Aimé s'engage dans la rue Sherbrooke. Des années durant, les paroles de la chanson jailliront parfois de son gosier comme une éructation sans qu'il sache d'où elles sortent, sans qu'il se souvienne du moment et de l'endroit où il les a entendues pour la première fois.

Il a quitté la cour au moment où Donatien a lancé un épi de maïs à sa grand-mère. Quand Donatien est très ivre, Aimé en a peur. La peur étant voisine de la colère et celle-ci étant le vestibule de la vengeance, Aimé a décidé de braver les interdits et de se rendre seul à Expo 67 en laissant les adultes se crier dessus. Il a ceci d'enfantin en lui qu'un écart de conduite chez un adulte l'autorise à transgresser une de leurs règles. Plus tard, quand il sera trop tard et que l'irréparable sera fait, on pourra dire que tout a été la faute de

Donatien. Aimé descend jusqu'à la station Berri-de-Montigny pour prendre le métro jusqu'à l'Expo.

Pendant qu'on le cherchait dans la ruelle de la rue Saint-Hubert, il a visité le pavillon israélien. Il fait maintenant la queue devant le pavillon des pays arabes, qu'il n'a pas encore visité. Ce n'est pas la première fois qu'il se promène dans l'Expo tout seul, mais c'est la première fois qu'il s'y sent seul. C'est peut-être pour cela qu'il accepte de discuter avec cette vieille religieuse qui lui sourit.

Sœur Monique lui explique qu'elle est venue à l'Expo avec d'autres sœurs, mais qu'elle les a perdues dans la foule. Aimé est habitué à ce que les frères de son école discutent avec lui, mais il n'est pas habitué aux religieuses, qu'il ne connaît qu'à travers le prisme de l'anticléricalisme de Théo et de Donatien. Celle qu'il a devant lui est d'une espèce qu'il n'a jamais vue. Dans les rues de Montréal, Donatien lui a appris à distinguer les ordres religieux comme on identifie les oiseaux. Il sait par exemple que les Sœurs Grises revêtent un saint habit tout fait de plis, leur pèlerine noire tranchant élégamment sur le gris pâle de leur robe. Il sait aussi que la cornette des Sœurs de Notre-Dame comporte trois plis qui rappellent la structure du pavillon de l'Acier d'Expo 67. Dans la voiture, ils jouent parfois à « cocher la nonne ». Le premier qui en voit une dans son champ de vision doit crier le nom de son ordre en la pointant. Les Sœurs de Notre-Dame, nombreuses et très actives dans le monde, ne valent qu'un point. Les Carmélites, créatures cachées qui ne déambulent que rarement sur les trottoirs, en valent six. Donatien laisse souvent Aimé gagner à ce jeu, qu'il trouve trop facile, car il sait où se trouvent les nids. Sœur Monique fascine le jeune garçon, parce qu'il sait qu'elle est à la fois unique et multiple, qu'elle n'a pas d'âge, qu'elle est probablement née avant tout le monde et qu'elle enterrera tout le monde. Sans les connaître, Aimé ressent déjà cela en voyant une religieuse en habit. Il n'est pas habitué aux visages féminins sans la moindre touche de maquillage. Sur celui de sœur Monique, il lui semble lire une infinie bonté. Il ne comprend pas pourquoi elle le regarde comme personne ne l'a jamais regardé, comme si elle le connaissait déjà. En fait, il n'a pas remarqué que sœur Monique le suit depuis qu'il s'est engagé dans la rue Berri pour descendre jusqu'à la station de métro. Furtive comme la souris, elle s'est placée derrière lui dans la queue sous le regard ébahi d'un couple d'Américains qui l'ont fusillée du regard, mais qui, à cause de l'éducation qu'ils ont reçue, n'ont pas osé protester. Sœur Monique ne les a même pas salués.

Aimé n'a pas osé lui poser des questions sur son ordre religieux, parce qu'il a peur qu'elle ne soit froissée qu'il ne l'ait pas reconnu. Ils visitent ensemble le pavillon d'Israël, où la religieuse lui explique la signification des manuscrits de la mer Morte. Sans qu'Aimé comprenne pourquoi, il arrive à sœur Monique de lui mettre la main sur l'épaule quand elle pointe un artéfact du doigt. Donatien lui a décrit les religieuses comme des êtres de glace qui préféreraient être jetés devant un train plutôt que de sourire. Or sœur Monique n'est que gaieté et ricanement. En sortant du pavillon, elle lui demande s'il a envie de visiter le Kaléidoscope avec elle.

— Je n'ai plus le droit d'y retourner…

— Comment ça ?
— Les couleurs me rendent malade.
— Pff… Allons…

Il n'en faut pas plus pour le convaincre. À vrai dire, Aimé a envie de rouge depuis que la bagarre a éclaté entre Donatien et sa grand-mère. Il veut s'y réfugier, plonger la tête dans sa chaleur. Il se rend compte qu'il est en train de commettre un acte subversif qui ne plairait ni à Donatien ni à son père, et ce, en compagnie d'une religieuse dont il ne connaît même pas le nom. Il s'était attendu à ce qu'à la sortie du pavillon elle s'éloigne de lui pour aller rejoindre ses consœurs quelque part. Mais elle ne le quitte pas. Il y a un nombre étonnant de religieux, hommes et femmes, à l'Expo. Si Donatien était avec lui et qu'il décidât de jouer une partie de « coche la nonne », les scores seraient astronomiques. Elle ne s'est pas présentée et ne lui a pas demandé son prénom.

— Moi, je m'appelle Aimé.
— Je sais.
— Comment ça ? Comment vous appelez-vous ?
— Sœur Monique, mais toi, tu peux m'appeler Mary.
— Mary ? Et vous venez d'où ?
— Tu promets de ne pas rire ?
— Pourquoi, vous venez d'où ?
— Eh bien, tu ne vas pas me croire, mais je suis née dans un melon !

Sœur Monique éclate d'un rire gras en pointant le mont Royal du doigt. Son rire aigu fait se retourner toutes les têtes des visiteurs qui attendent pour entrer dans le Kaléidoscope. Lucia di Lammermoor est fidèle à son poste dans sa petite robe de polyester multicolore. Elle se demande pourquoi le fils du médecin qui l'a aidée est tout seul avec cette religieuse qui n'arrête pas de lui parler. Elle les invite à entrer dans la salle où la projection est sur le point de commencer. Lucia s'étonne de voir la religieuse déposer sa main sur l'épaule du garçon.

Dans la première salle du Kaléidoscope, Aimé retrouve les images de sa première visite. Il ne sent plus la présence de sœur Monique ni d'ailleurs celle de quiconque. Tous ses sens sont monopolisés par les rouges qui explosent dans tous les coins de l'écran panoramique. Cette fois, sans la rassurante présence de Donatien et de son père, il laisse son esprit chevaucher les couleurs qui l'amènent vers des images qu'il avait oubliées, mais qu'il a déjà vues en mélangeant ses peintures dans le fond du placard de la cuisine. Il voit sa mère vêtue d'une robe de mariée dans la clairière d'une forêt d'automne où tous les érables sont écarlates. Il voit aussi Donatien et son frère juchés dans un arbre au pied duquel grogne une ourse et reconnaît cette scène d'une histoire qu'on lui a racontée. Aimé ne comprend plus rien à ce film auquel se mélangent des scènes du passé de ses parents. Dans la deuxième salle, les images se font encore plus énigmatiques. Dès que les rouges apparaissent, il voit clairement des images de cette fille de son âge qui a les joues blanches comme un nuage. Il la voit participer à ce qui semble être une procession religieuse dans les rues d'une ville inconnue. Il entend quelqu'un l'appeler Agnès. La voilà qui court sur le pont d'un bateau en tenant un enfant qui, comme elle, a les cheveux roux. Dans la troisième et ultime salle, le rouge remplit l'écran. À ce moment, Aimé commence à manquer d'oxygène. Il ne sait plus s'il tombe ou s'il vole, c'est exactement comme la première fois, sauf qu'il n'y a ni Donatien ni son père pour le retenir d'être avalé par le grand vortex rouge qui s'ouvre au-dessus de sa tête. Désespéré, il s'agrippe de toutes ses forces à deux autres visiteurs, des Américains qu'il entraîne dans son vol ou sa chute. Il ne semble plus y avoir ni plancher, ni plafond, ni direction, que du rouge… et du froid. Maintenant il comprend qu'il doit nager pour ne pas se noyer. Sa tête frappe la coque d'un bateau. Une main le saisit par la ceinture pour le sortir de l'onde.

L'OR REFLÈTE AUSSI LE ROUGE

Le lendemain, peu après le coucher du soleil, Théo rapporta la disparition de son fils à la police de Montréal. En son for intérieur, il savait qu'Aimé n'était pas perdu, ni même en danger. Mais il n'avait pas envie de fournir à Rose un élément qu'elle invoquerait devant son avocat.

Pendant la dernière semaine du mois d'août 1967, le temps s'étira en de longs filaments marron et gélatineux qui s'agglutinaient sur les perrons, les cordes à linge et les voitures stationnées le long de la rue Saint-Hubert. Ça collait aux chaussures, qu'il fallait désormais enlever pour entrer dans les intérieurs, comme le font les Japonais et les Allemands. Depuis l'ouverture de l'Expo, le temps avait connu une telle accélération que le fleuve lui-même semblait couler plus vite qu'avant. Après la disparition d'Aimé, la même longue et pénible journée se répétait. Quand il arrivait à s'endormir, Théo se réveillait confus. Pendant les premières secondes d'éveil, oubliant que son fils était disparu, il obéissait au réflexe qui lui ordonnait d'aller le chercher dans son lit pour dérouler devant lui la lumière de la vie et la beauté du quotidien, peut-être lui promettre une expédition dans la forêt. Mais il ne fallait qu'un instant pour que le rattrapât l'odeur du malheur. Tous les jours depuis une semaine, le visage d'Aimé était imprimé en dizaines de milliers d'exemplaires dans les journaux populaires de la ville, attirant vers la clinique de Théo une attention dont il se serait bien passé.

Rose Hurtubise était rentrée chez elle encore plus fâchée qu'à son arrivée. Désormais c'était clair, cet enfant ne pouvait plus être laissé à la garde de ces inconscients qui ne le surveillaient pas. Dès qu'on le retrouverait, elle exigerait qu'il lui soit livré à Grand-Mère, où il mènerait une vie normale dans la paix de la Mauricie et loin du remugle et des turpitudes de la ville, et de cet exécrable Donatien Décarie, qu'il faudrait aussi faire enfermer. Elle n'avait pas hésité une seconde en écrivant sa lettre de dénonciation. Il ne fallait pas se poser de questions : Aimé s'était sauvé pour protéger son âme d'enfant de ce vieux pervers de Décarie. Aux yeux de Rose, Donatien et Théo formaient un tandem diabolique dans lequel Théo était à la fois bourreau et victime, les deux premiers angles qui forment le triangle des relations toxiques. Elle se voyait comme le sauveur.

Rose en était venue à la conclusion que son petit-fils avait été tué. Le motif du crime ? Donatien s'était senti menacé par elle le soir de la fête. Il aurait trouvé le garçon et l'aurait assassiné pour éviter que la vérité éclate au grand jour. Il suffisait de chercher. Dans une lettre au ton particulièrement virulent adressée à la police de Montréal, elle exigea de savoir si une brigade canine avait été mobilisée. Elle voulait le nom des enquêteurs qui s'occupaient de l'affaire. Quand on lui avait parlé pour obtenir des détails, elle avait tout déballé.

— Tuer des enfants, voilà ce qu'ils font, ces deux-là. Ils ont tué mon petit-fils comme ils ont tué tous ces enfants innocents.

À la douleur de la disparition d'Aimé s'ajouta l'infamie des accusations qui visaient la clinique. Le dossier de police de Donatien, d'une épaisseur inquiétante aux yeux de l'avocat qu'il avait engagé pour le représenter, ne laissait rien présager de bon non plus. Trois arrestations pour grossière indécence et sodomie. Il fut impossible de retrouver les patientes qui auraient pu faire accuser Théo et Donatien pour les dizaines d'avortements qu'ils avaient, selon Rose, pratiqués au fil du temps. En ce sens, soutenait-elle, la stratégie de Donatien avait fonctionné : « Ils ont des patientes pour des consultations normales. Ça leur sert d'alibi. »

La police fut incapable de retrouver ne serait-ce qu'une victime. Cela n'empêcha pas les enquêteurs de considérer Donatien comme l'un des suspects principaux dans l'affaire. L'un d'eux, nommé Campbell, se montra particulièrement odieux à l'égard de Donatien, qu'il cuisina pendant six heures de temps au poste de police. Vers la mi-septembre, en l'absence d'un cadavre pour relancer l'enquête, Campbell dut se résoudre à classer le dossier dans la pile des questions sans réponse. Bien qu'ils se fussent montrés d'une froideur prussienne avec les journalistes, ces derniers continuaient de sonner régulièrement chez Théo et Donatien pour tenter de leur soutirer un entretien. Le raisonnement des journalistes était primitif : l'un ou l'autre de ces hommes finirait par se compromettre au détour d'une question. Celui qui réussirait à les piéger serait couvert de gloire médiatique. On fondait d'immenses espoirs sur Théo, dont les larmes avaient été immortalisées par un photographe du *Dimanche-Matin* alors qu'il rentrait du poste de police, une semaine après les faits. Celui-là avait l'air plus vulnérable que le vieux, dont les commentaires sarcastiques et blessants avaient réduit au silence des hommes qui avaient pourtant l'habitude de discuter avec des criminels endurcis. Rosalba se montra d'une fidélité irréprochable. La plupart du temps, c'était elle qui envoyait promener les journalistes qui sonnaient à la porte.

Les autorités d'Expo 67 refusèrent que le signalement d'Aimé soit affiché sur le site de l'Exposition pour ne pas effrayer les visiteurs. Donatien avait insisté, il était fort possible que le garçon ait tenté de s'introduire sur le site le soir de son départ. Aurait-il commis l'erreur d'essayer d'y aller à la nage ? Était-il tombé à l'eau en traversant le pont ? La couleur du feuillage commençait à tourner. Sur le pupitre d'Aimé traînait cet ensemble de monnaie qu'il avait reçu de sa grand-mère. Là où aurait dû se trouver la pièce d'or de vingt dollars, il n'y avait qu'un trou. Il avait été difficile d'expliquer aux enquêteurs la banalité de ce fait. Certes, le garçon avait en poche une pièce d'or la dernière fois qu'on l'avait vu, mais il ne fallait pas chercher dans ce fait une explication quelconque.

— Il aime fixer les objets qui irradient plusieurs couleurs à la fois, avait tenté d'expliquer Théo.

— De l'or, c'est de l'or… avaient rétorqué les policiers, impassibles.

Justement, l'or n'est pas toujours doré, ou en fait, il n'est pas seulement doré, avait tenté de leur expliquer Donatien, qui s'était lassé au bout de quelques phrases.

— L'or reflète aussi le rouge ! s'était-il contenté de lancer aux deux hommes qui n'avaient pas lu les livres qu'il faut lire pour comprendre l'importance de ces six mots.

Donatien éclusait un whisky en faisant tourner entre ses doigts la pièce commémorative de cinq cents sur laquelle on avait frappé un lapin dessiné par le peintre Colville.

— Sur le dix cents, c'est un maquereau. Je me demande ce qu'il y avait sur la pièce de vingt dollars.

— Les armoiries du Canada, soupira Théo.

Ils étaient assis dans le salon en silence devant la télévision éteinte. Donatien pensait à cette boîte de fer-blanc qu'un inconnu avait apportée. Il lui semblait que cette boîte aurait été idéale pour les pièces de collection d'Aimé. Quel petit garçon n'a pas sa boîte de fer-blanc où il garde ses trésors ?

— Tu as fini par l'ouvrir, cette enveloppe ?

— Quelle enveloppe ?

— Celle qui était dans la boîte de fer-blanc que le gros monsieur t'a livrée.

Il fallut à Théo quelques minutes pour se souvenir de la boîte de fer-blanc en question. Il ne l'avait jamais ouverte, ni même cherchée. Le tiroir où elle dormait était aussi l'adresse où vivaient des vêtements qu'il ne portait pour ainsi dire jamais. Et ce fut bien parce qu'il voulait créer une diversion avant que Donatien ne se serve un quatrième whisky qu'il monta chercher l'objet, qu'il ramena dans le salon en allumant le lustre. Il tâta l'enveloppe fermée.

— Tiens, on dirait des semences.

Il l'ouvrit, en sortit une feuille de papier pliée en quatre et la jeta en direction de Donatien. L'écriture était dense et difficile à déchiffrer. Théo dut allumer une troisième lampe et se servir d'une loupe pour bien voir les lettres. Il n'eut pas le temps de finir sa lecture.

— Bellavance, c'est un farceur, murmurait Donatien. Ce sont bien des semences.

— Des semences de quoi ?

— Je ne sais pas, on dirait des graines de melon.

— De melon ? Il est venu quand, Bellavance, ça fait six ans, non ? Je ne comprends rien à cette écriture, et l'anglais n'est pas évident non plus. On dirait que ça date de la préhistoire.

Donatien arracha la lettre de la main de Théo.

Monsieur Sanschagrin,

Vous ne m'avez jamais vue et, bien honnêtement, je ne sais même pas si vous existez pour vrai. Votre fils Aimé m'a demandé de vous livrer ces semences de melon qu'il veut que vous remettiez à son oncle Donatien. Il m'a demandé de préciser que Donatien sera content de les avoir trouvées. Aimé veut que vous sachiez qu'il est perdu et qu'il ne réussit pas à vous retrouver. Il est prisonnier depuis un mois dans la maison des MacMaple, mais je ne vous conseille pas d'y aller directement. Je vous demande aussi de ne pas parler de mon message. Je ne veux pas avoir de problèmes avec mes patrons. Vous devez venir sortir votre fils de là avant qu'il soit envoyé au loin, vers l'Angleterre. Vous n'avez plus beaucoup de temps. Je peux vous aider.

Si vous voulez me joindre, je vous prierais de ne pas m'écrire chez les MacMaple, car la gouvernante déduirait de mes gages le temps que je passerais à lire votre lettre et Monsieur pourrait se douter que vous cherchez votre fils, qu'il a enfermé. Il le garde comme un animal. Écrivez-moi au 242, William Street à Griffintown, chez mon amie. Vous pourrez écrire Susan Kennedy sur l'enveloppe. J'espère que vous parlez bien l'anglais. J'ai très hâte de vous rencontrer. Votre fils Aimé a un très joli visage.

Mary Gallagher
15 février 1879

Ils passèrent une partie de la nuit debout devant l'enveloppe et les semences. Exceptionnellement, Théo accepta un whisky. Ils burent plus qu'ils ne parlèrent. Comme la plupart des gens qui ne boivent pas ou peu, Théo crut sottement que le whisky allait lui procurer le sommeil dans lequel il voulait sombrer pour fuir l'absurdité qui venait de fondre sur lui. Au lieu du repos espéré, il fut condamné à une nuit sans sommeil. Donatien but parce que c'était ce qu'il avait appris à faire quand quelque chose le perturbait. Le sommeil était pour lui accessoire. Au petit matin, Théo tomba dans un coma éthylique sur le sofa. Donatien veilla pendant toute la nuit. Au matin, il demanda à Rosalba si elle savait faire germer des semences. Elle promit qu'elle essaierait.

— Vous devriez attendre au printemps prochain. On dirait des graines de melon. C'est déjà presque septembre… Pour le melon, il faut de la chaleur, tout le monde sait ça.

MOÏSE

Quelques minutes après son arrivée à la Miséricorde, il avait brièvement repris connaissance pour leur dire son vrai prénom, puis il s'était évanoui de nouveau. Trois orphelines qui épiaient la scène depuis le couloir avaient déguerpi avant d'être repérées. Plus tard, des années plus tard, quand ils se raconteraient comment ils avaient appris l'existence l'un de l'autre, Agnès avouerait à Aimé qu'elle avait été parmi les dernières à être mises au courant de son arrivée. Si elle avait fait partie des enfants sélectionnés pour s'occuper de la récolte des pommes de terre dans le potager, comme les trois fillettes, elle aurait vu la charrette monter la rue Saint-Hubert et tourner à droite sur Dorchester. Elle aurait vu les hommes descendre son corps inanimé étendu sur une vieille planche arrachée à une épave. Elle aurait vu ses vêtements étranges, mais elle n'aurait pas vu la couleur de ses yeux. De la buanderie où elle aidait les sœurs à tordre des draps, elle ne vit rien de tout ça.

Au réfectoire, les trois filles étaient entrées dans un silence qu'elles cultivèrent jusqu'à ce qu'elles se sussent hors de portée d'oreille des sœurs. La plus grande, Madeleine, se pencha vers la table en faisant mine de ramasser une miette imaginaire tombée sur le plancher sale. Elle le dit en un souffle :

— Il est vivant, nous l'avons vu.

C'est ainsi qu'Agnès apprit l'existence d'un être que l'on avait cru mort, mais qui était vivant. Et se mit à ressentir pour ces trois filles une émotion d'une complexité qui la troubla. D'une part, elle les haïssait pour l'avoir vu à un moment où elle ne savait même pas qu'il existait. Puis elle se mit à les envier et à vouloir être comme elles, dans la connaissance. Pour cela, il fallait qu'elle arrête de les haïr, ce qui lui coûtait. Avant qu'il arrive, elle ne ressentait pour ces trois filles que l'amitié et la solidarité que confèrent quatorze ans de vie dans un orphelinat glauque et gris dans un pays de neige. Elles avaient chuchoté. Agnès serra les dents. Elle devait lui avouer que dès cet instant, elle s'était posé des questions sur la couleur de ses yeux. Elle avait toisé Madeleine : « Si tu l'as vu, quelle est la couleur de ses yeux ? Hein ? » Agnès ne savait même pas de qui elle parlait. Madeleine releva la défiance de son ton.

— Il était étendu sur un lit avec un drap blanc sur lui. Il avait encore un peu de sang sur les paumes et sur les pieds. Mais nous l'avons vu de loin, de côté, nous n'avons pas vu ses yeux. Les sœurs lui ont essuyé le visage avec le suaire. Il avait du sang sur les mains et sur les pieds parce qu'il s'est frappé aux côtés du bateau quand ils l'ont sorti de l'eau.

Agnès ressentit une vague de soulagement la traverser. Si elle pouvait être la première des enfants à voir la couleur de ses yeux, elle pourrait dire qu'elle avait été la première à l'avoir vu. Cela vaudrait mieux que de l'avoir trouvé dans l'eau, cela vaudrait mieux que d'avoir été la première à panser ses plaies, cela vaudrait mieux que de savoir son prénom. Madeleine pinçait les lèvres. Elle savait qu'Agnès pouvait frapper quand elle était contrariée, mais elle cracha quand même sa révélation.

— Il paraît qu'il s'appelle Aimé. Il l'a dit à sœur Saint-Joseph quand il a repris connaissance.

Agnès encaissa le coup. Elle fit encore avouer aux filles dans quelle pièce les sœurs l'avaient logé pour cacher aux autres enfants l'arrivée du grand garçon à l'orphelinat. Pourtant, tous les enfants avaient senti une vibration, une inquiétude et un émerveillement nouveaux dans leurs regards autrement remplis d'ordinaire et de résignation. L'une d'entre elles avait même ri. Pas d'un grand rire gras qui fait que l'on déploie les mandibules pour dévoiler sa luette et ses molaires, mais un petit rire, quand même. La nouvelle avait mis deux jours pour descendre jusqu'à la buanderie. Cela s'était fait au moment où l'une des sœurs avait laissé les draps tachés de sang à côté des bacs. Sur la blancheur du suaire, Agnès était certaine de deviner les traits du visage essuyé du garçon, ruisselant de sueurs moites induites par la fièvre qu'il avait attrapée dans l'eau du fleuve. Elle tenait le drap à la hauteur de son visage. Elle tentait de s'imaginer l'entièreté du visage d'Aimé en se fiant aux traces laissées sur l'étoffe. Si elle pouvait s'approcher de lui en disant son nom, il ouvrirait les paupières. Ainsi, il dévoilerait la couleur de ses yeux et il lui appartiendrait pour toujours. Quelque chose lui disait que cette couleur ne ressemblerait à aucune autre et qu'une fois qu'elle l'aurait vue, sa vie ne serait plus jamais la même. Enveloppée dans la pensée obsessive de cette couleur, elle ne sentait plus la brûlure des ampoules pendant qu'elle tordait les draps, elle ne sentait plus les coups de bâton que lui assenaient les religieuses quand elle ralentissait le tempo, et si elle pleurait, ce n'était pas parce qu'elle avait mal ; c'était parce qu'elle pensait à la couleur des yeux de ce garçon qu'elle ne connaissait pas, mais qu'elle sauverait de cet enfer. Machinalement, elle tâta les pièces de monnaie qu'elle cachait dans l'ourlet de sa robe.

Il ne fut pas possible d'empêcher la nouvelle de se répandre dans l'orphelinat. Bientôt, on parla ouvertement d'Aimé au réfectoire, au nez et à la barbe des sœurs, comme pour leur faire comprendre que ce garçon qu'elles avaient voulu garder pour elles serait bientôt offert à la multitude pour les siècles des siècles. La rumeur descendait les étages comme les effluves sucrés de la cuisson d'une tarte envahissent l'air en filaments parfumés. Écœurant de promesses de voluptés, le parfum du fruit caramélisé envahit les sens, attise la faim et déclenche cette volonté de connaître sa couleur. Une fille disait qu'il devait avoir les yeux bleus puisqu'on l'avait trouvé dans l'eau. Un garçon affirma qu'une sœur lui avait confié qu'Aimé avait les yeux couleur châtaigne. Pour Agnès, les choses étaient claires. Celle qui réussirait à voir la première la couleur des yeux du garçon sauvé des eaux serait l'élue. L'élue de quoi, elle ne le savait pas trop elle-même. Il faudrait des années à Agnès pour comprendre la fascination que la couleur des yeux des hommes exerçait sur elle. Pourtant, l'explication était simple. Agnès vivait entourée de femmes et d'enfants. Dans de rares occasions, elle pouvait s'approcher d'un prêtre venu dire la messe, mais il était interdit de regarder ces hommes dans les yeux. Quand elle sortait dans la ville, ses vêtements trahissaient son appartenance à la Miséricorde. On se tenait donc loin d'elle. Il lui était presque impossible de s'approcher d'un monsieur de face, mais elle réussissait souvent, en les suivant à pas de loup, à arriver assez proche d'eux pour qu'ils jettent un regard sur elle. Il lui suffisait de quelques secondes pour voir leurs iris. Agnès n'avait pas de couleur préférée pour cette petite sphère. Pour elle, il s'agissait ni plus ni moins de pierres précieuses. Chacune était différente, chacune était formée de filaments et d'iridescences qui la rendaient unique. La plupart du temps, on l'écartait d'un coup de pied, mais elle s'en foutait. Un jour, Agnès s'était approchée d'un homme qui vendait du foin et qui l'avait laissée contempler ses iris pendant une minute. Il s'appelait Émile et avait les yeux du bleu que prend le ciel de Montréal les matins de septembre, avec des filaments dorés comme le blé. De mystérieux petits points marron mouchetaient l'ensemble. Émile lui avait ensuite tendu une pomme, puis elle était partie en courant. Agnès s'était imaginé que chacun des points marron représentait les femmes qui avaient aimé Émile sans qu'il leur rende leur amour.

Les sœurs l'avaient isolé des autres enfants pour qu'il n'attrape pas leurs maux. Ce fut peine perdue. Les draps étaient certes lavés, mais pas désinfectés. Aimé commença à se gratter comme tout le monde deux semaines après son arrivée à l'orphelinat, où on l'avait en quelque sorte enfermé dans une pièce.

En état hypothermique à son arrivée, il finissait maintenant une grippe. Il n'avait vu jusqu'à maintenant que le visage sévère de sœur Saint-Joseph qui se penchait sur lui. Quand il fermait les yeux, il voyait encore projetées sur ses paupières les images du film du Kaléidoscope. Les explosions rouges se détachaient maintenant en vert. Elles brilleraient ainsi encore pendant quelques semaines, puis disparaîtraient. Agnès profita d'un court laps de temps pendant lequel sœur Saint-Joseph descendait chercher à la cuisine un bout de maïs et un bol de soupe pour Aimé. Furtive comme une souris, elle s'approcha du lit presque à quatre pattes. Elle murmura son nom, puis ses paupières s'ouvrirent lentement. Agnès contempla les iris d'Aimé pendant de longues secondes. Toutes les couleurs du monde s'y trouvaient.

— Tu vois les points jaunes ? lui avait-il soufflé.

Il semblait comprendre exactement ce qu'elle était en train de faire et il consentait pleinement à ce qu'elle grave dans sa mémoire la complexité des couleurs de ses yeux. Et elle lui avait tendu la pomme qu'elle avait cachée dans sa poche. Elle comptait sur ce fruit pour l'amadouer. En prenant la pomme rouge entre ses mains, Aimé se rappela Théo qui lui avait montré comment on fend une pomme en deux par la simple action de ses pouces, un geste qui impressionnait Rosalba et Donatien et qui faisait ricaner les voisins quand le fruit révélait sa chair blanche dans un bruit sec. Il réussit du premier coup.

— Tu t'appelles Agnès ?

Agnès pensa dès lors qu'Aimé avait des pouvoirs surnaturels. Les pas de sœur Saint-Joseph se précisaient. Elle n'eut pas le temps de fuir sans être vue, mais elle s'en moquait. Le maïs fut la dernière pitance de son passé et la première de son avenir.

Le soir, au réfectoire, Agnès passa de longues minutes à décrire aux autres les couleurs qu'elle avait vues danser dans les yeux d'Aimé. Elle ne cacha rien des bleus ni des verts, se fit grave pour décrire les filaments marron et carrément mystérieuse pour parler des petits points jaunes. Les enfants assis à sa table l'écoutaient dans un silence sépulcral. La grande Madeleine serrait les dents, comme pour admettre sa défaite.

Agnès savourait son triomphe.

— Et il savait que je m'appelle Agnès. Il dit qu'il m'a déjà vue. Il dit qu'il me cherchait.

AGNÈS

Aimé fut installé dans un dortoir où dormaient quatorze autres garçons. Le premier matin, il fut réveillé par l'odeur rance des enfants. Il aurait préféré un coup de pied, tant le remugle était violent. Entre ses paupières entrouvertes, il ne distinguait qu'une petite main qui lui tendait une autre pomme. Quand il ouvrit les yeux complètement, il la reconnut. C'était elle, la fille qu'il avait vue dans le rouge, celle pour qui il avait fendu en deux une autre pomme à peine quelques jours auparavant. Quand il recouvrerait toutes ses facultés, Agnès lui expliquerait que les sœurs l'avaient déposé sur ce lit du dortoir des garçons, où elle se glissait un peu avant midi pour l'observer. Elle lui dirait aussi qu'il avait déjà dévoré sans se réveiller une pomme, deux galettes de mil et un bout de pain qu'elle avait réussi à chaparder au réfectoire. Pour l'instant, il se tenait sur son coude gauche et contemplait cette petite fille sale et puante qui lui souriait. Dans sa tête, les mots des Beatles résonnaient. *All you need is love.* Il remontait le fleuve de ses souvenirs : le tourne-disque de la rue Saint-Hubert, Donatien qui tire un épi de maïs en direction de Rose, la ruelle derrière sa maison, *All you need is love*.

Agnès portait une robe trouée qui semblait avoir été taillée dans un vieux sac de rutabagas. Elle lui expliqua aussi qu'elle avait quatorze ans et qu'un an auparavant elle avait été adoptée par une famille qui l'avait rendue aux religieuses parce qu'elle s'était montrée incapable de veiller sur une génisse qu'on lui avait confiée. Agnès ne s'était pourtant absentée que pendant une minute, le temps de courir après un oiseau dont le chant l'avait médusée. Le bovin en avait profité pour disparaître dans le pré et ne plus jamais réapparaître. On jugea inutile, voire dangereux, de garder une tête de linotte dans la maisonnée.

— Elle passe son temps à imiter le chant des oiseaux. Fille inutile !

C'est ainsi que le fermier avait justifié sa décision aux religieuses agacées de voir revenir cette bouche à nourrir. Pendant les trois premiers jours, seule Agnès eut le courage de s'approcher du garçon blond qui avait été repêché dans le fleuve.

— Il paraît qu'il était accroché à un morceau de bois.

Si le pilote du vapeur *Montarville* n'avait pas aperçu Aimé flottant sur les eaux du Saint-Laurent, la vie de la petite Agnès aurait pris un autre tournant, celle de Mary Gallagher aussi. En tout cas, peu importe les messagers que l'avenir enverrait au passé, Susan Kennedy marchait vers son inéluctable destin. Sauvé des eaux et ranimé par des passagers du bateau qui assurait la liaison entre Longueuil et Montréal en passant par l'île Sainte-Hélène, Aimé avait abouti à l'hôpital de Miséricorde, où les religieuses avaient accepté de s'en occuper à contrecœur. Deux autres corps avaient été repêchés en aval, morts ceux-là. Pour l'orphelinat, il était déjà beaucoup trop grand. Un garçon de sa taille était en âge de travailler. Agnès, la plus âgée des orphelines, avait surpris une conversation entre la prieure et sœur Saint-Joseph. Elles étaient convaincues qu'il s'agissait d'un miracle.

Entre le pouce et l'index d'Aimé, le tissu des vêtements dont on l'avait affublé produisait une sensation rêche. Cinq jours après son arrivée, Aimé comprenait un mot sur trois de ce que les enfants et les sœurs lui disaient. Certains enfants parlaient comme Donatien et son frère quand ils conversaient seuls. D'autres lui rappelaient les expressions et la diction de sa grand-mère Hurtubise et des vieilles du Plateau Mont-Royal. Bref, à ses oreilles, ces gamins parlaient comme des vieillards. Chaque fois qu'il ouvrait la bouche pour dire un mot, les enfants commençaient à rire.

— Les autres garçons pensent que tu viens de France. Ils pensent que tu es tombé d'un bateau qui arrivait de Paris.

— Je viens de la rue Saint-Hubert, il faut que tu m'aides à retrouver mon père.

— Les sœurs disent qu'elles ont déjà essayé. Elles disent que tu délires.

Il passa les premiers jours sous la protection de la petite Agnès, qui lui enseigna les rudiments de la survie à l'orphelinat. À son âge, il ne serait probablement plus adopté et le mieux qu'il pouvait espérer était qu'un cultivateur du nord de l'île vienne le chercher pour en faire un ouvrier agricole. Dans le pire des cas, des propriétaires d'usine l'achèteraient pour lui faire rouler des cigares jusqu'à ce qu'il meure de fatigue.

Jamais il ne devait regarder dans les yeux les femmes parfumées qui, de temps à autre, se faisaient passer pour des mères de famille à la recherche de grands enfants pour les aider dans leurs corvées. Selon Agnès, elles n'étaient rien d'autre que des tenancières de bordel qui tentaient de trouver la chair fraîche dont raffolaient leurs clients. Apparemment, les sœurs savaient les démasquer assez vite et les éconduisaient à coups de crucifix. Agnès mima les coups et les cris avec un talent dramatique qui déclencha un fou rire chez Aimé. Quand il recommençait à pleurer à cause de la puanteur que tout le monde dégageait, Agnès trouvait une nouvelle singerie pour faire rire celui que les garçons avaient surnommé « le roi de France », car on trouvait qu'il parlait pointu. Sœur Saint-Joseph était montée avec lui dans la lanterne du bâtiment qui dominait les faubourgs de Montréal. Aimé reconnut le fleuve au loin, la topographie de Montréal, la montagne, le Plateau Mont-Royal et le clocher de Notre-Dame. Le paysage lui paraissait pourtant incomplet.

— Où est le pont ? demanda-t-il, surpris de ne pas voir le pont Jacques-Cartier dominer le paysage.

Sœur Saint-Joseph haussait les épaules. Quel pont ? Elle se tuait à lui répéter qu'il n'y avait pour traverser le Saint-Laurent que le pont Victoria, des bateaux à vapeur et, l'hiver, un ou deux ponts de glace.

— J'ai assisté à l'inauguration du pont Victoria. Le prince de Galles y était ! Mais je ne suis jamais allée à Longueuil… Et toi ?

Il mit trois semaines à se rendre compte que pour être compris, il devait imiter Donatien quand il était ivre ou parler comme le frère Hubert pendant les cours de catéchèse. Plus il roulait ses « r », plus ses propos semblaient être compréhensibles pour les orphelins et les religieuses. Tous les jours, il devait s'asseoir sur un banc dans une salle de classe devant une religieuse qui dispensait environ une heure de leçons d'une facilité déconcertante. Il lui arrivait de la reprendre en silence. Le reste du temps, il était affecté à des tâches manuelles peu inspirantes, comme le nettoyage des planchers. Devant le moindre signe d'incompréhension ou lorsqu'elles croyaient voir pointer un refus de sa part, les religieuses brandissaient un bâton de bois qui servait à châtier les paresseux.

Après vingt et un jours passés dans l'enceinte de l'orphelinat, il fut invité dans le bureau de la prieure.

— Qui sont vos parents ? Comment êtes-vous tombé à l'eau ?

— Mon père vit au coin de Saint-Hubert et Sherbrooke. Je peux vous montrer.

— Vous l'avez déjà dit à sœur Saint-Joseph. Nous avons pris la peine de vérifier, il n'y a pas de Théo Sanschagrin à l'adresse que vous avez donnée. D'ailleurs, cette maison ne semble même pas exister. Nous avons aussi essayé de trouver ce Donatien Décarie dont vous avez souvent parlé. Rien. Vous souvenez-vous d'être tombé à l'eau ?

— Non. Je ne me souviens pas de ça. J'étais dans le Kaléidoscope... Tout est devenu rouge, j'ai eu la nausée, je pense que j'ai vomi ou que je suis tombé, en tout cas...

Le visage du garçon fut traversé par un doute. Il fixa longuement la prieure avant de continuer, comme s'il venait de se rappeler quelque chose.

— Est-ce qu'il y a une sœur Monique, dans votre couvent ?

— Non, aucune de nos sœurs ne porte ce nom.

— C'était elle. Elle m'a poussé. J'ai senti ses mains dans mon dos. Son habit était comme le vôtre.

— Qu'entendez-vous par « Kalé… » ?

— Kaléidoscope. C'est un pavillon d'Expo 67.

— Je ne comprends pas.

— C'est l'Exposition universelle. Expo 67, pour le centième anniversaire du Canada, là, sur les îles, dit-il en pointant en direction du fleuve.

— Nous sommes en 1878. Vous êtes à l'hôpital de Miséricorde, rue Dorchester.

— La Miséricorde ?

La prieure l'invita à la suivre. Elle sortit avec lui de la bâtisse. Ensemble ils traversèrent la rue.

— Voilà ! Nous sommes ici depuis presque vingt ans.

Aimé contemplait son environnement. Ce qu'il avait devant lui était un bâtiment identique à cet hôpital du boulevard Dorchester, un lieu lugubre où allaient accoucher les filles-mères. C'était ce que Donatien lui avait dit. La prieure continuait de raconter l'histoire de la construction de l'hôpital. Le nom d'un certain monseigneur Bourget revenait sans cesse. Aimé ne l'écoutait qu'à moitié. Dans ce paysage, l'hôpital, qu'il reconnaissait, était sans doute ce qui l'intéressait le moins. Il n'arrivait pas à détacher son regard des attelages de chevaux qui tiraient carrioles et charrettes là où des Ford et des Chrysler auraient dû rouler. En vain, il cherchait l'asphalte et se demandait pourquoi le boulevard Dorchester était si étroit. Rien ne collait exactement à ses souvenirs. Et partout la même odeur de crottin… Des gens vêtus comme des paysans assis sur des meules de foin passaient en le dévisageant.

— Nous allons devoir rentrer, il va faire nuit.

Un frisson traversa le corps d'Aimé. Il se mit à grelotter. De retour dans le bureau de la prieure, elle l'informa que le mois de septembre allait bientôt se terminer.

— Demain, c'est la Saint-Jérôme… Octobre est à nos portes. Nous ne pourrons pas vous garder très longtemps. Dès que vous aurez recouvré vos forces, il faudra vous trouver un hospice. Les Sœurs de la Providence vont peut-être pouvoir vous héberger. Je doute que nous puissions vous placer, à votre âge. Vous êtes déjà un adulte.

— Non, je vais avoir quinze ans en mars !

— C'est ce que je vous dis, vous êtes un adulte. Soit vous retrouvez vos parents, soit vous vous dénichez un travail. On me dit que l'on cherche des hommes au port. Vous avez de la fièvre ?

— J'ai froid.

— Vous n'êtes peut-être pas fait pour les bateaux, dans ce cas. C'est dommage, il faudra vous envoyer à l'usine. Vous risquez d'y mourir jeune.

Le visage de la prieure s'assombrit. Il finit par comprendre que le mot « téléphoner » indisposait les sœurs et cessa de l'utiliser. Il les supplia de le laisser sortir pour qu'il rentre chez lui, qu'il y serait en quinze minutes, que son père devait être mort d'inquiétude. On finit par le laisser partir. Aimé rentra vingt minutes plus tard, le regard affolé, le souffle court, pour se cacher sous le lit qu'on lui avait attribué. Furtive comme les souris, Agnès le rejoignit dans sa cachette.

— Tu as trouvé ton père ?

Aimé pleurait à cause de ce qu'il avait vu dans les rues de sa ville qui, pendant qu'il dormait, était devenue l'antonyme d'Expo 67. Pour la première fois, l'odeur d'Agnès lui parut rassurante. Il la prit dans ses bras. Comme l'eût fait une peluche, cette dernière absorba placidement la tristesse de cet étrange garçon pour qui elle volait des pommes. Il pleura longtemps. Puis il s'endormit. Quand il se réveilla, Agnès était étendue par-dessus son corps. Il sentit une décharge électrique le traverser. L'image de Donatien qui lui expliquait sur un ton docte comment on faisait des enfants illuminait sa pensée. Cette image ne resta pas, car il avait devant ses yeux le visage d'Agnès qui lui souriait.

All you need is love.

OÙ UNE TRANCHE DE MELON APPORTE UNE LUEUR D'ESPOIR

Aucun des enfants de l'orphelinat des Sœurs de Miséricorde n'arrivait à saisir l'idée de l'avenir. Leur parler de 1967 était comme essayer de décrire le goût de la réglisse à des gens qui n'en auraient jamais vu.

Il ne prit pleinement conscience de sa chute qu'à sa deuxième sortie, un mois plus tard. Les religieuses forçaient les enfants en âge de travailler à sortir pour les accueillir, à la fin du jour, la main tendue, s'attendant de droit à ce qu'on leur remette la totalité des quelques sous durement gagnés en portant dans un seau de bois l'équivalent d'un étang, le poids en charbon d'une éléphante gestante, tous les arbres gorgés de sève de mars d'une érablière, un monticule de pierres, la crotte mensuelle d'un attelage de chevaux canadiens et une petite rivière de fiente humaine. Quand ils avaient atteint l'âge de se rendre utiles de cette manière, les sœurs laissaient volontiers les grands enfants de dix ans sortir de l'enceinte de leur hôpital. Ainsi n'avait-il rien compris quand sœur Saint-Joseph lui avait roucoulé un matin d'aller gagner sa croûte.

— Maintenant tu sors. Va au marché au foin. Parle au bonhomme Faillon. Dis-lui que tu viens d'ici. Allez !

Il n'avait rien entendu. Tout ce qu'il voyait devant lui était une porte grande ouverte. Les autres enfants dont les bras n'avaient pas encore assez grandi pour leur permettre de saisir un seau le regardaient partir en sanglotant. En un mois, Aimé était devenu, grâce aux histoires extraordinaires qu'il racontait, leur grand frère adoré, ce qui commençait d'ailleurs à agacer divinement les religieuses, qui se méfiaient de lui. L'une d'entre elles avait proposé qu'on le garde à l'œil et qu'on ne le laisse pas s'éloigner.

— Il vient d'une famille riche. C'est évident. Tôt ou tard, ils vont venir le chercher ici et vont nous donner une récompense pour l'avoir nourri et logé. Si vous le laissez partir, nous ne verrons jamais cet argent. Il va retrouver son chemin tout seul.

Sœur Saint-Joseph n'en démordait pas. L'enfant parlait comme un Européen, il ne portait sur son corps aucun des signes de sous-alimentation qui caractérisaient les enfants de Montréal, ses cheveux étaient élégamment coupés et, surtout, il avait deux rangées de dents bien droites et blanches comme les ailes d'un ange. Il était probablement un enfant perdu. Si on le laissait sortir, il retrouverait vite le chemin de sa maison bourgeoise. Qui les dédommagerait pour tout ce qu'il avait ingéré ? Il disait avoir quatorze ans, mais les sœurs n'en croyaient rien. Personne n'arrivait à cette taille avant d'avoir au moins dix-huit ans. Et il savait lire, écrire et compter aussi bien que l'archevêque, qu'il avait par ailleurs effrontément repris quand les religieuses le lui avaient présenté, croyant que monseigneur voudrait prendre sous son aile ce garçon qu'on avait sauvé d'une noyade certaine.

Il n'avait compris ni « marché au foin » ni « bonhomme Faillon ». Son intention était de fuir cet endroit sans se retourner, de courir en ligne droite vers le nord jusqu'à ce qu'il arrive chez lui pour se jeter dans les bras aimants de son père, qu'il savait désespéré. Comment justifierait-il une si longue absence ?

Il mit trois heures à s'en remettre. Tout ce qu'il voyait venait confirmer que ses premières sorties n'avaient pas été un cauchemar éveillé. C'était Montréal, mais ce n'était pas Montréal. C'était un lieu qui se moquait de lui. Dans ses vêtements d'orphelin, tout le monde le reconnaissait, savait d'où il sortait et ce qu'il cherchait. Dès qu'il ouvrait la bouche, les gens, tous puants, tous laids, éclataient de rire. Un jeune homme à qui il avait demandé le chemin de la rue Sherbrooke le pinça en l'appelant fifille, ce à quoi Aimé réagit en montrant le majeur, geste qui tira des larmes de rire au malavenant. Il avait d'abord erré sur les trottoirs de bois en contemplant les maisons, toutes grises et bizarrement flanquées de constructions de planches à demi pourries. De temps en temps, il s'arrêtait devant une église qu'il croyait reconnaître. Au nord de Dorchester, les maisons s'espaçaient. Croyant s'être trompé de chemin, il marcha vers le sud. Peu importe où il arrivait, il reconnaissait le plan urbain. À ce stade, Aimé était parvenu à la conclusion suivante : les religieuses l'avaient drogué, puis transporté dans une ville qu'il ne connaissait pas. Il s'agissait de toute évidence d'une imitation ratée de Montréal, dessinée et construite par et pour des ploucs démunis, incapables de fondre l'asphalte, de mouler le ciment d'un trottoir ou d'installer l'électricité dans leurs demeures. On avait poussé le mimétisme jusqu'à donner aux rues les mêmes noms, mais sans se ruiner en panneaux de signalisation, qui étaient inexistants. Il n'était pas à Québec, qu'il aurait reconnue de ses visites chez Damas Décarie, ni à Trois-Rivières, dont il connaissait bien les rues pour les avoir arpentées avec son oncle Léo et ses cousines. Alors qu'il descendait la côte Saint-Hubert vers le square Viger, il supposa qu'il était en Europe, peut-être en Pologne ou en Yougoslavie, probablement dans une de ces villes anéanties par la guerre et les révolutions. Donatien lui avait expliqué que le communisme transformait les villes en bourgs crasseux où se dressaient à chaque coin de rue des monticules de charbon pour le chauffage. Mais comment expliquer ce français roucoulant et nasillard qu'il entendait sans trop le comprendre ? Était-il à Gaspé ? Quelque part en Louisiane ?

Des chevaux aux yeux exorbités tiraient en haletant de grinçants attelages dans le soleil du matin. Les planches du trottoir résonnaient sous les affreux sabots dont on l'avait chaussé. Il marcha encore. Devant le marché Bonsecours, son cœur se mit à battre plus vite. Là, il reconnaissait presque tout. Non, il n'y avait plus de doute, il était bel et bien à Montréal : les pierres de la basilique Notre-Dame lui en donnèrent la certitude rassurante. Il lui suffirait de descendre la pente pour se retrouver au port et contempler de là les îles où il venait de passer l'été des extases éternelles.

Il n'y avait que le fleuve et des bateaux faits en bois qu'on eût crus sortis de la collection de timbres de Donatien Décarie.

À l'est, à l'endroit où les courbes élégantes du pont Jacques-Cartier auraient dû normalement s'élancer, il ne vit que le ciel. À la hauteur de la place Jacques-Cartier, à côté des étals des fermiers, il s'assit sur une botte de foin et se mit à pleurer. Était-ce de fatigue ? Ses yeux étaient-ils irrités par les nuages de pollution qui se brisaient en fines stries grises dans le ciel de la ville ? Quelques semaines passèrent avant qu'il comprenne qu'il s'était mis à pleurer ce jour-là parce qu'il n'arrivait pas à obtenir de son cerveau la réponse à la question qui lui avait été présentée par son père comme la plus importante de toutes : « Où suis-je ? »

En l'absence de réponse, il se surprenait à désirer la présence d'Agnès.

Une femme muette complètement édentée lui tendit une pomme dans laquelle il croqua, parce qu'il était affamé. Quand elle constata qu'il avalait presque tout rond tant il avait faim, elle coupa une tranche d'un des nombreux melons qu'elle gardait dans une caisse de bois et la lui tendit. Le jus du fruit dégoulinait sur les doigts d'Aimé, qui devina qu'il était sur le point de vivre une nouvelle expérience limite quand il les lécha. Ses dents entrèrent dans la chair du melon comme dans une éponge infiniment accueillante. Il n'avait jamais goûté meilleur fruit. L'arôme était si puissant qu'il sentit ses voies respiratoires s'élargir et eut l'étrange impression que le temps passait plus vite. Il resta assis pendant de longues minutes à tenter de mastiquer la peau du melon, ce qui fit rire la vendeuse de fruits qui, prise de pitié, lui offrit discrètement le reste du fruit en lui faisant signe de déguerpir avant que son mari la vît en train de dilapider la marchandise qu'elle devait vendre.

Sur les marches de la chapelle Notre-Dame-du-Bon-Secours, Aimé mordit dans le melon jusqu'à s'en donner la nausée. Les doigts collants, il parvint sans problème à retrouver l'orphelinat, dont la porte était verrouillée. Étonnées de le voir rentré à midi, les religieuses exigèrent d'abord qu'il leur remît l'argent qu'il était censé avoir gagné en aidant Faillon à livrer son foin. Il ne tenta même pas de leur raconter sa journée. Sœur Saint-Joseph empêcha une de ses sœurs de le battre, puis le mena au dortoir des garçons en feignant un air consterné.

— Il va falloir que tu fasses un effort, je te le dis, Aimé.

Il sentit encore sa main se poser sur son épaule. Dans ce toucher reposait tout le réconfort du monde, et c'est peut-être cela qui le fit fondre en larmes dans les bras de sœur Saint-Joseph.

LUCIA DI LAMMERMOOR

Le 3 avril 1968, Donatien Décarie fut remis en liberté au terme d'une peine de prison ferme de six mois pour grossière indécence. Il était de loin le plus âgé des cinq accusés qui durent répondre de leur comportement devant un juge de la cour provinciale. La défense fut incapable d'utiliser son âge pour attendrir le juge, qui considéra que l'individu s'était assez moqué du système. Après la disparition d'Aimé et la condamnation de Théo trois semaines plus tard, l'imagination de la police avait été mise à rude épreuve. Par une nuit d'octobre particulièrement chaude, Donatien avait été pris en filature jusqu'à son lieu de drague préféré. Il aurait suffi au policier de laisser le temps et la testostérone faire leur œuvre pour passer les menottes à Donatien au moment opportun. Par excès de zèle, par curiosité ou tout simplement parce qu'il n'avait pas la patience d'observer le manège de Décarie dans les buissons du parc La Fontaine, l'agent Blier détacha même les deux premiers boutons de sa chemise pour donner de sa personne l'image convaincante d'une proie facile et pressée.

Dans les officines de la police de Montréal, la version des faits qui dominait était la suivante : Donatien était un assassin pervers. Qui en doutait était non seulement dangereux, mais probablement retardé. Il fallait en effet être très peu perspicace pour ne pas voir les ressemblances entre les crimes que l'on supposait à Donatien Décarie et l'affaire Roland Chassé, le désaxé qui avait sauvagement assassiné le jeune John Benson qui skiait tranquillement sur le flanc est du mont Royal le 24 février 1945. Le garçon de neuf ans avait été retrouvé à demi enterré dans la neige après avoir été violé et poignardé par Chassé, qui avait été défendu par un jeune avocat criminaliste du nom de Jean Drapeau, aujourd'hui maire tout-puissant de Montréal ayant offert à sa ville l'illusion futuriste d'Expo 67. Chassé avait été pendu. Comment en était-il arrivé là ? Très simple, il suffisait, peuple du Canada, d'observer les dégoûtantes orgies qui étaient tenues dans les espaces verts de la ville pour comprendre qu'elles n'étaient rien d'autre que des répétitions pour ce crime apothéotique. Si nous n'y voyons pas, ces obsédés finiront par se lasser de jouer entre eux et s'en prendront à vos enfants. C'est une question de temps. Donatien Décarie avait tué Aimé Sanschagrin. Point barre.

Il fut impossible de prouver la complicité de Théo. C'est ainsi que le sergent-détective Campbell, responsable de l'affaire, avait résumé sa théorie. Devant le juge, les choses s'étaient corsées. La preuve faisait défaut. Mais Campbell avait plus d'un tour dans son sac. Il avait envoyé Blier aux trousses de Donatien, dont tout le monde savait qu'il hantait de nuit les bosquets des parcs montréalais. Campbell croyait qu'une fois acculé au pied du mur, Donatien passerait tout bonnement aux aveux. L'accusé avait bien avoué avoir trouvé Blier très désirable, mais s'était entêté à nier le meurtre d'Aimé.

Toujours fidèle, Rosalba avait ouvert la maison pour le retour de Donatien. Rares étaient les voisins qui adressaient toujours la parole au pauvre homme, sur le compte duquel circulaient dorénavant toutes les rumeurs qu'il était possible d'imaginer sur le thème du meurtre et de la pédophilie. Les voisins étaient déménagés en banlieue pour laisser la place à une famille d'insupportables gamins à qui on avait interdit de poser le regard sur le vieux docteur. Il lui arrivait de recevoir quelques pierres lancées par les plus téméraires de cette famille d'édentés. Étrangement, il s'en foutait.

— Lucia di Lammermoor est revenue trois fois. J'ai eu beau lui dire que la clinique était fermée pour toujours, elle n'a pas voulu m'entendre. Elle vient toujours quand il pleut et qu'il fait froid. On dirait qu'elle attend le brouillard pour sortir de son tombeau.

Quelques jours après qu'il fut sorti de prison, une vague de brouillard s'immisça entre les maisons du Plateau Mont-Royal comme un gaz toxique. Décomposés par les gouttes d'eau en suspension dans l'air, les coloris du printemps se fondaient en une seule couleur verdâtre… Donatien n'était plus sûr de rien. Il s'était donc barricadé dans sa maison, où il éclusait un whisky après l'autre. Rosalba avait demandé congé. Rien ne la déprimait davantage que de voir dépérir son patron. La tête appuyée sur la main, Donatien entendait la pluie tomber en grandes giclées sur ses fenêtres. Il sentait encore sur ses côtes la douleur des coups qu'il s'était pris de la part des autres prisonniers, qui avaient voulu lui faire expier le meurtre d'Aimé. Le nom de Donatien était devenu synonyme d'opprobre. Il envisageait un déménagement dans une autre province, sous un nom nouveau. Puis, après une gorgée de Canadian Club, il se dit que les eaux glaciales du Saint-Laurent lui offriraient le seul refuge à la hauteur de sa peine.

Elle sonna à dix-sept heures, au moment où l'averse redoublait d'ardeur. Il la reconnut tout de suite, cette fille qui était arrivée un jour de pluie, la mine basse et le menton fier. Il lui expliqua longuement et gentiment que la clinique était fermée, que le malheur s'était abattu sur la maison et qu'il pouvait lui indiquer une personne de confiance si elle était dans le besoin. Lucia demeurait impassible.

— J'ai vu le fils du docteur Sanschagrin.

Donatien sortit la tête par la porte entrebâillée pour s'assurer que personne ne l'avait entendue. Il n'y avait que des cordes d'eau. Un groupe de dieux vengeurs pissaient sur Montréal. Lucia semblait transie dans son long imperméable beige.

— Vous allez bien prendre un thé pour vous réchauffer ?

— Avez-vous quelque chose qui réchauffe l'âme ? Et pourriez-vous me faire entrer rapidement ? Je ne veux pas qu'on me remarque.

Dans le salon mid-century de Donatien, Lucia accepta un whisky et une cigarette. Elle devait avoir vingt-cinq ans. La couleur du Canadian Club se mariait parfaitement à la couleur de ses cheveux, qu'elle avait coiffés d'un béret noir. La tache de rouge à lèvres qu'elle imprima sur le rebord du verre déprima Donatien, car il savait qu'Aimé l'aurait adorée. Le trench-coat qu'elle avait suspendu sur la patère de l'entrée dégoulinait sur le plancher. Sans trop comprendre ce qui le motivait, Donatien augmenta le chauffage.

Discrètement élégante, elle avait pris la peine de se changer avant de rendre visite à Donatien. Quelque chose lui disait que sa robe de polyester multicolore ne serait pas passée inaperçue. Elle était venue pour aider, mais n'était pas prête pour autant à s'incriminer. Elle avait bel et bien vu Aimé pénétrer dans le Kaléidoscope le soir du 31 juillet, mais comment expliquerait-elle à la police qu'elle avait reconnu Théo Sanschagrin et Donatien Décarie lors de leur première visite dans le Kaléidoscope ? Des millions de visages avaient défilé sous ses yeux depuis l'ouverture de l'Expo, alors comment expliquerait-elle que si elle avait reconnu Théo et Donatien, c'était parce qu'elle les avait tous les deux vus à un moment de sa vie qu'elle tentait à tout prix d'oublier ? Ainsi, en tentant d'aider Aimé, elle pourrait elle-même se perdre.

Au-delà des révélations qu'elle avait promises, Lucia mystifiait Donatien par son assurance. Il tenta de lui expliquer, maladroitement, que la plupart des femmes qui aboutissaient dans sa clinique en étaient souvent dépourvues.

— Dépourvues d'assurance ? J'imagine qu'elles en ont autant qu'on peut en avoir dans les circonstances. C'est drôle que vous parliez d'assurance dès votre retour de « vacances ».

Donatien eut immédiatement honte de lui avoir envoyé ce compliment derrière lequel se cachait une insulte pour toutes ses patientes passées. Il s'excusa. Pour essayer d'alléger l'atmosphère, il expliqua comment lui et Théo avaient distribué les surnoms de leurs patientes. Il avait espéré que Lucia lui révélerait, selon le principe de réciprocité, son véritable nom.

— J'aime bien le surnom que vous m'avez trouvé. Je vais le garder. Comme nous n'allons plus nous revoir, il est probablement inutile que je vous donne mon vrai nom. Lucia me va à merveille ! Qu'est-ce qui lui est arrivé, à cette Lucia ?

— On l'a forcée à épouser un homme qu'elle n'aimait pas. Elle meurt après une scène de folie.

— C'est prometteur ! J'adore ! Et vous ne vous souvenez pas de moi ? Vous avez visité le Kaléidoscope à la fin du mois de juin. Vous étiez avec Théo Sanschagrin et son fils Aimé, le garçon qui a disparu.

Lucia souriait inexplicablement. Était-ce le moment ? Elle était tombée sur les nouvelles de la disparition d'Aimé des mois après les faits. Elle avait tout de suite reconnu la photographie dans le journal. Comme elle s'était donné la peine de suivre les articles de la presse de boulevard montréalaise, elle était tombée sur l'entrefilet qui annonçait la condamnation de Donatien pour grossière indécence et celle de Théo pour avortement illégal. Pour ne pas le mettre dans l'embarras, elle décida de ne pas lui dire qu'elle lui trouvait l'air abattu.

— Vous aviez l'air très heureux quand je vous ai vu la première fois. C'est vous qui m'avez accueillie ici.

— Je me souviens très bien de vous. Vous avez dit tout à l'heure que vous saviez où se trouvait Aimé. Pourquoi n'avez-vous pas parlé à la police ? Pourquoi avez-vous attendu mon retour ?

Lucia alluma sa cigarette.

— Je ne sais pas où est Aimé. Mais je l'ai vu le soir de sa disparition.

— Et vous n'avez pas parlé avant ?

— Aimé est revenu pour visiter le Kaléidoscope à la fin du mois de juillet. Je ne lis pas beaucoup les journaux et je suis trop occupée pour regarder les nouvelles. C'est l'amie qui m'avait donné les coordonnées de votre clinique qui m'a tout appris. Elle voulait me mettre en garde après l'arrestation du docteur Sanschagrin. Elle pense que la police va trouver mon nom et le sien dans vos dossiers. Mais comment ? Je n'ai pas donné mon vrai nom et il n'y a aucune trace de mon passage ici. Je ne suis pas trop inquiète.

— Pour nous, vous êtes Lucia di Lammermoor. Rien d'autre. Vous avez vu Aimé ? Quand ?

— Le 31 juillet, le soir où il est disparu. Mais le souvenir m'est venu après, vous savez ? Il n'était pas question que j'aille à la police.

Donatien l'écoutait attentivement. Il ne lui laissait plus le choix.

— Parce que je sais où vous avez passé vos vacances. Si vous me dénoncez, vous risquez fort d'y retourner, car je devrai expliquer comment je vous ai connu. Je sais que vous n'avez pas tué Aimé Sanschagrin.

— Vous l'avez vu à l'Expo le soir du 31 juillet de l'été dernier et c'est maintenant que vous parlez ?

Lucia n'aimait pas le ton accusateur de Donatien. Elle lui expliqua, pour qu'il comprenne, qu'elle n'avait aucune envie de passer deux ans dans un pénitencier fédéral parce qu'elle avait eu le malheur d'avoir vu Aimé entrer dans le Kaléidoscope le soir de sa disparition. Si elle avouait cela, elle devrait aussi avouer qu'elle avait reconnu son père, qui l'avait aidée à avorter. Donatien l'écoutait sans savoir s'il fallait la croire. Personne n'avait vu Aimé après ce samedi soir fatidique. Selon les enquêteurs, les dernières personnes qui l'avaient vu vivant étaient justement sa famille immédiate : Théo, Rose Hurtubise et Donatien. Le garçon était donc passé par Expo 67, ce dont Donatien s'était toujours douté. Et dire que l'idée de placarder le site de l'Exposition universelle de photographies du disparu avait été rejetée du revers de la main par la police ! Hors de question de faire paniquer les visiteurs. De toute manière, rien ne prouvait qu'Aimé était passé par le site. Or Lucia en apportait la preuve.

— Et il était seul ?

Lucia hésita.

— Je pense que non.

— Comment ça, vous « pensez » que non ? Il est entré seul dans le Kaléidoscope, oui ou non ?

— Pas tout à fait. Il était avec une religieuse… Mais ce n'est pas ça qui est important. Ce soir-là, trois personnes sont entrées dans le Kaléidoscope sans en ressortir.

— Le pavillon les a mangées ?

— Je n'ai pas le droit de vous dire ce que je m'apprête à vous dire.

Elle lui raconta qu'elle avait vu Aimé avec cette religieuse et qu'elle s'était demandé comment cette personne s'inscrivait dans la constellation familiale de l'adolescent. Était-ce une parente ? Lucia avait une tante qui un jour était disparue dans un couvent de Saint-Boniface, au Manitoba. Elle ne l'avait plus revue que lors de rares visites qu'elle lui rendait avec sa mère dans le parloir de la congrégation. Sa mère lui avait expliqué qu'une fois qu'elles prononcent leurs vœux, les religieuses sont pour ainsi dire mortes aux yeux de leur famille, que c'était une sorte de sacrifice qu'elles faisaient au nom de l'œuvre divine. Lucia confia à Donatien qu'elle avait été étonnée de voir cette religieuse parler familièrement à Aimé, comme s'il avait été un de ses neveux.

— C'était comme si elle le connaissait. Elle semblait avoir tant de plaisir avec lui que j'ai cru qu'elle était quelque chose comme une tante et qu'elle ne l'avait pas vu depuis des années. Ils riaient tous les deux beaucoup.

— Savez-vous distinguer une Sœur de Notre-Dame d'une Sœur du Bon-Pasteur ?

— Pardon ?

— Sauriez-vous me dire à quel ordre appartient cette religieuse ?

— Non, pas vraiment. Pour moi, toutes les sœurs, c'est toujours noir et blanc… C'est comme le contraire du Kaléidoscope.

Donatien lui demanda de l'attendre dans le salon. Il s'absenta pendant quelques minutes pour revenir avec un grand cahier et des crayons. Très vite, il esquissa sur une feuille l'habit religieux d'une Sœur de Notre-Dame.

— Est-ce qu'elle avait l'air de ça ?

— Non… Sa cornette n'était pas triangulaire comme celle-là.

Il lui dessina une Sœur Grise.

— Et ça ?

— Non plus… Elle était vraiment juste… comme noir et blanc, avec une sorte de pli qui avait l'air d'une petite vague juste en haut du front. Comme un huit.

— Et vous êtes sûre que c'était Aimé ? dit-il en lui mettant sous le nez un portrait récent.

— Oui, absolument.

— Et après, ils sont sortis du Kaléidoscope pour aller où ?

— Ce n'est pas moi qui ouvre la porte de la sortie du Kaléidoscope, c'est une collègue. Elle m'a assuré avoir vu la sœur sortir, mais elle ne se souvient pas d'Aimé. Elle a bien vu la sœur sortir, mais pas lui. C'est elle qui est venue me dire que le nombre de sorties ne correspondait pas au nombre d'entrées. C'est ça que je n'ai pas vraiment le droit de vous dire.

Donatien rangea son cahier. La description que Lucia avait faite de la religieuse semblait le satisfaire. Elle se risqua encore à demander des nouvelles de Théo.

— Il a reçu une sentence de deux ans. Vous avez eu beaucoup de courage pour venir me parler, Lucia. Si vous revoyez cette religieuse, vous viendrez m'avertir.

— Vous vous accrochez à cette religieuse, mais ce n'est pas elle qui est importante.

— Alors, dites-moi, qu'est-ce qui est donc si important ?

— Ce soir-là, il y a eu un orage. Entre le moment où Aimé et la religieuse sont entrés dans le pavillon et le moment où elle en est sortie seule, la foudre a frappé le Kaléidoscope. La décharge a fait vibrer toute la structure. À l'intérieur, les gens se sont mis à hurler. Quand nous avons ouvert la porte de la sortie, trois personnes manquaient. Les directives étaient claires, je ne devais laisser entrer que trente personnes à la fois. À la sortie, Sylvie, ma collègue, en a compté vingt-sept.

— Et les trois autres ?

— Aimé faisait partie de ces trois autres. Lui, et deux autres personnes. Je ne sais pas lesquelles. La sœur est sortie sans jamais se retourner pour chercher Aimé.

— Vous en avez parlé au service de sécurité ?

— Non, j'ai cru que je m'étais trompée. Mais comme le garçon a disparu, je pense que… Quand la foudre a frappé, j'ai cru que tout le monde à l'intérieur était mort grillé. Il y avait des cris. Comment vous dire ? C'était comme les cris qu'on entend dans une maison hantée, dans les foires.

Donatien se tenait le front entre le pouce et l'index, les yeux fermés, en proie à une lassitude profonde. Lucia s'attendrit. Elle éteignit sa cigarette sur le dessin de l'église Saint-Basile imprimé au fond d'un cendrier acheté au pavillon de l'URSS. Elle se demanda si elle avait bien fait. Combien de temps le foie de ce pauvre homme résisterait-il aux assauts de l'alcool ? Et pourquoi ce sourire narquois en permanence accroché sur son visage comme une immense virgule ? Il la raccompagna jusqu'au perron. Elle disparut dans la pluie sous un parapluie trois fois trop grand pour elle. Prêt à tomber dans un coma éthylique, Donatien nettoya de son index le rouge qu'elle avait laissé sur le rebord du verre. Il s'en fit deux traits sur chacune de ses pommettes. Que personne ne s'y méprenne, il s'agissait de peintures de guerre.

— Miséricorde… trois points… soupira Donatien en secouant la bouteille de whisky pour en faire tomber la dernière goutte.

Dans la cuisine, il vérifia les semences de melon avant de monter dormir. Ce n'est qu'à sa sortie de prison que Rosalba avait réussi à les semer. En les plantant en mars, disait-elle, on pourrait les transplanter dehors après la fête de la Reine et, avec un peu de chance, en récolter en août. Douze godets pour autant de graines qui, depuis deux semaines, refusaient obstinément de prouver qu'elles étaient vivantes. Dans le dernier, un minuscule cotylédon vert s'élevait vaillamment vers le ciel. Donatien grogna de surprise.

LE PROPHÈTE

Pendant un mois, Aimé s'était réveillé tous les matins en refusant d'ouvrir les yeux sur 1878. Les sœurs lui avaient expliqué que s'il continuait à insister pour raconter ses histoires du « futur », il courait le risque d'être envoyé dans un endroit où l'on enfermait les fous.

— Personne ne t'adoptera. C'est certain.

— J'ai déjà un père. Il est l'homme le plus riche de la rue Saint-Hubert.

— Oui, mon petit…

Il finissait par se lever, car personne ne le nourrissait plus dans un lit comme à son arrivée. Il finit par s'habituer à l'odeur des autres enfants, puis à s'approcher des religieuses sans être secoué d'un haut-le-cœur. Par ailleurs, il trouvait que ces dernières étaient les créatures les plus fascinantes du monde. D'abord, elles ne semblaient pas avoir besoin de s'alimenter pour fonctionner. Certes, elles cultivaient un potager, recevaient des dons, préparaient et servaient des repas pour leurs orphelins, mais il était impossible de les surprendre en train de croquer dans un fruit ou de mastiquer un bout de pain. Certaines ne disaient jamais un mot et ne s'exprimaient que par des gestes qui, par ailleurs, étaient très éloquents. La plus bavarde, sœur Saint-Joseph, avait déjà raconté à Aimé l'origine de la plupart de ses consœurs. Sœur Saint-Joseph disait avoir oublié son nom de baptême, ce qui était faux. Une fois par semaine, on accordait à la jeune femme quelques heures de repos. Il lui arrivait alors de s'asseoir avec les enfants pour écouter les histoires qu'Aimé leur racontait. À ces instants, il arrivait toujours qu'un petit garçon ou une petite fille s'appuie la tête sur son bras. Contrairement aux autres religieuses, elle les laissait faire.

À part les enfants, qu'il fascinait, personne ne croyait jamais les histoires d'Aimé. Avec ses interlocuteurs de 1878, des centaines de mots devenaient inutiles : métro, avion, radio, télévision couleur et, surtout, le verbe « se reposer ». Aimé ne devait comprendre que trop tard le destin qui attend les mots que l'on n'utilise plus. Il ne pensa pas à les écrire, convaincu, comme on l'est à son âge, que sa mémoire ne flancherait jamais.

Au bout de quelques semaines, alors qu'il éprouvait encore d'épouvantables vertiges, il fut livré comme bête de somme à monsieur Faillon, un agriculteur qui se spécialisait dans le foin. Contre huit heures de labeur intense d'Aimé, les religieuses recevaient de Faillon la quantité de foin qu'il fallait pour nourrir les deux vieilles juments du couvent pendant trois jours. Outre les ampoules, la fatigue harassante et l'impression qu'il allait mourir, Aimé ne touchait aucun salaire.

Dans le grenier de l'hôpital, les enfants avaient trouvé un coin où les religieuses ne s'aventuraient jamais, car pour y pénétrer, il fallait se glisser dans un trou étroit. Mille fois elles avaient essayé d'agrandir cette ouverture, mais elles ne parvenaient pas à scier les épais madriers qui composaient les chevrons et la charpente de l'immeuble. Elles savaient que les enfants s'y réfugiaient, mais elles étaient impuissantes. Avant l'arrivée d'Aimé, seule Agnès, la plus vieille de toutes les orphelines, connaissait l'existence du lieu. Sœur Saint-Joseph jura que cette fois, c'était assez.

C'était là que les révélations du roi et prophète Aimé étaient déclamées à la fin de l'après-midi. Sur d'immenses feuilles d'un journal que des malcommodes avaient volées à d'honnêtes citoyens qui les lisaient assis sur un banc du square Viger, Aimé avait dessiné de mémoire tous les pavillons d'Expo 67, au grand plaisir de la douzaine d'enfants qui composaient sa suite régulière. L'éloignement et le désespoir avaient rendu encore plus ressemblants les croquis d'Aimé, si bien qu'il ne savait pas lui-même si les orphelins admiraient son talent pour le dessin ou la beauté formelle des pavillons de l'Expo. Avec tristesse, il avait dû se résoudre à travailler sans couleurs.

Agnès tenait à bout de bras le dessin du pavillon sphérique des États-Unis. Avec le minirail qui le traversait comme un ver, c'était de loin le préféré de tous les sujets de sa cour, sauf Agnès, qui préférait les arêtes subtiles du pavillon de la France. Rien n'était plus exaltant, pour les orphelins, que d'écouter les révélations d'Aimé, qui leur promettait de voir de leurs yeux toutes ces merveilles. « Il vous suffira de vivre jusqu'à l'âge vénérable de quatre-vingt-dix-neuf-ans pour avoir le privilège de voyager dans le train souterrain qui vous emmènera jusqu'à des îles qui n'existent pas encore ! » Ces enfants n'étaient jamais montés dans un train. Le fait d'apprendre qu'il y aurait un jour des trains volants et souterrains les catapultait dans un monde surréel. « À la sortie du train se dressera devant vous cette immense sphère construite par les meilleurs architectes des États-Unis. Une fois à l'intérieur, un escalier magique vous emmènera jusqu'au ciel, où vous verrez des capsules spatiales fraîchement redescendues de la Lune ! » À ce passage, ils se mettaient tous à hurler « Oui ! De la Lune ! » même si Aimé leur avait ordonné de rester silencieux. Une sœur fit entendre sa voix.

— Nous savons que vous êtes là-haut ! Redescendez immédiatement ou vous serez tous battus !

— Que nous descendions maintenant, demain ou dans un mois, nous serons quand même battus ! geignit le plus frêle d'entre eux.

Sœur Saint-Joseph ne savait plus ce qu'il fallait répondre. Les enfants, hypnotisés, suppliaient Aimé de continuer son récit. Pour entendre une dixième fois la description du pavillon de l'URSS, ils étaient prêts à subir la férule. Cela durait depuis deux semaines. Ce jour-là, un phénomène étrange se produisit. Quand Agnès brandit le dessin du pavillon Kaléidoscope, Aimé ne le reconnut pas. La veille, il expliquait encore avec précision aux enfants les images psychédéliques qu'on y projetait. Il était bouche bée. Rien ne lui venait à l'esprit, c'était comme s'il n'avait jamais vu l'image qu'il avait pourtant dessinée à partir de ses souvenirs. « Le Kaléidostop… » lui souffla Agnès. Les enfants reprirent le nom du pavillon en chœur. Certains commencèrent même à le décrire à partir de ce qu'ils se rappelaient des jours précédents. Aimé, lui, n'arrivait à se souvenir de rien.

Quand les sœurs le laissaient quitter l'orphelinat pour aller gagner quelques sous, il déambulait dans les rues de Montréal, qu'il reconnaissait désormais même s'il commençait à oublier des détails de la ville où il avait grandi. Ainsi, quand il se tenait sur le square Viger planté de magnifiques arbres, il oubliait que l'endroit n'était qu'un grand stationnement en 1967. À vrai dire, ces pertes de mémoire étaient en quelque sorte le cadet de ses soucis. Survivre à la nourriture servie à l'orphelinat, aux coups de Faillon et au dégoût que ses vêtements d'orphelin inspiraient aux passants constituaient ses nouvelles batailles. Deux fois, il avait rassemblé le courage d'aborder des hommes qui lui semblaient sérieux. Ceux-là dégageaient une odeur moins forte que les autres. Mal lui en avait pris. Le premier l'avait éconduit à coups de pied en lui criant des insultes dont il n'avait strictement rien compris. Le deuxième lui avait tout simplement craché dessus après l'avoir giflé. Tous les enfants de la Miséricorde qui osaient adresser la parole à un inconnu subissaient le même traitement.

— Mais pour qui tu te prends ? Nous sommes des enfants du Mal !

C'était ce qu'Agnès lui avait expliqué. Les enfants voulaient maintenant qu'il imite le bruit du métro, qu'il leur parle encore de la télévision, qu'il raconte comment il faut fermer la bouche si on veut éviter d'avaler une mouche en dévalant à bicyclette une pente asphaltée, qu'il montre en se servant de sa main comment décolle et atterrit l'avion en partance pour Londres, Paris ou Washington. Sœur Saint-Joseph arriva à passer sa tête furibonde dans le trou du plafond. Son haleine fétide s'échappait en sinistres sifflements entre ses rares dents jaunes. Avant qu'elle crache son venin, Aimé et Agnès eurent le temps de constater son visage admiratif devant le pavillon des États-Unis. Pendant quelques secondes, sœur Saint-Joseph resta muette, se demandant comment ce garçon qu'on lui avait livré inconscient et trempé avait pu inventer cet objet de fascination. Comme Élisabeth II, elle eut une envie folle de monter dans ce petit train pour pénétrer dans la sphère, comme un ver dans une pomme.

LA TURVY

— Nous allons nous évader. Nous ne pouvons pas rester ici. Il faut que je retrouve mon papa et Donatien.

Les cendres des dessins d'Aimé virevoltaient dans l'air de Montréal. Agnès prit un air dubitatif. Où Aimé comptait-il l'emmener ?

Sortir de l'orphelinat ne présentait aucun problème. Si bien qu'Agnès ne comprenait pas ce qu'Aimé voulait dire par « s'évader ». Il expliqua à Agnès qu'il s'était évanoui à l'Expo et que tout ce qu'il avait vécu depuis n'était qu'un long et désagréable cauchemar dont elle était, avec le melon de Montréal, l'unique élément rédempteur. Agnès était d'accord pour le melon, qu'elle connaissait. Appelée fille du Mal depuis sa naissance par les religieuses et ayant reçu en plein visage d'innombrables crachats des passants du square Viger, elle se demandait toutefois si Aimé ne se faisait pas d'illusions sur sa place dans le monde. Elle était néanmoins prête à le suivre.

Ils sortirent de l'orphelinat au petit matin avant d'être envoyés au travail. Le plan d'Aimé était simple. Il suffisait de s'informer auprès des bonnes personnes pour retrouver le chemin de la vraie Montréal. Dans son déni de la réalité, il se disait qu'il avait été drogué, puis transporté dans un lieu qui était une version historique de Montréal. De la même manière que l'Expo se voulait une représentation du monde tel qu'il serait dans vingt ans, l'endroit où il était tombé ne pouvait être qu'un lieu construit par les historiens pour les nostalgiques de la vieille époque comme sa grand-mère, Rose Hurtubise. Il s'étonnait d'ailleurs de ne pas l'avoir encore croisée. S'il n'avait jamais entendu parler de ce lieu, c'était tout simplement parce que Théo, Donatien et leur entourage étaient des hommes tournés vers l'avenir. Les reconstitutions historiques ne les intéressaient pas. Vieille-Montréal, comme il l'avait nommée, devait se trouver quelque part en amont du fleuve Saint-Laurent, ce qui expliquait l'absence des îles, du pont Jacques-Cartier, des grands édifices du centre-ville et de sa maison de la rue Saint-Hubert. Vieille-Montréal était un univers parallèle si bien conçu que ses propres habitants n'étaient pas au courant d'être les personnages d'une pièce de théâtre géante.

— Je pense que tu rêves, Aimé.

Ils marchaient d'un pas preste en direction de l'endroit où aurait dû se trouver l'édifice de la SunLife à côté de la Gare Centrale. Dans cette zone, plus personne ne parlait le français. Cela n'empêcha pas Aimé d'aborder deux hommes qui sortaient d'un édifice qu'il ne reconnaissait pas. En le voyant dans ses vêtements d'orphelin, flanqué de la maigreur d'Agnès, le plus grand des deux hommes se mit à rire et chassa les deux enfants en leur donnant des coups de pied au derrière. « *We have nothing for you* », les entendirent-ils beugler.

Agnès s'était vite rendu compte qu'il était inutile d'essayer de raisonner Aimé. Elle avait décidé de l'accepter avec sa folie et ses lubies. Il finirait bien par se résigner à la réalité. Elle avait d'abord cru à ses histoires et à ses dessins, puis devant l'entêtement du garçon à vouloir retrouver ce qu'il appelait la « vraie Montréal », elle était arrivée à la conclusion qu'Aimé était tout simplement fou. Mais il était le plus beau fou qu'elle eût vu de toute sa vie et ses dessins la mettaient dans un état qui la troublait. Les autres enfants de l'orphelinat ne savaient pas dessiner. La plupart d'entre eux n'avaient jamais vu un dessin qui ne fût pas un vitrail d'église ou une illustration imprimée à l'encre sur la page d'un journal. Ce qui fascinait Agnès n'était pas la ressemblance des dessins d'Aimé avec leurs modèles, qu'elle ne connaissait pas, ni leur qualité formelle, mais la pulsion qui les avait fait naître entre les doigts d'Aimé et le papier. Elle voulait comprendre sa technique, car tout cela tenait à ses yeux du prodige. Devant ces manifestations impromptues de l'art, Agnès était déchirée entre la peur et la fascination.

Quand Aimé abordait les gens sur les trottoirs de bois, rares étaient ceux qui s'arrêtaient pour l'écouter. Tous ne le comprenaient pas, mais ils restaient étonnés par son assurance et, surtout, par ses paroles qui semblaient à la fois remplies de bon sens et tout à fait insensées. L'accent les désarçonnait aussi, de sorte que pendant les premières secondes ses interlocuteurs restaient bouche bée, incapables de faire autre chose que de le fixer en silence. Agnès sut tirer profit de ces instants de stupéfaction. Quand ils furent de retour devant la basilique Notre-Dame, elle lui montra son butin : une montre, un mouchoir de soie et une épingle à chapeau.

— D'où tu sors tout ça ?

— Tu ne fais pas de commerce ? On va les vendre et faire la fête après.

Elle le mena vers une échoppe louche de la rue Craig tenue par un homme immense. Ce dernier discutait avec deux ouvriers qui tentaient de le convaincre d'acheter la selle d'un cheval. Ils y parvinrent, mais à un prix qui parut les décevoir à en juger par la mine dépitée qu'ils arboraient en sortant de la boutique. Aimé n'aurait pas pu décrire le capharnaüm qui régnait dans cet endroit. Il fallait se frayer un chemin parmi des meubles, des costumes et divers accessoires de maison comme des seaux et de la vaisselle. Au bout d'une allée bordée de cages à oiseaux et d'étagères remplies de vieilles chaussures, le gros homme debout à son comptoir salua Agnès, sauf qu'il l'appela Juliet. « Ne parle pas… Laisse-moi faire… » lui murmura Agnès à l'oreille. Elle déposa la montre, l'épingle et le mouchoir devant lui. Le type murmura quelques mots en anglais qu'Aimé ne comprit pas. Il tint longuement la montre entre ses doigts, puis il voulut savoir si son propriétaire saurait la retracer. Juliet-Agnès répondit dans un anglais parfait que cela était assez peu probable. La négociation ne dura que quelques minutes. En moins de temps qu'il n'en faut pour dire « délinquance juvénile », Aimé était assis à la table d'une auberge de la rue de la Commune. Une femme déposait devant eux deux assiettes pleines de purée de pommes de terre et d'un morceau de viande qu'Aimé supposa être du bœuf. Il avait trop faim pour se poser des questions.

— Il ne faut jamais que tu parles de ça aux religieuses. Joe Beef sert tout le monde.

— Tu voles pour manger ici ?

— Quand je ne travaille pas seulement.

— Tu dépenses tout en purée de patates ?

— Non, j'essaie d'amasser ce qu'il faut pour aller aux États-Unis en train. Je veux aller travailler dans les usines et gagner de l'argent. Ici, le travail est trop difficile. Tout le monde est riche, à Boston. Tu passes la journée dans l'usine à filer du coton et le soir, tu en as assez pour manger ce que tu veux.

Agnès commanda encore une bière, qu'elle partagea avec son compagnon. Aimé n'était pas au bout de ses surprises. Une fois rassasiée, Agnès demanda à parler au propriétaire de l'auberge, mais il n'était pas là.

— La prochaine fois, il va te montrer son ourse ! Il la garde dans la cave !

De retour devant la basilique Notre-Dame, Aimé se dit qu'il vaudrait mieux, cette fois, approcher une femme, mais ces dernières se faisaient rares. Quelques figures féminines à l'air renfrogné passaient parfois près d'eux, mais leur visage était si fermé qu'à leur côté, la prieure aurait eu l'air d'une pimpante hôtesse du pavillon de la Jeunesse. Deux femmes élégamment vêtues descendaient les marches du parvis de la basilique.

— Madame, comment fait-on pour sortir de la ville ? Dans quelle direction dois-je marcher ?

Quand elles virent s'approcher Aimé, l'une d'entre elles commença à pousser des cris de chouette. Alertés par les cris de la femme, trois jeunes hommes sortirent à la course de l'église pour lui venir en aide.

La femme avait reconnu Agnès, qui lui avait volé un mouchoir quelques semaines auparavant.

— Ils nous reconnaissent partout à cause de nos vêtements, Aimé, je te l'avais dit. Et il n'y a pas d'autre Montréal. Il faut que tu arrêtes. Tes dessins sont beaux, mais tes histoires font peur.

Il fallut quelques minutes à Aimé pour recouvrer l'ouïe tant les hommes avaient frappé fort sur ses oreilles. Une semelle encore imprimée sur le visage, il rentra par la grande porte de l'hôpital avec Agnès. Sœur Saint-Joseph nettoya le sang qui coulait le long de son cou.

— Nous sommes les seules à vous aimer, dans cette ville. Il faudra que tu le comprennes. Dès demain tu retournes chez Faillon. Si tu lui montres un peu de bonne volonté, il pourrait t'adopter.

Le lendemain matin, un couple de cultivateurs se présenta à l'orphelinat. C'est Agnès qui alerta le pauvre Aimé, qui gisait toujours à l'infirmerie. Elle les avait entendus dire à la prieure qu'ils avaient besoin d'une grande sœur pour s'occuper de leurs trois filles dont l'aînée n'avait que six ans, et d'un garçon robuste pour aider le père qui élevait des chevaux.

— J'ai déjà un père, soupira Aimé malgré sa mâchoire meurtrie.

Aimé réfléchissait. Ces personnes allaient probablement les emmener loin de Vieille-Montréal. Il n'avait pas tout à fait abandonné l'idée que l'endroit où il se trouvait était un parc thématique créé par des historiens déjantés. De peine et de misère, il s'accrocha à l'épaule d'Agnès jusqu'au parloir.

Les religieuses avaient revêtu leurs guimpes des grands jours. Monsieur et madame Turcot étaient debout devant un groupe d'enfants qu'ils regardaient sans intérêt. Il leur faudrait encore trois ou quatre ans avant de pouvoir être utiles aux Turcot, couple au visage ingrat, à la dentition aléatoire et aux vêtements qui rappelaient davantage le salon funéraire que la ferme. Donatien lui avait dit que pendant la crise des années 1930, les seules personnes qui avaient les joues rondes et qui ne semblaient pas être sur le point de crever d'inanition étaient les cultivateurs. Le visage de l'épouse, déraisonnablement long, semblait traversé par une souffrance tue, probablement liée à une insuffisance hépatique ou quelque mal qui corrode les entrailles. Quand ses yeux se posèrent sur Agnès, elle sembla soudainement soulagée d'une douleur séculaire. En ouvrant la bouche pour parler, elle donna à voir un paysage buccal désolant. On eût dit qu'elle avait mordu un couteau chauffé à blanc par inadvertance ou que quelqu'un, probablement son mari, l'avait attaquée à la scie mécanique pour l'empêcher de ronfler. De sa gencive inférieure marron jaillissaient huit dents qui semblaient avoir été taillées à la hache à même la souche d'un érable. Chaussée de bottes de cuir râpeux, elle était vêtue d'une robe de taffetas vert qui, se disait Aimé, devait tenir debout la nuit quand son occupante se mettait au lit. Comme une mauvaise plaisanterie, les seins immenses de madame Turcot tombaient mollement sur son abdomen. Son mari ne payait pas de mine non plus. Maigre à s'en confesser, il semblait être venu chercher un enfant qu'il pourrait manger pour regarnir ses joues qui se touchaient presque quand il fermait la bouche. Les mains noircies par une substance gluante, peut-être du tabac, il avait cependant toutes ses dents.

— Ces deux-là ne sont pas des fermiers, murmura Aimé à Agnès.

Madame Turcot annonça qu'ils vivaient au nord de l'île sur une petite ferme où des bras supplémentaires seraient les bienvenus. Elle expliqua que la vie de la famille se résumait au travail honnête de la terre, aux prières de la sainte Église et à la pratique de la charité envers les démunis, car les temps sont bien durs. Son mari restait coi, se contentant de hocher la tête quand sa femme le regardait. Aimé fut horrifié de constater que la prieure l'avait déjà désigné comme candidat idéal pour la ferme des Turcot. Quand il entendit Agnès glapir que son plus grand rêve était de devenir la grande sœur de quelqu'un, il voulut protester, mais sa mâchoire meurtrie l'empêchait de crier.

Juste avant que Turcot ne le jette sans ménagement dans sa charrette où Agnès était prestement montée, il fut donné à Aimé de vivre un événement qui devait le bouleverser pendant des semaines. Sœur Saint-Joseph s'approcha de lui et, furtivement, lui glissa une pomme dans la poche de sa veste d'orphelin. Les yeux de la religieuse se remplirent d'eau, puis elle le serra dans ses bras, révélant à l'odorat d'Aimé un relent d'une tristesse infinie. Elle ne dit rien. Aimé la vit rapetisser pendant que la charrette des Turcot avançait vers l'ouest. Que penser de ces femmes à guimpe qui distribuaient claques et taloches avant de vous glisser un fruit et une douceur dans la poche au moment où elles comprenaient qu'elles ne vous reverraient plus jamais ? Les frères de son collège ne l'avaient jamais touché, ni pour le punir ni pour le scandaliser. Aimé n'avait pas appris à lire le langage de la violence physique. Agnès ne comprit pas ses questions. D'ailleurs, elle tentait depuis leur départ d'engager une conversation avec cette femme qui allait devenir sa mère. Le vertige philosophique d'Aimé ne l'intéressait pas autant que cet océan d'amour maternel dans lequel elle était déjà persuadée de flotter. Avec la pomme qu'Agnès dévorait maintenant, la religieuse avait glissé dans le fond de la poche d'Aimé la pièce d'or qu'il avait reçue le jour de sa disparition.

— Elle était dans ta poche quand ils t'ont trouvé dans le fleuve, avait-elle soufflé.

La mémoire a ceci d'extraordinaire : il suffit de piquer au bon endroit pour qu'elle jaillisse comme de l'or noir. La petite pièce d'or commémorative de la Monnaie royale du Canada lui rappelait à grand renfort de détails les dernières heures qu'il avait passées dans la rue Saint-Hubert : Rosalba qui faisait bouillir les épis de maïs, Donatien qui racontait une blague salace à son frère, sa grand-mère qui levait les yeux au ciel en signe de désapprobation et la pièce d'or qu'il avait glissée dans sa poche alors que personne ne regardait. Il se souvenait du trajet en métro jusqu'à l'Expo, du pavillon d'Israël et de cette religieuse… Monique, oui ! Sœur Monique ! Et le Kaléidoscope, le rouge, tout ce rouge… Il sentait les mains de sœur Monique qui le poussait vers l'avant… Puis l'eau… le courant… le froid. Hoquetant, recrachant l'eau du fleuve, il avait crié, puis il s'était évanoui. Le seul souvenir qui suivait celui de son voyage était l'image d'Agnès lui tendant une pomme.

La charrette tourna à droite dans la rue Saint-Laurent. Juste en bas de la côte qui monte vers la rue Sherbrooke, devant une maison de planches grises aux fenêtres bloquées par de lourdes penderies, les chevaux s'immobilisèrent sur un ordre de Turcot. Agnès achevait de manger le cœur de la pomme qu'Aimé lui avait donnée. De la maison sortirent un homme et une femme qui, sans même gratifier les Turcot d'un regard, se précipitèrent sur Aimé et Agnès comme une chouette sur un mulot. Ils palpèrent d'abord les deux adolescents, ce qui arracha un cri de douleur à Aimé. Après avoir échangé un regard entendu, l'homme et la femme les saisirent sans ménagement pour les forcer à pénétrer dans leur maison, où les attendait une femme courtaude qui avait le visage d'une chauve-souris. Les yeux d'Aimé mirent quelques minutes pour s'habituer à la pénombre. Agnès, le nez collé sur la vitre de la porte, observait l'échange entre les deux couples. Madame Turcot comptait les billets qu'on venait de lui tendre. Son visage se crispa. Elle n'était pas contente. Agnès l'entendit clairement dire à l'autre femme que le prix convenu n'avait pas été respecté. Des menaces furent échangées. L'homme, plus grand et plus costaud que le chétif monsieur Turcot, leva le poing en guise de menace. La charrette se mit en mouvement et monta lentement la côte.

La femme chauve-souris révéla s'appeler Magdeleine Turvy. « La Turvy », disait-elle en levant les deux petits doigts en l'air, comme pour faire rire Agnès et Aimé qui venaient de comprendre qu'ils avaient été vendus. L'homme et la femme qui les avaient cueillis dans la charrette ne revinrent pas une fois leur travail de bras terminé. Magdeleine Turvy n'habitait pas seule dans sa grande maison, qu'elle partageait avec trois femmes qui vivaient à l'étage.

Dans la salle à manger décorée de tentures pourpres, on servit à Agnès et Aimé un demi-poulet accompagné de pommes de terre. Seuls dans la salle à manger dont les murs étaient tapissés d'un étrange papier peint doré à motif argenté, Aimé et Agnès échangèrent de honteuses pitreries. Il leur vint à l'esprit d'essayer de fuir, mais le repas qu'on leur avait servi était trop appétissant. Ils n'en revenaient pas de leur malchance. Agnès trouvait très drôle qu'on lui eût servi une coupe de vin. Imitant un accent anglais, elle la leva bien haut.

— *Dear*, comme il est bon d'être chez soi auprès de ses gens. *All you need is love !*

Elle grimaça à la première gorgée, mais réussit à finir tout le verre. Elle avait chanté les paroles des Beatles comme l'avait fait Aimé à son arrivée au couvent.

— Qu'est-ce que tu chantes ? Une chanson des sœurs ? Pourquoi en anglais ?

Agnès resta interloquée.

— Mais non ! C'était ta chanson ! C'est ça que tu as chanté pendant trois jours quand tu es arrivé !

Aimé n'avait aucun souvenir d'avoir chanté cette chanson ni même de l'avoir entendue. Cet oubli alla grossir les rangs de tous les éléments de 1967 dont il n'arrivait plus à se souvenir. Les deux gorgées de vin qu'il avait prises le libérèrent de la pudeur qu'il avait eue jusque-là de se préoccuper de ses souvenirs. Il évitait de se pencher sur la question comme un cancre ignore un examen de mathématiques dont la date s'approche de manière alarmante. À ces images de 1967 commençaient à se superposer celles de Vieille-Montréal, de sorte qu'Aimé en déduisit que la mémoire était une fonction géographique et non temporelle. Il tenta de se rappeler le nom du professeur de son collège à qui il aurait pu demander conseil. Le souvenir est-il un lieu ou une époque ?

Il avait mis ses pertes de mémoire sur le dos des efforts incommensurables qu'il déployait uniquement pour comprendre ceux qui désormais étaient ses contemporains, pour gagner sa pitance, pour se retrouver dans une ville qui s'était amusée à changer le nom de ses rues et la hauteur de ses édifices pour le confondre, bref, pour survivre. Il en avait conclu qu'il ne devait pas y avoir assez d'espace dans une tête humaine pour y loger deux époques, deux vies, deux mondes. Il trouvait aussi très insolite que son odorat se soit plus ou moins adapté aux odeurs qui à peine un mois auparavant lui auraient retourné l'estomac. Dans la charrette des Turcot, Agnès était tombée sur lui dans le virage sur la rue Saint-Laurent. Il s'était accidentellement enfoui dans la chevelure d'Agnès et y avait trouvé le souvenir de quelque chose, la senteur de la terre au moment où les lilas fleurissent sur le Plateau Mont-Royal. En tout cas, l'odeur d'Agnès lui plaisait désormais. À certains moments, quand une odeur familière venait éclairer les ténèbres dans lesquelles il croyait avoir sombré, ses souvenirs se faisaient assez précis. Il finit son repas. Quand il eut avalé la dernière bouchée, il se mit à désirer le parfum des cheveux d'Agnès. Il sentit la nostalgie de cette odeur dont il venait pourtant à peine de se rendre compte de la suavité. Ce souvenir-là lui paraissait digne d'être retrouvé. Il avala ce qui restait de vin. Agnès avait fini son verre aussi. Après quelques pas incertains arrondis par l'ivresse, il se planta debout devant Agnès. Sans lui demander ce qu'elle en pensait, il serra sa tête sur sa poitrine et plongea son nez dans ses cheveux. Surprise, Agnès se détacha de lui, mit la main sur sa poitrine et le laissa poser ses lèvres sur sa bouche, geste qu'ils considérèrent, l'un autant que l'autre, comme l'aboutissement logique de cette journée et comme le tendre commencement de mille autres. Ils ne savaient pas où le sort les avait jetés, mais ils y étaient ensemble. C'est elle qui donna le premier petit coup de langue, et c'est la Turvy qui leur assena un coup de balai sur le museau.

— Vous allez monter faire dodo…

Aimé ne comprenait pas la logique de la Turvy. D'après ce qu'il avait compris, elle les avait achetés, lui et Agnès, des religieuses qui semblaient avoir obtenu un bon prix. Madame Turcot avait pris sa cote et était disparue. Après le copieux souper où ils avaient englouti une bouteille de vin à eux seuls, on les escorta chacun dans une chambre. Ivre pour la première fois de sa vie, Aimé pouffait de rire devant le mobilier et tous les objets décoratifs. La Turvy avait laissé sur sa table de chevet une lampe à huile qui inondait la pièce d'une lumière qui l'enchantait. Des miroirs reflétaient les rayons jaunes sur des surfaces dorées et rouges dont il sentait chaque vibration. L'alcool décuplait sa capacité à distinguer les couleurs. Vêtu d'un simple caleçon, sur le point de s'endormir à plat ventre, il se dit que madame Turcot n'était en fait pas si méchante. Il avait son propre lit dans une chambre voisine d'Agnès. On l'avait nourri comme un roi. Que demander de plus ?

Agnès fut la première à découvrir qu'une porte permettait de passer d'une chambre à l'autre. Il s'agissait d'un panneau monté sur une penture qu'il fallait deviner par une interruption dans le motif du papier peint. L'alcool n'arrivait pas à atténuer la panique qu'elle éprouvait à se retrouver seule dans cette pièce couverte de velours. En voyant qu'Aimé s'était déshabillé, elle fit la même chose et s'étendit à côté de lui. Sa robe dont les ourlets étaient chargés de pièces de monnaie tomba lourdement sur le plancher.

Elle était sur le point de réaliser le rêve qui la tenaillait depuis qu'elle avait vu les religieuses transporter le corps inanimé d'Aimé vers le dortoir des garçons. Sans lui laisser le temps de se défendre, Agnès grimpa sur lui et se mit à le chatouiller sans pitié. Pour Aimé, c'était une première. Jamais Théo ne l'avait fait. Les contacts physiques n'intéressaient pas Donatien, et sa mère encore moins. Enfant unique, Aimé n'avait pas connu les poussées, les chatouilles, les taquineries sans vergogne qui permettent un jour de se rendre compte que les corps changent. Pugnace, Agnès ne lâchait pas prise. Lui, maintenant sans le souffle et quasiment bleu, la suppliait d'arrêter. Après deux minutes de ce manège, il comprit ce qu'elle attendait de lui, soit qu'il prenne le contrôle du jeu. Il saisit ses deux maigres poignets et la plaqua sur le dos. La séance de chatouilles avait ôté à leurs corps ce qui leur restait de force pour résister aux assauts de l'alcool. Ils s'endormirent l'un sur l'autre en même temps.

Ce n'est qu'au petit matin, quand le froid les força à renouveler leur étreinte, qu'ils s'y mirent pour la peine. Cette fois, loin des autres enfants, loin des religieuses, dans ce qui n'était rien d'autre qu'un bordel auquel ils avaient été vendus à leur insu, ils accomplirent l'œuvre des mammifères.

À travers l'œil magique placé au-dessus d'une commode, la Turvy les observa pendant quelques minutes, satisfaite. Quand elle enverrait les clients vers la chambre d'Agnès, la résistance serait plus facile à vaincre. Elle se dit qu'il était dommage que le vieux Joseph Sanschagrin soit mort, il aurait adoré Agnès. Rien ne fidélise mieux une clientèle qu'une jeune rouquine encore saine. Dans deux ans, elle serait déjà complètement pourrie. Quant à l'autre, celui qu'elle appelait « le petit âne », elle savait à qui elle le confierait. Insomniaque, Magdeleine Turvy se servit un whisky pour célébrer le lever du soleil et le début d'un temps nouveau. Il faudrait qu'elle s'excuse auprès de madame Turcot. La marchandise était d'une qualité rarement vue.

La garce alla s'étendre.

LA CHÈVRE

En janvier 1862, la mère de Susan Kennedy, incapable de subvenir à ses propres besoins, confia sa fille âgée de quinze ans aux soins de Magdeleine Turvy, tenancière d'un bordel de la rue Saint-Laurent. Quatre mois plus tard, Susan fut envoyée à la Miséricorde parce qu'elle était enceinte. Turvy lui expliqua comment s'y rendre et lui donna même une demi-miche de pain pour le voyage. C'est sœur Sainte-Anne qui lui ouvrit la porte et qui lui attribua son surnom : Ricaneuse.

La venue au monde de l'enfant l'a épuisée. Au plus fort des contractions, les voix lui ont parlé. Il a fallu quatre religieuses pour l'immobiliser, le temps que le travail se fasse. Maintenant, elle n'a plus la force de bouger. L'enfant disparaît dans les replis de leurs habits. Susan se tâte. On l'a recousue à la hauteur du périnée. La douleur la rend folle. Des jours plus tard, quand elle sera capable de marcher, elle voudra sortir, mais c'est la prieure en personne qui la menacera de la dénoncer à la police si elle ne reste pas pour rembourser sa dette par des corvées. La police se moque éperdument des mauvaises créances des Sœurs de Miséricorde, mais Susan peut toujours aboutir en taule pour vagabondage. Chez les sœurs, elle mange trois fois par jour, mais il n'y a pas une goutte de whisky. C'est cela qui la ronge. La prieure sait, elle, qu'il n'y a rien à faire pour Susan. Les novices ont peur de ce bébé roux sorti du corps de cette femme hurlante. Et la fillette n'aide pas son cas en se mettant à vagir au moment précis où l'eau baptismale lui est versée sur le front. *Marie Agnès, je te baptise au nom du Père, du…*

Quand elle est libérée de l'hôpital, Susan est étrangement calme. Elle est assise sur un banc du square Viger et se demande combien de temps il faudra pour que la Turvy la retrouve. Elle lui doit encore deux semaines de loyer. Il faudra prendre d'autres clients, mais elle s'en sent tout simplement incapable. Les bourgeois qui passent devant le banc où elle est assise font un détour, car elle ricane toute seule. Quand elle cesse de rire, on l'ignore royalement. Elle a froid. La nuit tombe sur une ville mal éclairée.

Dangereusement lucide et sobre, Susan avance d'un pas lent sur la rue Saint-Paul. La blessure qu'on lui a faite à la hauteur du périnée ralentit son pas. À l'intersection de la rue Saint-Pierre, elle frappe à la porte des Sœurs Grises. Une créature muette la guide vers le dortoir des femmes. Tous les lits sont pleins dans l'air glacial de presqu'octobre. Avant que ses yeux ne s'habituent à la pénombre, une main tire sur sa tunique de coton grossier. Une voix lui indique de s'étendre à côté d'elle jusqu'au matin. Susan s'étend le long du corps chaud de Mary Gallagher. À partir de cet instant, Susan se mettra à son compte. Plus question de prendre des clients pour financer le décor somptueux de la Turvy.

Dans la taverne de Joe Beef, dans les *speakeasies* où elles cherchaient des clients et dans les maisons closes où elles aboutissaient parfois, Mary et Susan étaient considérées comme une bête à deux têtes. L'une n'apparaissait pas sans l'autre. Quand Susan eut vingt ans, ses crises de rire solitaires évoluèrent en crises de folie en bonne et due forme. Par trois fois, on l'enferma pour voie de fait sur un policier, toujours le même, un grand type aux cheveux roux que Susan prenait pour l'incarnation du diable. Quand elle connaissait ces crises épouvantables, il n'y avait que deux remèdes. Le premier consistait pour Mary à tout simplement déposer sa main sur l'épaule de Susan en lui lisant des passages du Nouveau Testament, le seul livre qu'elle possédât. L'exploit tenait du miracle. Si elle avait connu les mots, Susan aurait pu expliquer pourquoi les voix se taisaient quand Mary commençait à lire l'Évangile selon saint Jean. Le second était le whisky en grande quantité.

Pour se permettre ce luxe très inhabituel d'être des femmes célibataires à Montréal, elle et Mary avaient dû se remettre à gagner de l'argent très vite après que les Sœurs Grises les avaient cordialement invitées à se démerder toutes seules. À l'usine de cigarettes, elles arrivaient à survivre en travaillant toutes les deux des journées de douze heures. Parce qu'elle était et paraissait plus jeune, Susan avait été intégrée aux équipes d'enfants, dont certains n'avaient pas encore dix ans. On avait d'abord essayé de faire d'elle une brigadière, ce qui impliquait qu'elle devait régulièrement frapper à coups de bâton les enfants qui retardaient le groupe d'une manière quelconque. Elle arrivait très facilement à les engueuler, mais quelque chose l'empêchait de porter les coups que le contremaître exigeait d'elle. Furieux, il s'était saisi du bâton pour lui montrer, en se servant de Mary comme cobaye, comment il convenait de faire accélérer le rythme de la production. Il frappa pour vrai, comme pour montrer à Susan la médecine à laquelle elle s'exposait si elle refusait d'obéir. Mary le maudit du regard en sifflant à Susan de s'exécuter. Ces méthodes n'eurent sur la pauvre Susan qu'un effet limité. Elle n'arrivait à frapper que les garçons, et encore, seulement sur les fesses et non sur les phalanges et le dos comme le contremaître le demandait. Finalement, ce dernier entra dans une rage noire et commit la regrettable erreur de donner un coup de bâton à Susan pour lui faire comprendre clairement ce qu'il voulait d'elle. Il fallut trois hommes pour libérer le contremaître de sa poigne. Une seconde de plus et il mourait asphyxié entre les doigts puissants de la jeune femme. L'un de ces trois hommes s'appelait Jacob Mears.

Chassées de l'usine, elles décidèrent de finir la journée autour d'un whisky. Jacob finit par retrouver Mary et Susan chez Beady Eyes, un type plus ou moins louche devant son surnom à ses yeux exorbités et qui tenait un *speakeasy* à deux pas du 242, rue William, l'adresse où il vivait. En 1873, les travailleurs de Griffintown formaient le quart de la population montréalaise. Ils s'entassaient dans ces petites maisons de bois de style canadien autour desquelles gambadaient chèvres et moutons, à l'ombre des nouvelles usines et des fonderies. Ces dernières crachaient dans le ciel une poussière noire qui recouvrait toute chose dans un rayon de quelques kilomètres. Les vêtements, les doigts et les ongles de Jacob étaient jaunis par le tabac qu'il manipulait le jour durant. Après avoir fini son quart, il s'était informé un peu partout, car le récit de l'attaque de Susan sur le contremaître se répandait dans Griffintown comme une traînée de poudre. Il lui avait suffi de suivre la rumeur à la trace depuis la sortie de l'usine. Jacob était un simple d'esprit qui arrivait à s'en sortir grâce à l'appétit insatiable des usines de Montréal pour le travail physique. Parce qu'il était vraiment bête, on ne lui permettait pas de travailler sur des machines dangereuses, mais il n'avait pas son pareil pour surveiller les marmots qui paressaient sur les boîtes de cigarettes qu'il fallait remplir. Chez Beady Eyes, il était en terrain connu, étant donné qu'il avait eu une histoire avec la sœur de ce dernier. Lent de nature et tout à fait conscient de l'être, Jacob ne buvait pas pour ne pas aggraver les choses.

— Pourquoi tu ne les as pas tout simplement tapés ? Ils auraient travaillé plus vite et tu serais encore là !

Elle le reconnut immédiatement. Jacob était d'une épaisseur rare, mais il était tout à fait charmant. Elle sentait encore sa poigne sur son épaule droite. Mary le trouva même très attirant avec sa petite moustache. Il avait l'air d'un petit garçon, d'une sorte d'enfant de chœur trop grand pour sa salopette de travail qu'il avait héritée d'un de ses frères, mort pendant la construction du canal Lachine. L'innocence de son visage invitait Susan à la candeur. Elle ignorait pourquoi, mais elle tenait à ce que ce garçon pense du bien d'elle et voulut ouvrir son cœur. Elle avait aussi deux verres d'avance sur tout le monde.

— Taper sur une petite fille, c'est comme taper sur moi-même. Un garçon, je peux toujours me dire que la vie finira par lui faire mériter ses coups, mais la petite fille, c'est moi.

Ni Jacob ni Mary n'avait trop compris la réponse de Susan, à qui il arrivait de prononcer des paroles mystifiantes qui forçaient tout le monde au silence. Susan n'aima pas Jacob tout de suite. Il lui fallut quelques visites chez Beady Eyes pour se laisser apprivoiser. Mais Jacob persévéra. Il finit par la convaincre d'emménager avec lui au 242 pour l'aider à payer son loyer mensuel de sept dollars. Mary hérita d'une paillasse dans le deux-pièces équipé d'un poêle au charbon.

Tout le monde savait que Mary et Susan faisaient le tapin dans les tavernes de la rue Saint-Paul, mais Jacob s'en foutait. Il n'avait jamais connu l'exclusivité chez ses rares conquêtes. Et malgré ce que son regard perplexe laissait supposer, Jacob était un être éminemment pragmatique.

C'était un jour d'avril 1873. Mary avait réussi à se faire engager dans une maison bourgeoise. Jacob était monté à l'appartement. Dans les rues de Griffintown, des cris éclataient de partout. L'eau montait à vue d'œil. Tous les ans, le fleuve nappait Griffintown de ses crues glacées. En quelques heures, le quartier entier se transforma en une pitoyable Venise. Susan eut tout juste le temps de descendre dans la rue pour porter secours à une petite chèvre qui autrement se serait noyée. Dans les rues, les habitants des rez-de-chaussée saisissaient en toute hâte leurs maigres possessions et, surtout, les animaux de ferme, qui étaient souvent leur unique source de protéines. L'eau monta si haut qu'il fallut que les occupants des étages accueillent ceux qui vivaient au niveau du sol. Personne ne monta chez Susan. On préférait s'entasser à huit dans une pièce plutôt que de partager le plancher avec elle. C'est pendant les inondations de 1873 que Jacob et Susan décidèrent de se marier. Des gens qui passaient en chaloupe sous sa fenêtre leur livrèrent de l'eau, quelques pommes de terre et quelques morceaux de charbon, qu'elle utilisa pour cuisiner. Pendant trois jours, elle vécut en parfaite autarcie avec Jacob, une petite chèvre et deux poules. Puis le niveau de l'eau descendit. Les propriétaires de la petite chèvre n'attendirent pas que Susan se manifeste pour récupérer leur bien. Mais l'animal resterait toujours proche du cœur de Susan, qui lui apprit à monter seule son escalier en l'attirant avec des pommes, ce qui déplut grandement à son maître, qui craignait par-dessus tout que Susan ne lui vole définitivement sa bête qu'elle appelait maintenant « Bibi ».

Dès lors, Mary comprit que sa présence à l'appartement n'était pas toujours requise et, parfois, carrément encombrante.

— Le travail dans les maisons, ça ne vaut pas la peine. Les hommes sont plus payants !

— Quand on en trouve qui sont disposés à payer en argent, Susan. Et ils ne sont pas tous payants également… rétorqua Mary en décochant un regard de travers vers Jacob.

— Jacob paye la moitié du loyer, je ne vois pas de quoi tu te plains.

Susan marquait un point. Tristement, cette moitié de loyer rendait Mary désormais moins importante aux yeux de Susan. Sans lettre de recommandation, il fallut à Mary quelques mois pour trouver cet emploi dans la maison de la rue Pine. Elle recevait quand même une part infime des profits que Jacob tirait de ses petits larcins, la plupart du temps sous forme de whisky, boisson que Mary délaissait de plus en plus souvent depuis qu'elle travaillait sur les hauteurs de la ville.

SIX PATTES SUR NOS PATATES

Un peu comme la taupe, le doryphore (*Bibittus a patatensis*) peut se protéger des éléments en creusant des trous dans la terre. Là, il attend que s'adoucissent les rigueurs des saisons avant d'émerger d'un sommeil qui l'a revigoré pour sa conquête du monde végétal. Avant que les Européens transforment l'ouest de l'Amérique en une grande plantation, le charmant petit insecte rayé menait des jours paisibles dans son Mexique natal, où il pondait ses œufs jaune vif sur les feuilles de plants de tomate, d'aubergines et de pommes de terre sauvages. Aux yeux des fous, son caviar brillait dans le soleil comme une gelée d'or chiée par les anges.

Le premier doryphore arrivé à Montréal en 1876 ne se souvient pas de l'émoi que son ancêtre a ressenti la première fois que ses six petites pattes se sont posées sur la feuille d'un plant de pommes de terre semé par un être humain. Quand ses mandibules ont sectionné les nervures juteuses du feuillage dont les phéromones l'affolaient depuis des jours, le doryphore a compris que ses souffrances terrestres étaient terminées. Trouver et manger les feuilles des plants de pommes de terre était devenu sa destinée manifeste. Sans se demander s'il nuisait à quiconque et parce que cela était bon pour lui, le doryphore entreprit de conquérir le continent *a mari usque ad mare*.

Rien n'est plus américain qu'un doryphore.

L'insecte a d'abord profité des vents dominants pour glisser sur le flanc est des Rocheuses et étendre son dominion sur les collines riantes du Colorado et les vastes plaines du Wyoming. Mais cela n'était qu'échauffement. En 1859, il règne sur le Nebraska, au désespoir des colons qui voient fondre sur leurs cultures une malédiction qui rappelle par sa vitesse de propagation le mildiou de l'Irlande. Son appétit vorace autant que sa capacité irréelle à envahir rapidement un vaste territoire forcent l'admiration. Paniqués, les agriculteurs tentent d'éradiquer le fléau en aspergeant leurs champs d'une bouillie cuprique et d'une solution d'arséniate de plomb. Cette futile manœuvre n'a pour effet que d'encourager les doryphores à s'envoler en immenses nuées pour coloniser les États qui avaient jusque-là été épargnés. Bientôt des essaims bourdonnants envahissent les rues de New York et de Chicago. Seules les campagnes et les villes où la pomme de terre n'est pas cultivée ni transportée, entreposée ou mangée échappent à cette plaie. Autrement dit, toute l'Amérique en a dans les cheveux. Sur les plages de Coney Island, les doryphores forment une couche épaisse, compacte et grouillante qui s'étend à perte de vue. Ne se doutant pas des festins européens qui l'attendent, le doryphore croit naïvement vivre un âge d'or. Il ne sait rien encore des gloires à venir.

Pour lui, l'Europe est le Nouveau Monde qu'il découvrira comme passager clandestin en débarquant à Brême, Rotterdam et Liverpool. Dans les vieux pays, il se répandra aussi vite qu'une rumeur dans un village québécois. Tout le continent est atteint. À Montréal, le bruit des mandibules du doryphore se gorgeant de feuillage tient le peuple éveillé la nuit durant. Dans les campagnes environnantes, les paysans, privés de sommeil, récitent d'interminables neuvaines en roulant leurs « r ». Ils se rendent vite compte qu'il vaut mieux prier en silence pour éviter d'avaler les insectes qui fondent sur eux en nuées terrifiantes. Mais rien n'effraie les Canadiens français, qui ont plus d'un tour dans leur sac. Ne dit-on pas d'eux qu'ils sont têtus comme des mules ? Le doryphore n'a qu'à bien se tenir. Le cardinal a décidé d'user de l'arme ultime : une procession dans les rues de Montréal.

Sur le parvis de Notre-Dame se tiennent une douzaine de prêtres qui devisent entre eux à voix basse comme s'ils craignaient de réveiller la ville dans le jour naissant. Ils sont les premiers à s'être joints aux Sulpiciens après que le cardinal a poussé son cri de ralliement. La veille, à Griffintown, deux enfants sont morts écrasés quand un énorme métier à tisser a basculé sur leurs corps frêles et sous-alimentés ; dans le faubourg Sainte-Marie, l'entérite a emporté le quart des nourrissons nés depuis le début de l'année qui s'achève, morts après avoir bu du lait de vache pollué de poux et de vers ; mille ouvriers du canal Lachine réclament une journée de travail de neuf heures et un salaire journalier d'un dollar pendant une grève : leur meneur est tué d'un coup de fusil par les autorités.

Les associations caritatives religieuses, sur l'ordre des Sulpiciens, ferment leurs portes aux grévistes, considérés comme des pestiférés. Il ne reste que Joe Beef, l'intouchable bienfaiteur, pour leur faire parvenir thé et nourriture. Pour chacune de ces tragédies, il existe une solution scientifique ou politique connue. Mais ce matin-là, sur le parvis de Notre-Dame, le clergé montréalais a décidé que pour venir à bout des doryphores, une immense procession dans les rues de Montréal s'imposait. Quand elle constaterait le désespoir de ses enfants, la Sainte Vierge choisirait d'intervenir. Ne l'avait-elle pas déjà fait des dizaines de fois à Lourdes ? Aimante et miséricordieuse, Marie saurait montrer aux Canadiens qu'elle ne les oubliait pas sur leurs arpents de neige. Les évêques ont fait le pari que s'ils rameutaient tous les tenants de la vraie foi à Montréal, la Vierge serait touchée au cœur.

En fait, la procession était déjà plus ou moins formée. Depuis des années déjà, elle ondulait dans les rues de la ville sans véritablement porter de nom ou de raison d'être. Le doryphore lui en avait donné une. Après cette journée, elle continuerait d'avancer comme un reptile immortel dans les rues de Montréal. Les Sulpiciens qui, contrairement aux Jésuites, ne font pas vœu de pauvreté, ont établi le passage à un sou par tête, qu'ils feront percevoir par les membres des ordres qu'ils considèrent inférieurs à eux, car personne ne les égale en pureté, dévotion et rapacité. S'il est entendu par tous que rien ne les surpasse, la place qu'occupe chacune des congrégations dans la hiérarchie qu'ils dominent est ouverte au débat. Personne ne doute cependant d'une chose : les Sœurs de Miséricorde sont cordialement invitées à s'abstenir de marcher avec les autres congrégations. Tout désespoir a ses limites et il convient de ne pas soumettre au regard de la Vierge l'œuvre impure dans laquelle elles persistent.

On a en revanche invité Bibi la chèvre de Griffintown et d'autres animaux de ferme, dont des brebis que l'on a transportées par bateau de Longueuil et quelques vaches laitières au pis gorgé de lait. Des bœufs tirent des charrettes sur lesquelles on a monté des ostensoirs, des croix et des autels complets, car des messes ambulantes seront chantées dans les rues. Certains chars allégoriques du défilé de la Saint-Jean-Baptiste ont été recyclés pour impressionner.

Chevauchant les premiers rayons de soleil en amazones, quelques grappes de Frères des écoles chrétiennes se joignent au groupe qui les regarde de haut, mais qui leur adresse encore la parole. La lutte contre l'insecte force une convergence des luttes, mais cette alliance ne résistera pas au mépris profond que les prêtres vouent aux frères, qu'ils considèrent comme des demeurés condamnés à l'enseignement des petites classes. Les murmures se sont tus ; de part et d'autre on tente de créer des liens, mais les mâchoires se serrent. Quelqu'un est sur le point de lancer une vacherie au moment où arrive par la rue Saint-Jacques un contingent bruyant de Sœurs du Bon-Pasteur. Alertées par l'urgence de la situation, elles sont descendues de la rue Sherbrooke, où elles tiennent un hospice voué à la réhabilitation des jeunes filles et des prisonnières dans l'asile Sainte-Darie. Ces dernières, toutes vêtues de tristesse grise, les accompagnent en bâillant. Déjà, les sœurs entonnent les hymnes qui ne laissent aucun doute sur leurs convictions : « À bas les bibittes ! Sainte Marie, sauvez nos patates ! » L'arrivée de la troupe au milieu des prêtres et des frères change la dynamique. Soudainement, le mépris masculin se cristallise sur les nouvelles venues, que l'on considère comme des matrones accompagnées de leurs bagnards. Leur présence ne risque-t-elle pas d'irriter la Vierge ? Plutôt que de laisser le groupe de femmes défiler entre eux, les prêtres décident qu'ils mèneront la marche, suivis des frères puis des Sœurs du Bon-Pasteur à une distance sécuritaire, ces filles étant connues pour leurs penchants criminels et immoraux. Les vaches, veaux, génisses et ovins s'éparpillant autour de leurs propriétaires… soutanes, chasubles, guimpes et hardes râpeuses se mettent en marche de manière passablement ordonnée dans la rue Saint-Paul. Les pensionnaires des Sœurs du Bon-Pasteur rendent œil pour œil chacun des regards désapprobateurs que frères et prêtres dardent sur elles. La plus hardie de toutes, profitant de l'inattention des religieuses, dévoile un sein blanc et pendulaire en tirant la langue tout simplement pour recadrer le séminariste qui lui a craché dessus. Tout cela n'empêchera pas un frère à la peau grise de tendre en direction des nouvelles venues un réceptacle en bois dans lequel elles jettent toutes une pièce de monnaie sous peine d'être expulsées *manu militari* du groupe, ce qui serait l'équivalent d'une déchéance de nationalité, d'une excommunication.

Les Jésuites, retardataires, éternels hipsters de l'Église et toujours un peu dissociés de la belle solidarité apostolique qui unit toutes ces saintes étoffes, expriment leur regret de ne pas être arrivés à l'heure. Tant que l'archevêque n'y est pas, il est toujours permis de dire du mal d'eux. Une fois qu'il sera là, il faudra dire du mal des Riches. Cela est de bon ton. Il faut, devant l'archevêque, savoir qui il convient de haïr. De la rue Saint-Paul, on voit arriver en groupes familiaux des fidèles armés de chapelets et de crucifix, deux objets qui ont fait leurs preuves contre le choléra, la boisson et la syphilis. Pour extraire le sou de ce contingent laïc, les Sœurs du Bon-Pasteur sont désignées. L'argent passera de sœurs en frères, pourra peut-être passer entre des doigts jésuites, une partie restera peut-être collée au revers du voile de la prieure, mais une chose est sûre : les Sulpiciens finiront par l'avoir.

L'arrivée de centaines d'ouailles des faubourgs dans le défilé fait monter les enchères. Prêtres et frères rivalisent de prières barytonnées à la mode grégorienne tandis que les religieuses poussent de touchants hymnes illuminés de douloureux contre-ut. Les fidèles entonnent les répons d'une voix encore enrouée par la faim. Quelques dames bourgeoises attendent sur le parvis de la chapelle Notre-Dame-du-Bon-Secours, flanquées, en plus d'une demi-douzaine de Sœurs de Notre-Dame, d'un contingent non négligeable d'habitants de la rive sud fraîchement débarqués du bateau à vapeur. L'appel à implorer la Vierge a été entendu au-delà de l'île. Plus nous serons nombreux, plus elle risque de tendre l'oreille à nos prières, plus elle sera touchée. Ils ont apporté dans leurs paniers des œufs qu'ils goberont crus quand la marche les aura affamés. Les plus fortunés cachent dans leurs vastes vêtements foncés des morceaux de lard et de jambon qu'ils mastiqueront en cachette entre deux hymnes. Il y a même des malades qui se sont déplacés, car la rumeur a couru que la Sainte Vierge, quand elle décide d'intervenir, peut le faire pour plus d'une cause à la fois. Une femme défigurée par une tumeur au visage de la taille d'une clémentine brandit une image de Bernadette Soubirous. Une phtisique que l'on porte sur une civière s'étouffe dans un chapelet récité d'une voix rauque et agonisante. Elle tend la main à un homme qui se sert de son unique main pour serrer l'un de ses maigres doigts. Elle lui explique qu'une fois que les doryphores auront été tous exterminés par la main miséricordieuse de la Vierge, son tour d'être guérie viendra. On lui sourit tendrement. Un prêtre qui a entendu ses paroles confirme son espoir. À Lourdes, dit-il, la Vierge guérit les malades par milliers. Il faut prier, prier pour que la Vierge soit touchée par notre souffrance.

Sur la rue Craig, le cortège compte désormais, à en juger par la clarté et la force des « *ora pro nobis* » scandés comme un cri de guerre, un bon millier de Canadiens implorant le Seigneur de faire du Canada une terre sans doryphores, car quelqu'un a fait valoir qu'il ne servait à rien de limiter ses prières à la Vierge. Un Cistercien insiste à voix haute que Dieu a envoyé les doryphores aux Riches comme il a envoyé les moustiques et les poux aux Égyptiens pour obtenir la libération d'un peuple opprimé. Un Bénédictin sort de sa réserve habituelle pour lui rétorquer que les insectes mangent autant les patates des Pauvres que celles des Riches. Bientôt, le cortège s'étire sur un mille, c'est comme si tous les catholiques de Montréal s'étaient retrouvés en même temps dans la rue. Du milieu de la procession, on n'arrive pas à en voir la tête ni la queue. À la grande horreur des Sœurs du Bon-Pasteur, les Sœurs de Notre-Dame qui les surpassent en nombre ont pris la tête du cortège après avoir joué des coudes avec les Frères de Sainte-Croix, distraits l'espace d'un instant par l'arrivée d'une centaine d'écoliers à la voix si cristalline, si touchante. Toutes ont versé un sou supplémentaire par personne aux Sulpiciens. Les Sœurs de Notre-Dame qui éduquent les filles de bonne famille ne manquent pas de moyens.

Entre un groupe de fermières et les Sœurs de Sainte-Anne, que l'on entend prier en anglais, la congrégation des Petites Filles de Saint-Joseph s'est immiscée. Elles sont sans le sou, mais les Sulpiciens tolèrent leur présence, car elles sont leurs cuisinières, leurs repasseuses et leurs nettoyeuses. Monseigneur Bourget les a fait venir de France pour leur torcher le plancher, la couille et le cul en baissant les yeux. Les Sœurs de Providence qui s'occupent des plus pauvres des Pauvres ne les gratifient même pas d'un regard. En Inde, elles seraient des intouchables. Mais il y a pire. Il y a encore plus abject qu'une Petite Fille de Saint-Joseph aux yeux des Sulpiciens. Il y a cette chose en pierres grises et silencieuses qui se dresse comme une menace sur la droite de la procession.

Devant l'hôpital de Miséricorde, le cortège ne s'arrête pas. On enjoint aux fidèles de ne pas regarder dans la direction de ce lieu maudit, à moins évidemment de vouloir y jeter une pierre. Les orphelins, ayant eu vent de l'événement et convaincus que leur concours pourrait servir à sauver les patates du Canada, ont demandé à sœur Saint-Joseph – qui lève les yeux vers les Cieux – de les accompagner pour joindre leurs petites voix mal alimentées au chœur des prières. La religieuse et la cinquantaine d'enfants n'arrivent même pas à intégrer le cortège : on les repousse à coups de pied et de crucifix. Pas ceux-là ! Des jeux pour que la Vierge fasse déferler, en plus des doryphores, les taons, les serpents et les furoncles sur le pays. On ne l'accable pas avec le fait qu'elle inflige au Canada français la mort des premiers-nés comme Dieu le fit aux Égyptiens. Si les enfants meurent, c'est que Dieu l'a voulu. S'adapter aux règles élémentaires d'hygiène ? Pour quoi faire ? Non, continuez plutôt de vous adresser à la Vierge pour régler le cas de ces bestioles. Les enfants retournent à leur triste orphelinat. Depuis le départ d'Aimé et d'Agnès, il ne leur reste plus pour rêver que les étoiles quand, de temps en temps, le vent fait s'effilocher les miasmes de pollution pour dégager un coin de firmament. Quelques filles du bordel de la Turvy se sont immiscées facilement dans la procession.

Agnès et Aimé n'ont pas eu vent de l'organisation de l'événement contre les doryphores. Depuis deux jours, ils sont enfermés à clé dans les chambres de la Turvy, qui leur fait monter des repas. Ils ne comprennent rien à leur séquestration. Agacé par cette femme qui refuse de répondre à ses questions, Aimé finit par briser une fenêtre. Agnès a encore eu le temps de prendre avec elle l'argent qu'elle amasse pour sa grande fuite vers Boston. Elle aurait peut-être assez d'argent pour un passage vers les États-Unis, mais elle ne s'imagine plus dorénavant voyager sans Aimé. Il faudra voler encore un peu avant de partir.

La Turvy a entendu le bruit du verre et est maintenant à leurs trousses.

La procession a créé un flot humain presque impénétrable. Pour s'y joindre, il faut payer un sou aux sœurs qui assurent le service d'ordre. Agnès et Aimé ont réussi à semer la Turvy sur la rue Sainte-Catherine, mais ils savent qu'elle finira par les trouver. Si seulement ils pouvaient pénétrer au cœur de la foule, ils deviendraient invisibles aux regards extérieurs. Personne n'arrive à voir ceux qui marchent au milieu du cortège qui serpente sur plusieurs milles.

— Tu sais comment entrer ?

Agnès doit admettre qu'elle n'en a pas la moindre idée. Le salut prend la forme d'un groupe de jeunes hommes qui vend un journal à la criée à l'angle de Sainte-Catherine et Saint-Denis. « *Le Crapaud* ! Achetez *Le Crapaud* ! *Le Crapaud* est contre l'oppression des âmes ! *Le Crapaud* va vaincre l'ennui ! Pour un sou, c'est peu cher payé ! » Il se forme autour d'eux un vide, car personne ne veut les approcher tant ils empestent l'alcool. Ils ont refusé de payer le sou pour entrer dans l'essaim humain. Le plus maigre d'entre eux explique à Aimé que *Le Crapaud* est le premier journal satirique de la province de Québec. Félicien Saint-Ange se présente comme l'un de ses fiers fondateurs. Ses pages permettent à la fois de rire et de réfléchir. Agnès, qui ne sait pas lire, refuse l'exemplaire que le garçon lui tend. Aimé s'en empare pour le feuilleter en souriant. Il ne saisit pas l'humour de la publication.

— Nous sommes poursuivis, vous pouvez nous aider à entrer ?

— Pour quoi faire ? Qui vous dit que vous serez en sécurité dans cette foule ?

— Aidez-nous, s'il vous plaît ! supplie Aimé en voyant la Turvy apparaître au coin d'une rue. Elle est flanquée du colosse qui les a accueillis l'avant-veille.

Après un court conciliabule, les trois garçons foncent en courant vers la foule, qu'ils percutent sur le flan. En poussant un Cistercien de toutes leurs forces, ils arrivent à pratiquer une ouverture dans laquelle Agnès et Aimé s'engouffrent comme deux cafards entre les lattes d'un plancher. Ils sont maintenant au cœur de la rivière humaine et bestiale avec les types du *Crapaud*, qui se félicitent à grandes tapes dans le dos. Le prix à payer pour l'étanchéité de la procession est de marcher, d'avancer. Si vous tombez par terre, vous serez piétiné jusqu'à ce que la dernière ligne vous rattrape et vous remette sur pieds en vous tirant par les oreilles. Les croyants avancent, et avec eux Agnès, Aimé et les farceurs du *Crapaud*. Des bêlements, des meuglements et des caquètements se font entendre tout au long du train humain. Ce sont les bêtes que les croyants ont emmenées pour impressionner la Vierge. Leur cortège est mené par Bibi, la chèvre de Griffintown, talonnée par Susan Kennedy et son mari simplet.

Devant l'hôpital de Miséricorde, les prières se font plus denses, les rires plus cruels. Les portes sont fermées avec des barres de bois pour éviter que la foule exige le sacrifice d'un des orphelins pour calmer la colère divine. Les enfants et les religieuses, socialement meurtris, regardent, perplexes, ces gens qui défilent, qui leur montrent le poing et dont les mots rappellent qu'ils sont fils et filles de pute, que leur impure naissance a attiré vers le Canada les immondes doryphores et qu'il vaudrait mieux que ces enfants maudits meurent pour que naissent les patates. Les religieuses jettent ces insultes sur la pile des péchés qu'elles demandent au Ciel de pardonner. Et repartent les prières psalmodiées comme des suppliques. Vers la queue du cortège, une femme accouche, portée sur une civière improvisée, et l'enfant est à peine né qu'un Sulpicien ordonne à un frère de fondre sur la mère pour exiger un sou du nouveau-né pour qu'on le baptise et un autre sou parce qu'il fait partie de la procession. L'âme de l'enfant est sauvée. Les vendeurs de blagues du *Crapaud* abordent les marcheurs.

— Vous avez le dernier numéro du *Crapaud* ? Notre illustre hebdomadaire ? Que pensez-vous de notre devise : *L'ennui naquit un jour de l'uniformité* ?

Les bourgeois qu'ils abordent les fusillent du regard. Les femmes portent leurs mains à leurs oreilles comme si ces scribouilleurs étaient sur le point de leur susurrer les confessions de la pute de Babylone. Certains s'esclaffent, car ils sont des lecteurs assidus du *Crapaud*, qui circule dans Montréal depuis quelques mois. Félicien Saint-Ange a suggéré à son groupe de plumitifs et à son imprimeur de participer au défilé dans l'espoir de vendre aux fidèles les plus délurés des insertions à cinq ou dix cents. Il est prêt à accorder une remise libérale aux annonceurs à long terme. Il pense aussi être capable de vendre quelques abonnements. Il a aussi fait imprimer quelques prospectus.

— *Le Crapaud* ! Tel est le titre de notre journal. Comme vous voyez, il n'est pas pompeux, il n'est pas séduisant, il est plutôt modeste, comme son image.

Ses mots de ralliement sont économie, diminution des taxes, diminution des gros salaires et de l'ouvrage pour le peuple. Instruire, amuser, faire rire !

Rédacteur d'une chronique satirique sur la ruine récente des banques et la disparition des économies de milliers de Canadiens, Félicien reçoit pour toute réponse des regards meurtriers et quelques coups de pied d'un oblat.

Les rangs des fidèles se gonflent chaque fois que la procession passe devant une église. En payant un sou, se joindre au flot humain est un jeu d'enfant. Litanies, suppliques et répons s'élèvent dans le ciel sans interruption aucune. Le message adressé à la bonne sainte Anne, à sa fille Marie et à son Fils est clair : libérez-nous des doryphores ! L'archevêque ordonne de faire sonner toutes les cloches de toutes les églises de Montréal comme si leurs réverbérations devaient servir de semonce aux insectes, qui sont pourtant sourds comme des pots. Les doryphores ne reconnaissent plus que les phéromones des pommes de terre. L'émouvante prière à la bonne sainte Anne, mille fois psalmodiée depuis l'aube, ne les atteint pas. Ils s'en battent le pseudopode. Le bruit des cloches couvre les gémissements de femmes que l'on engrosse dans les coins les plus sombres. Au milieu de la foule, des Frères de Sainte-Croix distribuent des tracts pour inciter les Canadiens à se méfier des solutions diaboliques que les Anglais veulent imposer à l'œuvre divine. Contre les doryphores, il n'y a que la bonne sainte Anne. Entre la variole et le vaccin, choisissez la variole. Ne les laissez pas injecter un animal dans le corps de vos enfants. Jamais.

L'équipe du *Crapaud* se déplace dans la procession comme dans une foire ambulante. Félicien avait vu juste : voilà un groupe d'étudiants et d'ouvriers qui ont l'audace de fraterniser tandis que l'heure est à l'évocation des sept douleurs de la Vierge, comme le rappellent en beuglant les Oblats de l'Immaculée Conception, que les travailleurs du textile réussissent à contenir pendant que Félicien leur explique comment il a trouvé Agnès et Aimé, fraîchement évadés d'un bordel. Les oblats font mine d'ignorer les cris de Félicien qui brandit son journal sous leurs yeux.

— Deux cents pour *Le Crapaud* ! Avec lui, la vérité luit et la gaieté renaît ! Il faut rire ! C'est ce que le Canada français fait grâce au *Crapaud* ! Levez les yeux de vos bréviaires pendant quelques minutes et riez !

Plaqué au sol, Félicien est dépouillé du fruit de ses ventes par deux Sulpiciens qui tentent de l'étouffer avec un exemplaire du *Crapaud*. Cette fois, une rumeur sourde commence à monter entre l'odeur qui émane des soutanes et l'haleine fétide des Hospitalières de Saint-Joseph. Le doute n'est plus permis. Le ver est dans la pomme. Le mal a réussi à pénétrer le défilé en prenant la forme d'une équipe de rédaction d'un journal satirique. Pourtant, la bête ne s'est pas exactement cachée en prenant le nom de cet affreux batracien. Il faut se disperser, passer inaperçu.

Agnès et Aimé n'ont pas encore compris que l'endroit qu'ils ont choisi pour se cacher de la Turvy grouille de dangers. D'abord, les processionnaires évoluent en grappes compactes capables de fendre la pierre. Ainsi, Aimé perd vite Agnès de vue. Cette dernière a attiré l'attention de quelques novices des

Petites Filles de Saint-Joseph, qui ont entendu tinter les pièces de monnaie qu'elle garde dans l'ourlet de sa jupe. Deux lui tiennent les mains tandis qu'une autre, accroupie, retire quelques sous en lui demandant si elle a fait tous ses sacrements. Un prêtre qui les a entendues demande à Agnès de lui produire un baptistaire, histoire de s'assurer qu'elle a bel et bien été baptisée dans la Sainte Église. Abasourdie par la demande, Agnès confirme s'appeler Agnès, mais ne va pas avouer son lieu de naissance, par crainte d'être éjectée de la procession.

— Il faut vous baptiser, ma fille.

Les novices la saisissent par les jambes et les bras, la plaquent au sol cependant que le prêtre lui verse l'eau baptismale sur le front. On lui explique que son âme est dorénavant sauvée en lui prenant encore quelques pièces en guise d'offrande pour saint Joseph. Désorientée, Agnès parvient à fuir en se faufilant entre des familles qui ânonnent leurs prières, chapelet à la main. On l'entend crier le nom d'Aimé dans le flux des croyants. Comme elle ne surveille pas ses arrières, elle ne voit pas fondre sur elle cette demi-douzaine de Sœurs de Notre-Dame qui l'avaient à l'œil depuis une bonne demi-heure. L'une d'entre elles brandit sous les yeux d'Agnès un missel ouvert.

— Lisez ce passage !

Agnès doit leur avouer que personne ne lui a appris à lire. Encore une fois, elle décide de ne pas leur révéler d'où elle vient, par crainte de leur réaction. La scène qui suit est d'une violence déplorable, à un point tel que les processionnaires détournent le regard, ne serait-ce que pour épargner à Agnès la mortification d'être observée pendant que les Sœurs de Notre-Dame l'immobilisent sur une chaise en bois que quatre d'entre elles tiennent au-dessus du sol. On lui attache les bras derrière le dos pendant que la plus grande lui apprend à lire. On lui fait répéter des syllabes, puis des mots entiers. À la moindre erreur, elle se prend deux gifles. Le visage tuméfié, elle parvient maintenant à déchiffrer des phrases entières. Après une heure pendant laquelle elle a encaissé trois cents gifles, Agnès parvient à lire des versets de l'Évangile selon saint Mathieu. Satisfaites, les Sœurs de Notre-Dame la libèrent de leur emprise, non sans avoir extrait de ses vêtements quelques sous qui brillent dans le soleil. Agnès titube entre les catholiques. Quelques femmes la soutiennent. « Serre les dents, c'est pour l'œuvre divine, nous sommes toutes passées par là… » La rumeur court parmi les fidèles qu'Agnès n'a pas fait tous ses sacrements, ce à quoi les Dames de Sacré-Cœur se proposent de remédier. Les voilà qui fondent sur elle en un peloton dense. Agnès sent frotter sur sa peau le tissu rêche des guimpes empesées. On lui parle du pain de vie, du corps du Christ. L'improbable eucharistie prend la forme d'une immense hostie qu'elle doit laisser fondre dans sa bouche. Au moindre mouvement des gencives qui indiquerait qu'elle est en train de mastiquer le corps du fils de Dieu, les Dames de Sacré-Cœur sont prêtes à intervenir. « As-tu appris un métier ? Sais-tu pétrir la pâte ? Sais-tu dépiauter le lapin ? » On lui tend un instrument tranchant et un agneau qu'elle doit égorger, rôtir, effilocher et transformer en tourtes. Pour la leçon de cuisine, on a installé sur une charrette un poêle en fonte devant lequel elle attend que dorent les croûtes.

À un rythme effréné, on lui montre ce qu'il faut savoir pour préparer les repas des prêtres et des évêques. En moins de vingt minutes, elle devient cuisinière de métier, garde-malade et institutrice. Elle est maintenant frappée par une grande fatigue. « C'est le souffle de l'Esprit qu'il lui faut ! » clame une Sœur de Sainte-Anne, qui lui prend ses dernières pièces de monnaie en échange d'une confirmation solennelle expresse.

Hagarde mais encore lucide, Agnès palpe ses vêtements et réalise avec horreur qu'elle n'a plus un sou. Elle ne voit plus Aimé, dont elle crie le nom dans la foule, mais les incantations couvrent sa voix qui s'éraille. Et c'est à ce moment précis qu'elle se rend compte qu'elle ne veut pas le perdre, qu'elle a peur que quelque chose ne lui soit arrivé avec toutes ces soutanes qui traînent. Agnès ne comprend rien aux vibrations qui la secouent, encore moins à la nausée qu'elle ressent. C'est une émotion comme la colère, comme l'épouvante, mais addictive. L'énergie qui a pris possession de son corps lui fait crier le nom d'Aimé dans les rues de Montréal pendant que tout le monde supplie Dieu de les libérer d'une plaie. Agnès est la seule à implorer le nom d'un mortel. Ses cris dérangent des familles, qui la regardent de travers. « L'avez-vous vu ? Il est grand, ses cheveux sont de la couleur du foin. »

Aimé s'est promené sans le sou dans une procession formée par des religieux de tout acabit. Il ne s'en est pas tiré à si bon compte qu'Agnès, qui a réussi à se défaire des guimpes et des soutanes grâce à l'argent qu'elle a accumulé en volant des passants. Quand les Frères des écoles chrétiennes lui ont mis le nez dans une Bible, il a su les éloigner en lisant les saintes paroles. Des gaillards avancent en portant un confessionnal ambulant qui rappelle une chaise à porteurs. Un curé y est assis. On y fait monter Aimé de force, même s'il n'a rien à dire.

— Avez-vous désiré la chair ?

— Oui, mais les sœurs ne servent que du gruau.

— Avez-vous désiré ce qui ne vous appartient pas ?

— Je ne me souviens pas d'avoir possédé quoi que ce soit.

Le curé ne l'a pas trouvé drôle et l'a éjecté du confessionnal. On lui a mis sur le dos une croix plus grande que lui et il l'a portée sur une distance inimaginable, jusqu'à ce qu'on décide de la poser sur les épaules d'un homme qui venait de confesser son envie de devenir riche. Les Sulpiciens ont enfoncé leurs longs doigts maigres dans les poches de son pantalon élimé. Ils n'ont pas trouvé la pièce commémorative de 1967 qui est cachée dans la chaussure d'Aimé, mais certaines mains ont insisté. Des Oblats de Marie-Immaculée l'ont libéré de ces étreintes insistantes, ce qui n'a pas mis Aimé à l'abri des honteux dérèglements de leur concupiscence. Les prieuses ferment les yeux sur ces scènes scandaleuses. Tout cela est pour le bien de nos patates, tout cela est pour le bien du Canada. Qu'il s'estime encore heureux d'être devenu la proie des oblats, des hommes si propres, si bien peignés qu'on s'en fait plutôt pour eux, dont les mains voyagent sur le corps crasseux de ce jeune vagabond.

Aimé s'aperçoit que pour échapper aux mains baladeuses, il doit se déplacer dans la procession comme le saumon en montaison dans une rivière. Et c'est en évitant les croyants comme un moustique évite les gouttes d'eau sous la pluie qu'il se rend compte du pullulement des prêtres, qui sont arrivés de toutes les paroisses environnantes. Toutes les variétés défilent devant lui : le jeune prêtre encore trempé d'un récent voyage à Rome qui a décidé de porter une soutane immaculée, le vieux prêtre bedonnant qui, au contact des démunis, se sent redevenir un homme ordinaire parmi les hommes ordinaires, les prêtres qui n'y ont jamais cru mais qui sont capables de vous y faire croire, les prêtres qui croient mais qui sont capables de vous faire douter, ceux qui fuient les malades, ceux qui refusent les cadeaux et ceux qui en donnent.

Le temps s'est arrêté dans le cortège, qui est devenu un vortex catholique dans lequel il est plus facile d'entrer que d'en sortir. Aimé est doublé par des hordes de femmes qui prient en espagnol, en italien, en portugais, dans toutes les langues de la mortification. Au-dessus de sa tête défilent des cercueils irlandais portés à bout de bras. Sous ses yeux, des femmes accouchent en marchant d'enfants qui ne vivront pas dix jours. Mais qu'est-ce qu'un jour dans cette longue marche ? Rome s'est-elle faite en un jour ? Non, alors on recommence. Cette odeur de roussi, de chairs calcinées roule comme un poison à travers la foule. Des bêtes et des gens sont brûlés dans un même monticule. Il faut payer pour être baptisé, il faut payer pour être marié, il faut payer le bois nécessaire à sa propre immolation, car l'Inquisition coûte cher.

Quand il arrive, toujours à contre-courant pour se prémunir des mains des prêtres, à s'éloigner des soutanes et des cornettes, il se retrouve parfois en compagnie de femmes vieilles et hallucinées par une lumière qu'elles semblent être les seules à voir. Elles lui avouent le secret inavouable de la procession.

« Ne cherchez pas quand elle a commencé, elle est plus ancienne que Montréal, plus ancienne que les doryphores, elle marche depuis que le Christ ressuscité est apparu devant ces trois femmes pour leur ordonner de marcher, et c'est ce qu'elles ont fait et feront en entraînant tous ceux qu'elles peuvent, en mettant au monde ceux qui vont marcher avec elles, en enterrant ceux qui meurent debout dans un dernier râle, elles marcheront, n'essaie pas de les arrêter, si tu ne marches pas avec la procession, écarte-toi de son chemin, car elle ne te voit pas si tu n'es pas en son sein, ce soir, tu crois qu'elle se dissipera dans l'air du Canada, tu te trompes, elle continuera à marcher grâce à ceux qu'elle aura absorbés sur son chemin, laissant dans son sillage les corps de ceux qui n'ont plus la force de la suivre, et tel un grand ver aveugle dont la tête repousse sans cesse et dont la queue s'étiole, elle avance dans le monde… »

— Est-il possible d'en sortir ?

Les femmes se rient de la question d'Aimé. « En sortir pour quoi ? La procession te prend tout et te donne en retour la protection contre les maux de Babylone, la couronne d'Angleterre et les pustules des maladies honteuses, marche ! » Et elles avancent à un pas qu'Aimé n'arrive pas à suivre. Il les perd de vue. Plus tard, il les retrouvera en train d'enterrer une femme qui est morte en marchant. Elles se hâtent pour ne pas être laissées derrière.

Il se produit un événement notable ce jour-là. Alors qu'Aimé crie le nom d'Agnès dans la foule, une millième main cléricale se met à le palper. Il est tout à fait conscient de la force de ses poings quand il martèle le visage du frère, qui n'en revient pas. Une partie des fidèles s'arrête en dardant vers lui des regards ébahis et désapprobateurs. Aimé ne s'arrête pas là. Quand un prêtre tente de venir en aide au frère aux mains baladeuses, Aimé lui mord l'avant-bras jusqu'au sang. Cette fois, la foule se met en colère. C'est à n'y rien comprendre, pense Aimé. Ce sont eux qu'ils défendent ! Des bras virils le poussent vers les flancs de la rivière humaine, sur cette ligne gardée par des rangées compactes de Sœurs de la Providence. Il est impossible de savoir si Aimé a passé deux heures ou deux siècles à marcher contre les doryphores. Il est sur le point de regagner la zone temporelle régulière, c'est-à-dire le temps tel qu'il est ressenti par les mortels. Et le passage lui fait mal, l'étouffe. Et soudainement il comprend, en tombant face première sur les cailloux, ce qui lui est arrivé dans le Kaléidoscope. C'est la même sensation nauséeuse.

Les sbires de la Turvy ont déjà remis la main sur Agnès, éjectée de la procession une heure avant Aimé pour avoir craché au visage d'un Cistercien. Dans le cas d'Aimé, il leur suffit de ramasser son corps inerte et de le ramener dans le lit où il a si bien dormi la veille. La Turvy fait réparer le carreau cassé. Dans la chambre voisine, Agnès tremblote. Elle ira rejoindre Aimé par la porte secrète. Elle s'étendra à côté de lui et réchauffera son corps. C'est novembre, il commence à faire froid. Elle l'a retrouvé. D'accord, ils sont tous les deux en enfer, mais elle a retrouvé Aimé. Cela lui fait oublier l'argent et les rêves qu'on lui a dérobés. « *All you need is love* », chantonne-t-elle. Sur les jointures d'Aimé, le rouge du sang des prêtres tourne au marron. Cela l'apaise.

Sur la table de chevet, il y a un exemplaire du *Crapaud*, journal satirique à un centime.

LE TEMPS DES RICHES

Les liens que le capitalisme a tissés entre Mary Gallagher et Adam MacMaple sont secrets et nombreux. Par exemple, Adam MacMaple est propriétaire de l'usine de cigares et de cigarettes où Mary et Susan ont travaillé pendant une semaine. Il est aussi propriétaire du chemin de fer que Mary a utilisé pour tenter de fuir une scène de crime. Quand elle en a les moyens, Mary rapporte à Susan et à son mari Jacob Mears des bouteilles d'un whisky produit dans une distillerie qui appartient à Adam. Mary et Adam ne sont pas au courant que le capitalisme les a rendus inséparables, l'un ne pouvant exister sans la présence de l'autre, l'une offrant à l'autre sans le savoir la plus-value que son travail confère à la matière. Pour l'heure, ils sont unis par un canapé victorien recouvert de soie sur lequel ils sont tous les deux assis, occupés à se lire à voix haute des extraits du *Livre des esprits*, l'œuvre séminale du grand spirite français Allan Kardec, sous les yeux furibonds des autres domestiques qui détestent Mary depuis qu'elle reçoit des attentions amicales de Sir Adam. Mais pour qui se prend-elle ?

Il n'est jamais arrivé à la famille qui emploie Mary Gallagher de devoir dormir dans la même pièce qu'une chèvre ou qu'un autre animal de ferme à cause d'une inondation, car la maison d'Adam MacMaple est située sur les hauteurs de la rue Pine, là d'où on voit se déployer le Saint-Laurent et le paysage montérégien par les jours clairs et crépitants de l'automne. Ce panorama est parfois voilé par un nuage de poussières grises ou brunâtres que vomissent les usines de Griffintown, endroit qu'Adam connaît bien pour en avoir fréquenté les débits d'alcool et les bordels dans sa jeunesse.

La gouvernante de la maison est une Écossaise éprise de propreté qui voue un culte à saint Paul et qui compte les jours qui se sont écoulés depuis le départ pour l'Angleterre de madame MacMaple : 1347. Madame était censée rentrer à Montréal après un an d'absence. Elle l'avait promis. Il ne s'agissait pour elle finalement que d'accompagner son fils, qu'elle voulait faire éduquer en Europe, Montréal n'ayant à offrir qu'une université dont elle se méfiait. Presque quatre ans plus tard, elle est toujours à Londres sans date prévue de retour en terres canadiennes. Adam continue de lui écrire des lettres remplies de paroles amicales et bienveillantes, mais dépourvues de toute trace de supplication. Les réponses de madame MacMaple sont rédigées sur le même ton, sans la moindre justification de son absence. Après vingt-trois ans de vie commune, ces deux êtres unis par l'argent et une histoire de succession ont finalement choisi de vivre leur affection de part et d'autre d'un océan glacé.

Pour le personnel de la maison de dix pièces où vivait Adam, le départ de Madame avait signifié la fin des crises de nerfs et des sanglots chaque fois que Monsieur remontait de ses escapades nocturnes au petit matin. Adam était vaguement attaché à son fils, une créature qu'il trouvait intellectuellement limitée et avec qui il avait souvent en vain tenté d'engager une conversation stimulante. Pour Adam MacMaple, le départ de sa femme et de son fils avait presque coïncidé avec le décès de ses parents. Aujourd'hui célibataire, orphelin et riche à rire, Adam se vautrait dans la liberté comme un porcelet dans l'accueillante fraîcheur de la boue. Il en ressortait d'ailleurs souvent en grognant.

Engagée quelques semaines à peine avant le départ de madame MacMaple, Mary était certaine qu'elle serait remerciée après avoir accompli sa tâche, qui consistait à préparer le voyage de l'épouse, une personne taiseuse qui se contentait de donner des ordres et qui ne semblait pas voir l'heure de prendre la mer. Pragmatique et fauchée, Mary n'avait pas perdu trop de temps pour faire des avances à Adam en se disant qu'au prix d'un petit effort, elle pourrait probablement en tirer quelques dollars avant qu'il se lasse d'elle. De toute manière, elle serait mise à la porte dès que le navire de Madame aurait quitté le port. Elle avait choisi pour le séduire cette heure en début d'après-midi où Adam s'assoyait au piano pour interpréter les partitions qu'il recevait d'Europe. Plongé dans le déchiffrement des airs de Carmen qu'on entendait tinter comme un oiseau bohème dans tous les salons bien tenus, il n'avait pas entendu ses pas furtifs. Mary avait placé les deux mains sur ses épaules. Il avait d'abord fait le saut, puis il avait éclaté d'un rire aigu en se tenant la tête à deux mains dans un geste aérien et gracieux.

— Ah, c'est vous !

C'est ce jour-là qu'ils avaient vraiment fait connaissance. Adam avait prié Mary de ne plus jamais poser les mains sur lui. Elle avait compris qu'Adam était un *dude*, c'est-à-dire un de ces hommes qui se promenaient le soir sur le Champ-de-Mars à la recherche de leurs semblables. Peu après, il avait surpris Mary le nez plongé dans un livre d'astronomie qu'elle avait trouvé sur une tablette qu'on lui avait demandé d'épousseter. C'est à partir de ce moment qu'Adam s'était attaché à sa servante.

— Vous vous intéressez à l'astronomie ?

— Pas trop, mais les images sont belles. Je préfère la botanique et l'agriculture. Vous avez quelque chose sur les plantes ?

Il n'avait pas de livres sur les plantes, mais il en trouva tant il était ébahi d'avoir à son emploi une domestique qui savait lire. Quelques jours après le départ de madame MacMaple, Adam avait découvert Mary en train de nettoyer une parcelle de terre qui flanquait le côté ouest de son opulente demeure. En fait, c'était la gouvernante écossaise qui avait intimé à Monsieur de constater ce à quoi cette étrange personne était en train de consacrer ses heures rémunérées.

— Pourquoi n'êtes-vous pas en train de faire les tâches que la gouvernante vous a assignées ?

— Parce que celles-ci sont plus importantes. Vos asperges ne vont pas survivre à l'hiver sans quelques précautions.

Adam ne savait pas qu'il y avait des asperges sur son terrain. Son visage s'était illuminé quand elle avait commencé à parler de cultures maraîchères.

— Saviez-vous que vous avez l'exposition idéale pour cultiver le melon de Montréal ?

— Du melon de Montréal ? J'adore ça ! Vous savez comment le faire pousser ?

C'est ainsi que Mary était devenue, en 1876, la jardinière officielle d'Adam MacMaple. Moins d'un an plus tard, il s'enfouissait la tête entière dans la moitié d'un melon de trois kilos. Le visage ruisselant de jus de fruit, deux pépins logés entre ses incisives, les doigts dégoulinants, Adam poussa le râle de l'étalon qui vient de remplir ses obligations envers la race.

— Vous prendrez une chambre dans les combles. La plus grande.

— Mais… mais c'est la chambre de la gouvernante !

— Elle dormira ailleurs. Je veux désormais des framboises, des fraises, des petits pois et de la laitue à la tonne. Prenez un morceau de ce melon !

— Non… Je n'en mange jamais.

— Mais pourquoi ? C'est le fruit le plus doux que j'aie goûté en ce pays. Comment pouvez-vous le cultiver sans le manger ?

— Je suis heureuse de voir les autres l'apprécier. Personnellement, je ne peux pas me résoudre à en manger, j'aurais l'impression de croquer de la chair humaine.

— De la chair humaine ?

— C'est une longue histoire… Monsieur. C'est depuis l'enfance. Le melon de Montréal est le seul aliment que je n'arrive pas à ingérer.

Il exigea aussi d'elle qu'elle plantât du lilas et du muguet, car le parfum de ces deux fleurs lui rappelait son enfance dans les bras de sa grand-mère maternelle, une Londonienne au visage gris et austère dont l'immense portrait attristait la salle à manger. Petit à petit, Mary commençait à comprendre pourquoi Madame était partie.

Il faudrait plusieurs décennies à Mary pour se rendre compte que c'était dans la demeure d'Adam MacMaple qu'elle avait trouvé l'équilibre temporel parfait. Sur la ferme des Sanschagrin, elle avait pris conscience de l'élasticité du temps en fonction des occupations des gens qui le vivaient. Elle n'avait pas arrêté d'y penser depuis. Elle avait d'ailleurs maintes fois essayé d'en discuter avec Susan, qui ne voyait pas où son amie voulait en venir. Pour Mary, les mots ne faisaient tout simplement pas justice au temps. « Avoir le temps » était un non-sens. On ne pouvait pas « avoir » le temps. C'était le temps qui vous avait. Pas le contraire. L'expression « Cela m'a pris du temps » était tout aussi insensée. C'était le temps qui vous prenait. Il vous prenait par-devant, par-derrière, pour son esclave, par surprise ou en otage, mais en aucune circonstance le temps ne se laissait prendre. Et le temps ne prenait pas tout le monde de la même manière. Il tenait bien près de lui les gens comme Susan et les autres résidents de Griffintown, une masse corvéable à souhait qui n'avait pas le luxe de regarder mûrir un melon, encore moins de le tailler en petites sphères comme le faisait la cuisinière d'Adam, qui déjà appartenait à une catégorie supérieure de l'« être temporisé ». Contrairement à Karl Marx et aux autres penseurs de la Révolution industrielle qui posaient l'argent et la richesse comme point de départ de leur dialectique, Mary proposait que l'on considérât toutes les questions humaines à travers le prisme du temps. Le reste, l'argent, l'or, le travail et le profit n'étaient que des conséquences de l'action du temps. Une fois que l'on aurait réglé le problème du temps, le monde atteindrait son idéal. N'ayant lu – par manque de temps ! – aucun des barbus qui régnaient sur le monde des idées de son époque, Mary n'avait aucune conscience de l'incongruité apparente de ses réflexions. Elle savait qu'une fois debout, appuyée sur une bêche, en train de contempler un rang de haricots qu'elle venait de sarcler, le temps lui paraissait comme un lac. Dans l'usine de cigarettes, au milieu du vacarme des machines et des cris du contremaître, le temps prenait la forme des rapides de Lachine, la partie non navigable du fleuve Saint-Laurent qui coupait Montréal du cœur du continent. Elle se disait que pour Adam MacMaple, assis à son piano, le temps devait être un vaste océan sans rivage.

Adam engagea deux garçons dociles pour travailler sous les ordres de Mary. C'est ainsi qu'elle parvint à recréer à Montréal un écho du bonheur champêtre de sa jeunesse dans la maison des Sanschagrin. Chaque tige que ses soins avaient fait sortir de la terre lui rappelait par la tendreté de son vert à quel point elle aimait la vie, le temps et ce qui poussait. L'un des garçons l'avait surprise en train de murmurer des paroles d'encouragement à un plant de haricots grimpants qui l'avait déçue.

— Est-ce que vous êtes folle ?

La question avait amusé Mary.

— Probablement, avait-elle répondu d'une voix onctueuse.

Comme le disait Faust : « Celui qui commande doit trouver son bonheur dans le commandement. » Adam commandait par son argent, mais n'y trouvait aucune joie, encore moins de bonheur. Il n'avait ni le romantisme d'un Faust ni la perspicacité stratégique d'un Bismarck. Il n'avait devant lui que quelques années de santé et de prospérité et il le savait. La pratique du piano le divertissait, mais le divertissement n'est toujours que la carte de visite du bonheur. Cela tient dans une main sans englober tout le corps. Il semblait aussi trouver un certain plaisir à faire rire Mary par toutes sortes de pitreries qui se terminaient immanquablement par un éclat de rire en *fa* dièse. Il en trouvait encore davantage quand il descendait chez la Turvy deux fois par mois. Ayant confondu chez Mary le talent pour l'agriculture et l'affection maternelle, il commença à lui faire quelques confidences. Il lui confia entre autres choses qu'il préférait la compagnie des femmes à celle des hommes, mais qu'il n'arrivait pas à aimer ces dernières. Décontenancée par cet étrange aveu, Mary avait rétorqué qu'elle adorait la compagnie des femmes et qu'elle avait déjà éprouvé pour l'une d'entre elles une affection plus grande que le monde entier.

— Comment s'appelait-elle ?

— Marie-Philomène, elle m'a tout appris.

Il arrivait à Adam de se retrouver dans un état proche de ce qu'il croyait être le bonheur. Cela se produisait dans des conditions très précises. D'abord il fallait qu'il soit en train de faire sa correspondance avec de grands esprits des États-Unis et de l'Europe, assis à son secrétaire de chêne, en contemplant, quand il relevait la tête de sa calligraphie soignée, le fleuve et les collines montérégiennes. Il avait fait installer au mur un immense miroir encadré de dorures dans lequel il pouvait s'observer en train d'écrire. Quand il levait les yeux pour admirer l'image de sa personne en train de partager ses idées avec les luminaires de son époque, Adam ressentait quelque chose qui, se disait-il, devait ressembler au bonheur. Si Benjamin Disraeli, Premier Ministre de la Grande-Bretagne, n'avait jamais pris la peine de répondre à ses missives remplies de précieux conseils pour faciliter le commerce entre le Canada et l'Angleterre, l'empereur du Brésil, qu'il avait personnellement guidé pendant sa visite au marché Bonsecours au printemps, échangeait avec Adam des lettres fascinantes dans lesquelles Pedro II lui demandait, par exemple, de lui expédier des lexiques et des dictionnaires pour les langues autochtones parlées au Canada. Pendant qu'il rédigeait ses lettres à l'empereur, Adam aimait enfiler ce qu'il considérait être les vêtements d'un planteur de café brésilien. Adam correspondait aussi avec le Français Allan Kardec, pour lequel il revêtait un canotier et se peignait une moustache, une demi-douzaine de députés du parlement hollandais, des professeurs agrégés de médecine de l'Université Cambridge et même, apprit-il à une Mary pantoise, avec un ami proche de Louis Pasteur. Elle se demanda si Louis Pasteur était un peintre ou un compositeur. Sans ses déguisements, Adam avait l'impression de manquer de respect à son correspondant.

Assis devant son secrétaire, Adam écrivit d'abord quelques lignes après avoir regardé par la fenêtre le fleuve argenté qui fendait le paysage. Il résista pendant au moins un paragraphe, puis sa détermination flancha. Comme mû par une main invisible, Adam releva la tête. Le miroir lui renvoya son reflet, qui le charma. La magie opéra, mais pour que le rituel s'accomplît dans toute sa puissance, il fallait qu'Adam déclamât en se tenant bien droit les lignes qu'il venait d'écrire au professeur Tancred Mulberry, scientifique rattaché à une grande université anglaise et qui était accessoirement propriétaire de la plus grande collection de cerveaux humains du monde. Il possédait aussi les corps momifiés de six jeunes coloniaux qui, après s'être embarqués clandestinement sur des navires marchands britanniques, avaient péri dans des rixes dans le port de Southampton.

Je suis absolument certain que ce sujet vous fascinera. Je n'ai pour ma part jamais constaté un tel phénomène. Je crains cependant de ne pas arriver à lui trouver une place dans un des navires qui quitteront Montréal. Soyez assuré que s'il devait lui arriver malheur, je verrais à ce que son cerveau et son cœur soient prélevés et conservés selon les directives que vous avez envoyées avant de vous être expédiés.

Il arrivait à Adam de refaire le nœud de sa cravate en se regardant dans le miroir. Autrement, il craignait que la nonchalance et la désinvolture ne se lisent sur le papier et d'être pris pour un original. Jamais Adam n'aurait réussi à écrire une lettre vêtu d'une chemise de nuit ou loin du décor somptueux de son bureau. Pour s'assurer de l'effet de ses mots, il reprit sa lecture deux feuillets en amont.

Ce n'est pas tant la qualité de ses croquis ni la pureté des lignes de ses dessins qui forcent l'admiration, mais cette couleur qu'il a réussi à inventer à partir des éléments qu'il a réclamés. J'arrive difficilement à en détourner le regard. Malheureusement, elle redevient fade une fois que le mélange sèche sur le papier. Il faudra que vous lui demandiez de refaire le mélange une fois sur place à partir des ingrédients qu'il vous demandera et dont j'inclus une liste à la fin de cette lettre.

Quand il n'écrivait pas au professeur Mulberry, Adam n'était jamais à court de correspondants. Il revêtait alors l'attirail des dandys de son époque, de ceux que l'on voyait traîner le soir au Champ-de-Mars. Il ne négligeait aucun détail. Du monocle à la veste à carreaux, Adam envoyait tous les signaux du dandysme de fin de soirée pour écrire à son ami new-yorkais.

Je dois t'avouer, cher Philipp, que c'est d'abord la couleur de ses cheveux qui m'a enlevé mes moyens. Je l'ai acheté de cette Turvy, une femme vulgaire comme un rot, qui tient une maison d'amusements en bas, dans la ville. Il lui arrive de garder quelques garçons prometteurs et faciles. Celui-là n'a pas voulu me suivre, il a fallu user de la force. Mais il se rendra. Ses dents sont parfaites. Contrairement aux autres garçons de sa race, il sait lire et dessiner. Je crois avoir trouvé ma vie, mon cher. J'ai dû l'arracher aux griffes d'une petite harpie de son âge qui lui collait dessus comme une maladie.

Quand il était dans le doute, Adam envoyait chercher une personne, n'importe laquelle, pour le regarder en train d'écrire. Il pouvait s'agir de la gouvernante écossaise, d'une cuisinière ou d'un garçon d'étable. Peu lui importait que cette personne eût à ses yeux du jugement ou pas, sa présence lui permettait d'accéder au niveau d'acuité qu'il jugeait nécessaire pour exprimer clairement sa pensée. Mary était la seule à se porter volontaire pour jouer ce rôle, non pas parce qu'elle trouvait les propos d'Adam intéressants, elle ne savait même pas de quoi il parlait, mais parce qu'elle n'en revenait pas d'être payée pour rester assise à regarder cet homme en train de se contempler. À la fin de chaque phrase, Adam prenait une pause à peine perceptible pour jeter un coup d'œil au reflet du visage de Mary, qui se mordait les joues pour ne pas rire. Il terminait sa lettre, qu'il pliait pour l'insérer dans une enveloppe déjà adressée. Puis, d'un geste solennel, il sonnait une cloche de bronze vissée en applique sur le mur. La gouvernante apparaissait, prenait la lettre et quittait la pièce, non sans avoir envoyé à Mary un regard rempli de reproche.

— Mary va rester avec moi pour faire un peu de lecture. Vous prendrez ses tâches en charge cet après-midi. Sortez.

En ce jour de janvier 1879, Adam trouva son contentement à lire à voix haute les phrases de Kardec, qu'il jugeait hilarantes.

— « *Les Esprits appartiennent à différentes classes et ne sont égaux ni en puissance, ni en intelligence, ni en savoir, ni en moralité. Ceux du premier ordre sont les Esprits supérieurs qui se distinguent des autres par leur perfection, leurs connaissances, leur rapprochement de Dieu, la pureté de leurs sentiments et leur amour du bien : ce sont les anges ou purs Esprits.* » Vous voyez ça, Mary ! Vous croyez qu'il aura l'outrecuidance de nous expliquer ce qu'est « le bien » ? J'ai très hâte qu'il réponde à ma lettre.

Mary ne voulait pas contrarier Adam, qui trouvait ridicules les idées d'Allan Kardec. Quand Mary était assise sur le sofa d'Adam, à lui faire la lecture ou à l'écouter lui raconter ses aventures nocturnes hilarantes avec les dudes du Champ-de-Mars, elle retrouvait cette sensation qu'elle avait pour la première fois ressentie assise au bord du ruisseau qui traversait la propriété de Marie-Philomène et Joseph Sanschagrin. Elle ne possédait pas les mots pour décrire cette impression que le temps s'étirait, qu'il prenait de l'expansion, qu'il devenait une forme, non, une couleur, et que cette couleur se mélangeait avec celles de la nature pour créer un monde où il était possible de tout faire en une journée. Elle avait tout à fait conscience que pour voir le temps s'étirer comme des filaments de mélasse, deux conditions devaient être réunies : oisiveté et sobriété. Il suffisait d'un peu de travail et d'une goutte de whisky pour que le temps se ratatinât à sa forme initiale comme un ballon qui lentement se dégonflait.

Quand Mary était assise dans cette posture, au milieu des richesses d'Adam, l'inflation du temps la menait aussi sur l'infinie plaine des questions qu'elle se posait depuis toujours. Elle aurait voulu par exemple qu'on lui expliquât pourquoi elle n'était pas déjà morte. Comment se faisait-il qu'une chute du deuxième étage de la maison des Sanschagrin ne l'eût pas tuée ? Comment avait-elle réussi à survivre à tous les maux qui emportaient les enfants pauvres de Montréal ? Et surtout, comment était-ce possible, après avoir connu tant d'hommes depuis son arrivée à Montréal, qu'elle ne fût pas morte de la syphilis et qu'elle n'eût jamais attrapé les autres maladies qui venaient normalement avec son métier ? Régulièrement, des épidémies de choléra, de diphtérie et de variole décimaient les familles ouvrières de la ville. Chaque fois que la mort défonçait les portes des petites maisons de la rue William pour repartir avec une âme innocente entre ses doigts squelettiques, Mary s'en tirait complètement indemne. Elle ne comptait plus le nombre de filles qui étaient sorties directement de chez la Turvy pour se retrouver dans un asile lugubre après un accès de démence syphilitique. Même le coma éthylique lui semblait interdit. Elle n'était pas arrivée au stade où elle voulait se jeter dans le fleuve pour tester son immortalité, car elle manquait de courage. Mais un jour, elle savait qu'elle le ferait. Tous ces médecins anglais et ces scientifiques français qui correspondaient avec Adam, ne pourraient-ils pas lui expliquer pourquoi elle semblait immortelle ? Alors qu'elle ouvrait la bouche pour lire un autre chapitre du *Livre des Esprits*, elle voulut poser la question à Adam, mais il ne lui en laissa pas le temps.

— Mary, savez-vous garder un secret ?

Mary eut peur. Elle était peut-être sur le point d'en savoir trop. S'il y avait une chose que les Sanschagrin lui avaient apprise, c'était que les secrets des Riches collent sur vous comme une cible pour leurs ennemis. Avant qu'elle ait pu protester, Adam lui prit la main pour la mener vers une pièce du troisième étage où elle n'était jamais entrée. S'y trouvaient une demi-douzaine de tableaux sur des chevalets. On devinait à l'odeur qu'ils avaient été peints très récemment. Sur les cinq premiers, en des couleurs qui marquèrent Mary à vie, quelqu'un avait peint des constructions qu'elle ne reconnaissait pas. L'une d'entre elles, une sphère parfaite, était traversée par ce qui semblait être un petit train, comme une pomme d'argent mangée par un ver. Le dernier tableau était de loin le plus fascinant. C'était le portrait d'un homme aux yeux clairs et au sourire franc. Au lieu de chercher à imiter la réalité, l'artiste avait choisi de n'utiliser que des tons de vert et de bleu. Cela était en fait une illusion, l'œil expert aurait aussi deviné dans l'ensemble du blanc presque pur, du marron, du gris et même du rose entre certaines lignes, mais ni Mary ni Adam ne possédait cette expertise. Pour comprendre la toile, il leur aurait fallu pouvoir survoler en cinq secondes quatre-vingts ans d'évolution du portrait. Tout ce qu'ils en retenaient, c'était l'impression d'être en présence d'une œuvre à la fois primitive et sophistiquée.

En mettant son doigt sur ses lèvres pour lui indiquer de ne pas faire de bruit, Adam avança sur la pointe des pieds vers un recoin du grenier où Aimé dormait sur un petit lit. Mary et Adam auraient bien pu parler à voix haute en battant du tambour sans réveiller le garçon. Son cerveau tenait le coup sous la surcharge d'informations qu'il recevait pendant les heures d'éveil. Son sommeil, période pendant laquelle les données sont organisées, triées et ordonnées, était devenu un état voisin de la mort. Il n'échappa pas à Mary qu'il y avait une ressemblance entre le garçon endormi et l'homme du tableau vert et bleu.

— Je compte l'envoyer en Angleterre, avoua Adam une fois qu'ils furent descendus dans la salle de lecture.

Il expliqua ensuite que de se départir du garçon serait pour lui une déchirure dont il aurait peine à se remettre, mais qu'il le faisait au nom de la science. Mary se demanda si le garçon avait quelque chose à voir avec l'ecchymose qui était apparue sur le front d'Adam un mois auparavant, comme si un objet contondant l'avait atteint en plein vol.

— Je l'ai découvert dans un endroit où il n'aurait pas dû se trouver. Il n'est pas comme les autres garçons. Si vous lui parliez, vous comprendriez. La moitié des mots qu'il utilise sont incompréhensibles. Il parle sans cesse d'une exposition, il dit qu'il vient du futur et qu'il cherche son père. Je crois d'ailleurs que ce portrait vert et bleu le représente. S'il tombe entre les mains de religieux de sa race, il finira dans un asile d'aliénés. Je veux qu'on l'aide.

Mary était troublée pour des raisons purement égoïstes. Si Adam ne l'avait pas interrompue au moment où elle avait voulu lui avouer qu'elle ne tombait jamais malade, il aurait été capable de la faire embarquer sur le même navire que ce garçon. La simple idée de devoir quitter Montréal lui donnait la nausée. Cette ville lui avait offert un refuge quand elle en avait eu besoin. Elle était maintenant faite de ses odeurs et de ses froids. Mais au-delà de son attachement, son refus de quitter Montréal était philosophique. Jusqu'à ce jour, elle avait ordonné les êtres en deux groupes : ceux qui vivaient sous la gouverne du temps, qui représentaient la majorité de l'humanité et dont elle se considérait membre, et ceux qui vivaient de distance, c'est-à-dire les voyageurs, les coureurs des bois, les explorateurs, les commerciaux, exportateurs de tout crin et vagabonds. La distance, se disait-elle, provoque une distorsion du temps. Elle en était certaine et savait l'avoir éprouvé. Néanmoins, cette vision dichotomique du monde venait d'être bouleversée par les couleurs qu'elle avait vues sur les toiles d'Aimé. Une part d'elle n'était plus tout à fait sûre que le monde se divisait entre temps et distance. Elle n'avait plus qu'une pensée : parler à ce garçon.

Quant à Adam, il revêtit ce soir-là son costume de professeur de Cambridge et écrivit une lettre au professeur Mulberry.

Vous aurez pour ce sujet les soins que l'on prodiguerait à un noble. Je ferai mon possible pour le faire embarquer après l'hiver. La disparition du garçon dans une tempête sur l'Atlantique serait catastrophique. L'humanité ne peut se passer du secret que le corps de ce garçon doit encore lui livrer. Je compte sur vous pour le lui arracher.

Il ouvrit à l'aide d'un couteau l'enveloppe qu'il avait déjà cachetée, y ajouta la lettre qu'il venait de rédiger et la referma avec de la colle. Le lendemain matin, il fit monter chez lui un employé de l'Allan Line pour planifier le voyage d'Aimé vers l'Angleterre sur un navire.

DE VAGUES SOUVENIRS DE L'AVENIR

Dès les premières semaines, Mary avait profité des absences fréquentes d'Adam, pris en ville par ses affaires, pour mieux comprendre d'où sortait Aimé. Il lui avait expliqué venir du futur et être arrivé à Montréal par ce qu'il appelait un « tunnel de couleurs » caché dans un bâtiment de forme cylindrique construit sur une île qui n'existait pas encore. Habituée aux hallucinations de Susan Kennedy, elle avait eu pour le garçon la même sollicitude. Il fallait le protéger. Il s'agissait d'un grand malade et il ne servait à rien de l'envoyer en Angleterre. Il convenait plutôt de l'amener à faire des parties cohérentes de son discours un socle sur lequel il pourrait construire sa réalité. Pour preuve de sa folie, Mary pourrait invoquer le fait qu'Aimé s'entêtait à l'appeler sœur Monique.

— Vous n'êtes qu'une version plus jeune d'elle. Vous êtes sûre que vous n'avez pas une sœur plus âgée qui vit au couvent ?

— Monique est mon deuxième prénom. Je n'ai pas de sœur qui s'appelle Monique. Et je ne suis pas religieuse.

— Vous le serez un jour. Je vous ai connue comme religieuse, en 1967. Vous êtes la dernière personne que j'ai vue avant de me retrouver ici.

Aimé n'était plus sûr de rien. Sa mémoire lui faisait défaut, puis revenait, puis s'éteignait. Mary avait sursauté en apprenant qu'il s'appelait Sanschagrin, comme Marie-Philomène et Joseph, les propriétaires de la plantation de melons où elle était née et qu'elle avait fini par fuir. Elle fut encore plus étonnée d'apprendre qu'Aimé appelait « oncle » un monsieur qui répondait au nom de Donatien Décarie. Il jurait ne rien savoir d'un champ de melons, même s'il finit par lui avouer que l'image d'un enfant né dans un melon lui rappelait quelque chose. Quand il lui avait révélé être le fils d'un médecin de la rue Saint-Hubert, elle avait tout de suite rédigé une lettre.

— Je vais trouver ton père. As-tu un gage ? Un objet qui lui prouvera qu'il s'agit bien de toi ?

Aimé pensa un instant à lui confier la pièce d'or de 1967, puis se ravisa. Il pourrait avoir besoin de cet or. Il avait une bien meilleure idée.

— Vous avez des semences de melon de Montréal ?

— Oui, quelque part en bas, certainement.

— Mettez-en dans l'enveloppe. Dites que c'est pour Donatien. Il saura que ça vient de moi.

Mary gardait des semences de toutes ses cultures. Pendant les cinq ans où elle avait été la maraîchère attitrée d'Adam MacMaple, elle avait réussi à créer d'intéressants hybrides en s'appuyant sur les connaissances que Marie-Philomène lui avait transmises. Elle était ainsi parvenue à obtenir par pollinisation croisée une variété nouvelle du melon de Montréal dont la chair prenait une couleur étonnante. Adam ne s'était rendu compte de rien, car il ne comprenait rien aux fruits et aux légumes. Il mangeait ce qu'on lui servait et ne posait pas de questions sur ces choses qui appartiennent aux malheureux qui ont de la terre sous les ongles. Mary savait que Marie-Philomène aurait été fière de sa version du melon de Montréal, mais il était impossible pour elle de retourner traîner dans l'ouest de l'île. Le danger d'y être reconnue et arrêtée pour le meurtre de Joseph était tout simplement trop grand. Pour Donatien, un être qui l'intriguait au plus haut point, elle choisit les semences de cette nouvelle variété.

— J'ai trouvé des semences pour ton oncle. Je paierais cher pour voir sa tête quand il va ouvrir les fruits.

— Donatien n'est pas vraiment mon oncle, c'est juste une manière de parler.

— Alors il est quoi ?

— Ce qu'il est ? C'est difficile à dire.

— En tout cas, je lui ai mis des semences de mes melons.

Elle avait longtemps cherché la maison. L'adresse n'existait pas. Elle avait frappé à toutes les portes du voisinage, croyant qu'Aimé s'était trompé. Peine perdue. De retour chez Adam, elle avait caché la lettre contenant les semences derrière une plinthe du plancher.

Après son père, Théo Sanschagrin, le sujet qui revenait le plus souvent était celui d'Agnès, restée chez la Turvy. Bizarrement, il avait fallu que Mary explique clairement à Aimé ce que voulait dire « maison close ». Encore une fois, ses recherches furent vaines. Mary connaissait la Turvy pour avoir parfois accompagné Susan dans son boudoir. Elle connaissait ses méthodes et ses manières violentes. Agnès avait tout intérêt à se cacher, voire à changer de ville. Quand la tenancière considérait que vous étiez en dette envers elle, rien ne l'arrêtait. Il n'y avait rien à espérer des autorités, en particulier des agents de police, qui avaient leurs habitudes dans son bordel.

Quand Mary contemplait les toiles qu'Aimé peignait dans le grenier d'Adam, il lui arrivait de se demander si le garçon n'avait pas la faculté de lire dans ses pensées. Comment arrivait-il à représenter avec des couleurs l'idée qu'elle s'était faite du temps ? Dès qu'Adam quittait la maison, elle montait rendre visite au prisonnier en s'assurant que personne ne l'entende monter l'escalier.

— Tu sais que je n'ai jamais réussi à livrer la lettre à ton père et les semences à Donatien ? Cette maison n'existe pas ! Tu lui diras, à ton oncle, que je suis née dans un melon de Montréal ! J'ai connu le fermier Décarie, il était notre voisin !

— Je sais, c'est ce que je vais lui dire dès que… dès que…

Il arrivait de plus en plus souvent à Aimé de ne pas être capable d'aller jusqu'au bout d'une phrase. Donatien Décarie revenait souvent dans leurs conversations. Il était aussi question d'une certaine Rosalba, dont la vie semblait se résumer à préparer les repas dans une maison que Mary s'imaginait somptueuse. Elle en vint à s'attacher à la famille perdue d'Aimé.

— Et ton père ?

— Il s'appelle Théo. Il est médecin.

Pendant les premiers mois de sa captivité dans la maison MacMaple, Aimé avait porté les mêmes vêtements presque tous les jours. Comme il avait essayé de s'évader trois fois avant le jour de l'An, Adam avait dû se résoudre à lui enchaîner un pied à l'un des chevrons apparents du grenier. Certaines nuits, la température de la pièce où on le gardait avoisinait le point de congélation. Maintenant, à la mi-juin, il y étouffait. Ni le froid ni le chaud ne l'avaient empêché de produire dessins et peintures. Adam lui rendait visite tous les soirs et repartait avec sa production artistique. Il lui laissait ce qui ne semblait pas l'intéresser, c'est-à-dire les reproductions des pavillons de l'Expo, ce portrait de Théo qu'il avait peint en diverses teintes de bleu et de vert et quelques autres dessins qu'Adam ne jugeait pas dignes de mention. Mary montait le voir quand elle savait qu'Adam n'était pas dans la maison. Elle lui avait bien fait comprendre le risque qu'elle courait si elle tentait de l'aider à fuir. En mars, elle réussit à lui donner des nouvelles d'Agnès. Grâce à Susan qui connaissait une des filles qui travaillaient chez la Turvy, Mary avait appris qu'Agnès avait réussi à fuir le bordel juste avant Noël. Susan avait beaucoup ri en racontant la mésaventure de la Turvy, qui s'était promenée pendant toutes les fêtes avec un pansement sur la tête tant la petite avait frappé fort. Susan avait conclu ses éclats de rire en disant que cette vieille folle avait quand même eu de la chance et que si elle avait été à la place d'Agnès, elle aurait décapité la garce à coups de hache. Mary avait évidemment adouci le récit pour Aimé, dont elle avait deviné qu'il n'avait pas grandi dans une famille où l'on menaçait de décapiter des tenancières de bordel.

— Tu vois, il paraît qu'Agnès est partie se réfugier chez les Sœurs Grises et que celles-ci voulaient l'envoyer chez les Sœurs du Bon-Pasteur.

— Ça commence à faire beaucoup de sœurs, soupira Aimé.

— Les Sœurs du Bon-Pasteur accueillent les jeunes femmes sans famille ou celles qui ont une mauvaise vie et qui veulent rentrer dans le droit chemin. Mais Agnès n'y est pas. J'ai vérifié.

Mary était mal à l'aise. Comment expliquer à Aimé que, selon les rumeurs qu'elle avait entendues, Agnès était retournée à la Miséricorde ?

— C'est normal, justifia Aimé. Son adoption n'a pas fonctionné, alors on la retourne à l'orphelinat. Elle n'a pas encore dix-huit ans.

— Ça n'a rien à voir, Aimé. Les enfants sortent bien avant ça de l'orphelinat. Dès qu'ils peuvent travailler, ils partent pour les usines ou les fermes.

— Alors pourquoi Agnès serait retournée là-bas ?

— Tu as compris la mission des sœurs de l'hôpital ? Tu sais pourquoi elles existent ? À ton avis, pourquoi une jeune femme choisirait-elle de se réfugier là ?

Mary l'avait laissé sur ces réflexions. Elle voulait qu'il en arrive lui-même à la conclusion qui s'imposait.

La réclusion forcée d'Aimé eut pour effet de stopper momentanément le processus d'amnésie qui avait commencé à son arrivée chez les sœurs. Le fait de ne plus avoir à discuter quotidiennement avec les gens de Vieille-Montréal et de ne plus avoir à se battre pour gagner sa pitance lui permettait aussi de mieux se concentrer sur ses souvenirs. Du matin au soir, il dessinait de mémoire sa vie de 1967. Cette retraite forcée lui permit, pour un temps du moins, d'ériger un barrage contre l'océan d'oubli qui menaçait de l'engloutir.

GOLDEN GATE

L'Astrojet de l'American Airlines se posa sur le tarmac de l'aéroport de San Francisco avec la grâce d'un tapis mouillé. Le choc de l'atterrissage arracha Théo à un sommeil profond. Libéré depuis à peine deux semaines du pénitencier où il avait purgé sa peine, Théo n'était pas resté très longtemps à Montréal. Donatien ne l'avait pas attendu. La maison de la rue Saint-Hubert appartenait désormais à une famille de marchands de voitures. Pour Théo, le traumatisme de la disparition d'Aimé commençait à s'estomper. Cette maison qui lui rappelait à la fois le fils et la mère était devenue un musée dédié à la douleur. Radié de sa profession, il caressait le projet d'aller pratiquer dans une autre province. Mais avant, il voulait retrouver Jacinthe.

C'était son frère qui lui avait avancé l'argent pour faire le voyage.

L'avion parcourut les derniers mètres avant de s'immobiliser. La prison avait enlevé à Théo ce vernis de politesse que son éducation lui avait donné. Alors que l'avion était sur le point de décoller à New York, un pasteur qui voyageait avec sa femme avait voulu lui faire la conversation. Théo aurait préféré ne pas être assis à côté d'un pasteur, surtout que ce dernier, en entendant son accent, s'était lancé dans une longue et laborieuse description de son voyage à Expo 67, où lui et son épouse avaient collectionné les estampes dans leur petit passeport bleu. Madame avait interjeté que son pavillon préféré était celui de la Grande-Bretagne. Ils avaient avoué, sans qu'on leur pose la question, car ils étaient persuadés que leurs propos fascinaient le monde entier, qu'ils avaient détesté le pavillon américain, dans lequel étaient placardées de grandes affiches de vedettes de cinéma, notamment cette photo de Marylin Monroe, une figure douteuse dont le monde aurait facilement pu se passer. Théo les écoutait parler en s'allumant une cigarette, une habitude qu'il avait prise en prison. Si l'avion ne s'écrasait pas, ces deux-là étaient capables de lui chanter les gloires du Christ jusqu'en Californie. Pour être polie, madame demanda à Théo ce qui le faisait voyager jusqu'à San Francisco.

— Je suis à la recherche de mon fils qui a disparu il y a deux ans. J'ai de bonnes raisons de croire qu'il est avec sa mère. Aux dernières nouvelles, elle a quitté son université à Chicago pour aller vivre avec une femme à San Francisco.

— Il a disparu il y a deux ans et c'est seulement maintenant que vous vous mettez à sa recherche ?

— J'étais au pénitencier. J'ai été condamné pour avoir pratiqué des avortements dans ma clinique.

Il n'entendit plus que le son assourdissant des réacteurs et le murmure feutré des conversations américaines. Le couple ne regarda plus jamais dans sa direction et il put dormir après avoir englouti trois whiskys, une autre habitude post-pénitentiaire. Dans le taxi qui le menait jusqu'à son hôtel du Castro District, il oublia son parapluie, ses gants, son chapeau de feutre et une paire de lunettes de lecture. Une fois débarrassé de ses lourds vêtements, il tomba sur le lit, épuisé. Il s'endormit à vingt heures pour être réveillé au petit matin par les rayons d'un soleil blafard.

Les nombreuses lettres qu'il avait écrites à l'ancien professeur de Jacinthe étaient toutes restées sans réponse. Théo jugea que l'homme lui serait inutile. À son âge, il avait compris que peu importe leur taille, les villes ne sont rien d'autre qu'une agglomération de villages, un enchevêtrement de réseaux plus ou moins étendus qui se recoupaient. Il suffisait de trouver le bon fil. L'hôtel qu'il avait réservé sentait un peu l'agrume fermenté, mais offrait un petit déjeuner plus qu'acceptable.

Il s'était donné dix jours pour retrouver Jacinthe. S'il n'y arrivait pas, il retournerait à Montréal pour planifier sa nouvelle vie. Son frère Léo lui avait fait valoir qu'à quarante-deux ans, il était trop tôt pour mourir. Pour Léo, il n'était pas exclu que la disparition de son fils ait été orchestrée par Rose Hurtubise. Théo ne voyait pas comment. Jacinthe détestait trop sa mère pour accepter son aide. Aimé était aux États-Unis, Théo n'en doutait pas, mais Rose n'avait sûrement rien à voir dans l'histoire.

Avant de partir pour la Californie, Théo avait payé une visite surprise à Rose Hurtubise, qui l'avait reçu comme un chien galeux. Il lui avait hurlé, assez fort pour que tout le village l'entende, qu'il savait qu'elle cachait Aimé quelque part. À Grand-Mère, on en parlerait pendant dix ans. Théo était prêt à lui laisser le garçon si elle y tenait. Mais il voulait le revoir pour comprendre si son fils était parti de son plein gré ou s'il avait été forcé à le faire. Aucun père, pensait-il, n'accepterait de vivre sans obtenir de réponse à cette question. Pour toute réponse, Rose lui avait craché que Jacinthe se trouvait quelque part à San Francisco, qu'elle avait écrit à sa sœur Marguerite et qu'elle vivait avec une femme.

— Vous autres, en ville, avez réussi à rendre ma fille malade mentale comme Donatien Décarie et son frère et comme vous. Vous êtes la mort du Canada !

Au deuxième jour de ses recherches, Théo décida qu'il allait simplement se diriger vers toutes les associations et lieux lesbiens de San Francisco. Il avait trouvé grâce à Donatien la documentation nécessaire. Armé de plusieurs photographies de Jacinthe et d'Aimé, il se cassa le nez sur à peu près toutes les portes. La solidarité lesbienne l'emportait largement sur la bienveillance de l'être humain. Refoulé partout parce qu'on croyait qu'il était un espion de la CIA ou une taupe de la police, il se rendit à l'évidence, au bout de cinq jours, que sa tactique avait échoué. À la faveur d'une sortie dans un bar, il tomba sur une Américaine qui parlait un français charmant. Elle l'écouta patiemment. Après un long silence, elle mit la main sur la sienne et lui parla avec douceur.

— J'ai une amie à qui il est arrivé la même chose. Mais je pense que si on la retrouvait, si quelqu'un de sa ville natale, aussi bien intentionné qu'il soit, arrivait ici à San Francisco pour prendre des nouvelles… eh bien, je pense qu'elle se sauverait jusqu'en Australie pour être sûre qu'on ne la retrouve jamais, cette fois.

Je ne connais pas de Jacinthe, pas de Québécoise non plus. Je n'ai jamais entendu parler d'elle. Cependant, vous ne vous fâcherez pas, j'espère – vous avez l'air d'un homme compréhensif –, vous ne vous fâcherez pas si je vous dis que si j'étais Jacinthe, je ne m'appellerais même plus Jacinthe, enfin, si j'étais elle et qu'on me disait que quelqu'un du passé rôdait dans ma planque… Je pense que j'aurais un sentiment d'échec, Théo…

— Mais c'est Aimé que je cherche, pas la mère.

— Théo, je peux être très sincère avec vous ? Jacinthe n'a pas envie que vous la cherchiez. Et je ne crois pas qu'Aimé soit avec elle.

Gail, c'était son nom, lui proposa de passer la nuit chez elle pour pratiquer son français. Théo la trouva très à-propos. Il fut surpris de constater qu'elle ne désirait rien d'autre que cela, mais il fallait que Théo s'étendît à côté d'elle et qu'il regardât au plafond. De temps à autre, elle lui serrait l'index d'une main molle. Ils ne dormirent ensemble qu'au troisième soir.

Gail était une petite femme aux cheveux de ce roux clair que les Américains appellent délicieusement *strawberry blonde*. Ses formes trahissaient son aversion profonde pour toute forme d'activité physique. Ses pommettes et ses avant-bras étaient mouchetés de centaines de taches de rousseur qui charmaient Théo. Elle ne semblait pas posséder d'autres vêtements qu'une série de chemisiers à motifs cachemire et une demi-douzaine de jupes au ton uni. Elle gérait une immense librairie dont la propriétaire vivait à Oakland. Pendant les heures ouvrées, elle enfilait un tailleur gris qui lui allait très mal, mais qu'elle enlevait dès qu'elle mettait le pied dans son appartement.

Chaque moment passé en compagnie de Gail éloignait Théo de son but ultime, mais il se disait que ce but ultime n'avait peut-être jamais été autre chose que la compagnie de Gail. Quand Gail parlait, il arrivait à Théo de trouver son but ultime un peu encombrant.

— C'est dommage que tu partes demain, je voulais t'emmener au Big Red Day.

Théo n'avait aucune idée de l'événement dont il pouvait être question. Un grand jour rouge ?

— C'est une fête que nous organisons chaque année dans les vergers du vieux Lorne. Il a des arbres fruitiers et une petite ferme à deux heures de San Francisco, dans une vallée. Pour avoir le droit d'entrer, il faut être roux ou accompagné par un rouquin. Je voulais t'inviter.

Rien de plus incongru n'avait jamais été proposé à Théo. Une fête de rouquins ? L'agente de l'American Airlines repoussa son retour vers Montréal d'une quinzaine, le temps qu'il puisse assister à ce mystérieux rassemblement. Il quitta son hôtel avec appréhension pour s'installer chez Gail. Pendant ces deux semaines, ils vécurent une sorte de petit bonheur matrimonial. Le soir, ils allaient se promener dans le quartier pour s'installer au bar où ils s'étaient rencontrés.

Quand Gail avait dit à Théo que le Big Red Day aurait lieu à deux heures de San Francisco, elle avait menti dans l'espoir que son amant de passage accepterait l'invitation. Rien ne la rendait plus fière que de discuter avec Théo en français devant des amis ou des inconnus. L'endroit se trouvait en fait dans la région de Tahoe City, sur la route de Reno, à au moins cinq heures de route du Golden Gate.

Le paysage californien défilait dans une palette de couleurs inconnue de Théo. Loin de sa forêt laurentienne et du gris des pierres de Montréal, ses sens ne s'y retrouvaient plus.

Les vergers du vieux Lorne étaient de véritables vergers, mais le vieux Lorne était mort depuis belle lurette. La propriété n'était plus exploitée depuis longtemps pour ses pommes et ses pêches. Une commune d'artistes y avait élu domicile en 1962, après que l'un de ses membres avait hérité de la propriété. Le hasard avait voulu que l'écrasante majorité de la vingtaine de jeunes citadins qui avaient tous fui des villes grises et neigeuses de la côte est américaine pour s'établir dans ce *nowhere* vert fût composée d'artistes roux des deux sexes. En 1969, il ne restait plus dans la vieille maison de ferme qu'un couple d'hommes, Harry et Buck, deux anciens enseignants de musique. Théo ne comprenait pas l'obsession pour les cheveux roux ni la normalité avec laquelle ce couple vivait dans cette maison. Certes, il était au courant des penchants de Donatien Décarie, mais ces derniers n'avaient jamais été un sujet de conversation. Exiger que les occupants de la commune soient roux lui semblait une fantaisie complètement arbitraire et inutilement exclusive, mais en voyant que plus de cinquante personnes en grande majorité rousses étaient déjà sur place, il prit le parti d'accepter son rôle de visiteur sans remettre en question les lois et règlements locaux.

Pour d'anciens communards, Harry et Buck avaient un sens inattendu de l'organisation. Les festivités étaient réglées au quart de tour. À vingt et une heures pile, une *poetry night* fut lancée dans le grand salon de la vieille demeure tandis que les mélomanes pouvaient choisir d'accompagner des chants autour de plusieurs feux de camp allumés au pied des pommiers et des pêchers. Des tentes avaient été montées avec le souci de la symétrie d'un camp militaire. Chacun des invités trouva un prétexte pour échanger quelques mots avec Théo, qui fit sensation en leur décrivant avec force détails les pavillons d'Expo 67. À sa grande surprise, les diverses formes de sexualité pratiquées par les invités de la fête ne faisaient jamais surface dans les discussions, où il était plutôt question de musique et d'art visuel. Le fait est que Théo arrivait bien en retard dans cette conversation dont on avait déjà épuisé les détails les plus intéressants quelques années avant son arrivée. Il aurait souhaité qu'on lui serve un récapitulatif, une sorte de synthèse de ce qui avait été fait pour que l'on en arrive à cette soirée où deux femmes, assises l'une contre l'autre, se tenaient la main comme si elles craignaient de se perdre, sans redouter qu'on leur prescrive un traitement par trépanation. Comment en êtes-vous arrivés là ? Par où faut-il commencer ?

Théo ne s'expliquait pas pourquoi il trouvait que l'ensemble avait quelque chose d'indécent. Lui et Gail restaient collés l'un à l'autre sur une causeuse à écouter une interminable villanelle débitée par une femme qui s'était présentée sous le nom de Barbara. Quand elle arriva à son point d'orgue, la vessie de Théo lui rappela son humanité.

Il vit le tableau en sortant des toilettes du deuxième étage, au fond d'un couloir flanqué de quelques chambres et d'un bureau. La couleur lui avait fait détourner le regard. Au milieu de l'escalier qui le menait vers le grand salon, il opéra un demi-tour, comme interpellé par un élément qu'il n'avait pas compris. Il crut d'abord que l'ampoule électrique qui baignait tout le couloir était responsable de ces reflets. En s'approchant, son cœur se mit à battre la chamade. Ce tableau n'avait qu'une couleur : le rouge. Cela correspondait au thème du jour et il avait probablement été choisi pour cette raison, mais le rouge refusait de se cantonner à son rôle de rouge. Théo se demanda s'il n'avait pas vu ce rouge dans le Kaléidoscope ou, plutôt, sur un dessin d'Aimé. Non, la couleur dansait, la couleur n'était pas que rouge, il y avait derrière elle la suggestion, la possibilité, le vœu d'une couleur qui obligerait le temps à discuter avec l'espace. Ces incertitudes chromatiques l'affolaient. Comme aucun nom n'apparaissait au bas de l'œuvre, il réunit le courage de la saisir par les bords, car la toile n'était pas encadrée et tenait au mur en équilibre sur un simple clou. Sur le canevas, en lettres cursives d'institutrice, on lisait : JC Hurts.

C'était la couleur de Jacinthe, celle qu'il avait vue à Grand-Mère le matin où Aimé avait été conçu. Il n'y avait pas de doute. JC Hurts ? Comme dans *Jacinthe a mal* ? Vraiment ? Mal où ? Théo dévala l'escalier en brandissant l'image comme si c'était la tête de la gorgone.

— De qui est cette toile ?

L'émotion d'exaltation béate qui avait suivi la villanelle sans fin fut balayée par des sourires enfantins. Gail était visiblement amusée. Buck informa Théo qu'il s'agissait de l'œuvre thématique de la saison.

— C'est la quatrième couleur primaire. La femme qui l'a peinte a vécu ici pendant quelques mois.

— Elle s'appelait comment ? Jacinthe Hurtubise ?

Harry et Buck étaient les deux seuls membres du groupe à avoir connu l'artiste. Flattés par l'intérêt de Théo pour la toile, ils ne se firent pas prier pour en relater l'origine.

— On l'appelait tous JC. Elle était comme toi du Canada. Elle a toujours signé ses toiles du nom de JC Hurts. Je pense que nous avons tous cru que c'était son vrai nom. En tout cas, elle parlait avec le même accent que toi. JC est arrivée aux vergers avec Louise Dee Dee de Chicago. Ça devait être autour de 1963. Louise était une rouquine qui avait fait les Beaux-Arts avec JC. Elles étaient plutôt discrètes et passaient tout leur temps à l'étude des couleurs. Avant qu'elles partent s'installer sur la côte, JC a réalisé une série d'études sur ce qu'elle appelait la quatrième couleur. Ça l'obsédait. Si tu restes debout assez longtemps devant le tableau, tu commences à la deviner. Le problème, c'est qu'après l'avoir vue, la plupart des gens ressentent une sorte de malaise, c'est comme, comment te dire, Théo… une grande tristesse qu'on accepte et qu'on décide de porter.

— C'est le feuillage d'automne de Grand-Mère, en Mauricie. C'est juste ça, laissa tomber Théo sur le ton que l'on prend pour expliquer à un enfant qu'il n'y a pas de monstre dans le placard.

— Je ne savais pas qu'elle était aussi connue chez vous. Elle nous a toujours dit qu'elle avait quitté le Québec avant de produire quoi que ce soit d'important. Elle et Louise ont fini par devoir partir pour travailler dans un collège d'arts à Sacramento. Elles vivent quelque part sur la côte, un hameau, Bolinas, je pense.

Théo n'insista pas plus longtemps. Il comprenait que l'évocation de Jacinthe jetait un voile sombre sur la fête. On servit encore des rafraîchissements de couleur rouge. Puis eut lieu le grand jeu nocturne des démons rouges, auquel Théo refusa de participer. Allongé sur un simple matelas posé par terre dans une pièce non meublée, il ne ferma pas l'œil de la nuit. Au matin, il supplia Gail de le ramener à San Francisco. Il dut encore patienter jusqu'en début d'après-midi pour que son amante décide de faire ses adieux à sa tribu rouquine.

Il ronfla pendant tout le trajet. Une fois qu'ils furent arrivés à San Francisco, Gail voulut savoir si Théo était venu en Californie pour retrouver son fils ou pour retrouver Jacinthe. Il mit trois secondes de trop pour répondre. Théo était un homme qui maîtrisait l'espace, pas le temps. Ces trois secondes de silence donnèrent l'heure juste à Gail, qui demanda à Théo de partir dès le lendemain matin, ce qu'il fit sans rouspéter. C'est elle-même qui prépara sa valise, dans laquelle elle plaça un exemplaire de *À la hauteur de Grand Central Station, je me suis assise et j'ai pleuré*. De retour à son hôtel, Théo contempla le livre. Il n'était pas un lecteur de poésie en prose, d'aucune poésie, en fait.

LA PRIEURE SE FAIT PRIER

Il est très rare que la prieure des Sœurs de Miséricorde accorde un entretien à des inconnus. Pour maximiser ses chances d'être reçue, Mary a emprunté dans les affaires que madame MacMaple a laissées derrière elle un grand manteau à motifs brodés, un chapeau très digne et une paire de bottes de cuir qui valent six mois de loyer dans la rue William. Le tout est un peu grand, mais cela ne se voit pas. Pour cacher ses doigts noircis par le travail de la terre, elle a trouvé une paire de gants caramel difficile à justifier par cette chaleur qui règne à moins de deux semaines de la fête de la Saint-Jean. Madame MacMaple a des goûts d'une sobriété rassurante pour une impostrice qui tente de se faire recevoir par une religieuse. Mary a dû louvoyer à travers la procession sans fin qui continue d'onduler dans les rues de Montréal. Elle n'a pas réussi à s'en tirer sans payer quelques sous à une Sœur Grise qui l'a suivie jusqu'à la porte principale. Elle a aussi dû accepter quelques insultes criées dans sa direction quand on s'est rendu compte de l'endroit où elle se rendait. Aujourd'hui, Mary n'est pas préoccupée par les doryphores. Il y a longtemps qu'elle a appris à limiter les dommages de cette peste, même si elle conçoit que dans des cultures plus grandes que son petit potager, il est impossible de protéger ses plants comme elle le fait.

— S'ils n'ont plus de patates, qu'ils mangent des courges…

Mais personne n'écoutait Mary. L'attente dans le parloir s'éternisait. Au fond d'un couloir, les hurlements d'une femme qui accouchait faisaient trembler les murs. De la cour montaient les cris des enfants qui jouaient. La prieure fit son entrée. Il y eut un moment d'hésitation. Comment Mary devait-elle s'adresser à cette femme ? Elle finit par songer qu'elle devait s'agenouiller devant elle et attendre qu'on lui donne la permission de se rasseoir.

— Que puis-je pour vous ?

— Je cherche une de vos anciennes orphelines, la petite Agnès.

La sœur pinça les lèvres.

— Mais qui êtes-vous donc ?

— Mary Gallagher. Je suis de Griffintown.

Un sourire illumina le visage de la prieure.

— Mais nous vous connaissons ! C'est vous qui êtes née dans un melon du champ des Sanschagrin !

Mary acquiesça du menton.

— Vous savez que nous avons arrêté d'en planter dans notre jardin par crainte d'y trouver d'autres enfants ? Lui a continué de nous en livrer tous les ans pendant des années comme s'il voulait se faire pardonner quelque chose. Je me tuais à lui dire qu'il aurait mieux fait de les vendre aux Riches plutôt que de les donner aux plus pauvres des Pauvres. Il paraît qu'il est mort dans d'étranges circonstances…

Mary remercia en silence Joseph Sanschagrin, qui lui servait maintenant de sauf-conduit. Son intuition avait été bonne. Mary comprit que la prieure aimait les gens qui cultivent ce qu'il faut pour se nourrir. Elle retira ses gants, dévoilant ses mains terreuses. La prieure afficha un large sourire.

— Vous travaillez la terre ?

— Tous les jours, mère.

Jusque-là, tout allait comme sur des roulettes. Il s'agissait maintenant de ne rien égratigner, surtout ne pas laisser poindre l'orgueil, un poison que toute prieure digne de sa cornette sait sentir à cent pas. Mary regrettait amèrement ses choix vestimentaires. Devant la prieure, il aurait fallu apparaître couverte de haillons. Il fut question, brièvement, des soins qu'il convient d'apporter aux rutabagas et de l'espace idéal qu'il faut laisser entre les choux d'hiver. Mary évita de parler des pommes de terre, car cette idée aurait facilement pu évoquer le doryphore et cette épouvantable procession qui ondulait encore dans les rues de la ville. Mary avait été témoin des jets de pierre et des insultes. Elle craignait que la prieure, déboussolée par la visite d'une femme seule, ne crût qu'elle était venue chercher du secours. La religieuse fixait d'ailleurs son ventre comme si elle s'attendait à voir un petit pied donner un coup à tout moment.

— Pourquoi vous intéressez-vous à la petite Agnès ?

Mary tentait de ne pas décrocher de son rôle. Son but était simple : savoir si Agnès, après avoir fui le bordel de la Turvy, était passée par le lieu où elle avait grandi. Comment maintenant ne pas laisser la prieure se douter qu'elle agissait au nom d'Aimé ? Ce dernier l'avait mise en garde. « Il y a toutes sortes de sujets que tu ne peux pas aborder avec la prieure. Le premier est l'existence du futur. Deuxièmement, tu ne peux pas lui parler de moi, parce qu'elle me déteste. Fais aussi attention aux mots que tu utilises, elle est sensible aux dons, mais ne cède pas à la flatterie. Ça ne sert à rien de lui dire qu'elle et son hôpital font l'œuvre de Dieu : elle en est déjà convaincue. Elle te traiterait d'orgueilleuse. Orgueil, orgueil, orgueil, elle n'a que ce mot-là à la bouche ! »

— Je l'ai connue l'hiver dernier, mentit Mary, et je n'ai plus eu de ses nouvelles. Je m'inquiète pour elle.

Cette dernière partie de sa réponse n'était pas tout à fait un mensonge. L'arrivée d'Aimé dans le grenier MacMaple avait déclenché chez Mary un sentiment semblable à celui qu'elle avait éprouvé le soir où la pauvre Susan était arrivée chez les Sœurs Grises, épuisée par un accouchement qui l'avait laissée exsangue. Aider Susan avait été facile, car personne n'avait pris possession d'elle en tant que sujet pour la science. Le cas d'Aimé était plus risqué. Mais pour l'essentiel, les mêmes réflexes s'enclenchaient. Parfois, elle s'imaginait pousser Adam dans un escalier pour fuir avec Aimé. La religieuse continuait de sourire bêtement.

— Agnès a été adoptée un peu avant Noël. Nous ne l'avons plus revue. Vous savez, elle était déjà assez grande pour fonder une famille, elle avait déjà quinze ans. Nous ne pouvons pas garder les enfants ici très longtemps. Nous faisons tout notre possible pour garder un œil sur eux, mais la nature nous joue parfois des tours. Avez-vous aussi connu son frère adoptif ? Le petit Aimé ?

Mary figea. Derrière le sourire jaune de la prieure, elle devinait une insinuation diabolique. La femme qui accouchait cria encore. Que dire à présent ? Mary eut la désagréable impression que la prieure était entrée dans sa tête.

— Notre règle ne nous permet pas de divulguer le nom de nos pensionnaires. Si vous voyez notre bel Aimé, vous lui direz de nous donner des nouvelles. Lui qui aimait tant nous parler de l'avenir…

Les cris de douleur se faisaient maintenant insupportables. Depuis le parloir, Mary aurait juré que l'on étranglait une femme. Sans comprendre d'où venait cet élan, Mary se disait qu'elle aurait voulu l'aider. Mais comment ? La prieure n'en avait pas fini avec elle. Comme un chat qui s'amuse avec la souris qu'il est sur le point de dévorer, elle ajouta encore, avant de s'excuser :

— Et si jamais vous vous faites du souci au sujet de petites inconnues au point de perdre le sommeil, sachez que nous admettons toujours chez nous les femmes courageuses qui veulent aider celles qui ont besoin de miséricorde. Mais attention, il faut être forte !

Mary se retrouva dans la rue avant d'avoir pu imaginer une réplique. Elle croyait avoir fait chou blanc, mais les paroles de la prieure résonnaient dans sa tête endolorie par les cris de cette pauvre fille. Être forte ? La prieure semblait lui lancer un défi.

Après le départ de Mary, la prieure poussa un soupir. Elle se leva lentement, sortit du parloir et s'engagea dans le couloir qui menait à l'escalier. Elle monta lentement, car ses rotules la faisaient souffrir. Déjà, les vociférations de la parturiente avaient cédé la place aux attendrissants pleurs d'un enfant qui venait de naître. Quand elle entra dans la chambre, une des religieuses venait de couper le cordon ombilical. Un drap taché séparait la mère de l'enfant, un petit garçon qu'une religieuse emportait déjà dans une autre pièce.

Au bout de ses forces, la jeune femme demanda à voir son enfant.

— Non, ma fille. Il ne vaut mieux pas. Vous le savez mieux que quiconque.

— Je veux voir s'il a les cheveux roux ! Je veux l'appeler Théo !

— Vous ne choisirez pas son nom. Aujourd'hui est le jour de la Saint-Antoine. C'est ainsi qu'il s'appellera. Antoine.

Devant la demeure des MacMaple, une carriole inconnue s'était arrêtée. Monsieur était déjà rentré. Quand il la verrait vêtue du manteau de son épouse, il éclaterait de rire ou de colère. Ses réactions étaient imprévisibles. Elle se dit qu'en entrant sur la pointe des pieds et en empruntant l'escalier de service, elle aurait le temps de se changer avant de redescendre normalement vêtue. Une fois cette mission réussie, elle monta voir Aimé pour s'assurer qu'il allait bien. Il lui fut difficile de distraire le garçon du papier qu'il était en train de noircir. Adam avait ordonné que le papier ne manque jamais à son prisonnier, qui passait le plus clair de son temps dans une transe créatrice. Certains de ses dessins n'avaient aucun sens aux yeux de Mary. Mais celui qu'elle le surprit en train de faire était l'un de ses classiques : un portrait de mémoire d'Agnès debout, place d'Armes. Il lui donnait bizarrement toujours le même air de défiance, comme si elle était sur le point de dire ses quatre vérités à quelqu'un. Il ne sursauta pas quand Mary lui toucha l'épaule.

— Aimé, toi et Agnès, vous avez… ? Est-ce que tu penses qu'elle avait l'âge et que toi, si jeune… ?

Les paroles de la prieure l'obsédaient toujours. Mary sentait qu'elle ne lui avait pas tout dit tout en lui en ayant trop dit. Aimé baissait les yeux. Amusée, elle serra sa tête contre sa poitrine sans trop se rendre compte que c'était ainsi que Marie-Philomène la traitait elle-même, jadis. Aimé rougissait, ne répondait rien. Il déposa son crayon.

— Monsieur MacMaple vous cherche. Il est très nerveux. Quelqu'un est venu ce matin. Des hommes de la police, il paraît.

Il s'arrêta pour apprécier le parfum de plante et de terre qui imprégnait les vêtements de Mary, qui fit un pas en arrière.

— De la police ?

— Oui, ce n'est pas lui qui me l'a dit, mais la gouvernante. C'est elle qui m'a monté mon repas. Je pense que je l'ai vue sourire pour la première fois depuis que je suis arrivé.

Par la fenêtre, elle vit que la carriole inconnue s'éloignait de la maison. Elle n'arrivait pas à distinguer les visages des hommes qui y étaient.

— Il faudra que je te parle, Aimé. Mais laisse-moi descendre. Je reviens, c'est bon ?

Adam était toujours assis dans le salon, où il recevait les gens qu'il ne connaissait pas. La gouvernante finissait de débarrasser un guéridon de verres vides qui sentaient encore l'alcool. Mary aurait tué pour engloutir un whisky. La gouvernante lui envoya un sourire satisfait et narquois. Elle sortit de la salle en ricanant. Adam était muet.

— Mary, vous êtes là ? Je viens de faire le tour de la maison sans vous trouver. Où étiez-vous passée ?

— Je suis descendue en ville, Monsieur.

— Dites-moi, Mary, cette Marie-Philomène qui vous a tout appris, c'était la femme de Joseph Sanschagrin ?

— Non, Monsieur, nia-t-elle.

— Alors j'imagine que vous ne connaissez pas non plus un certain Joseph Sanschagrin de la région de Notre-Dame-de-Grâce ?

— N… Non, Monsieur.

Mary sentait qu'elle allait s'évanouir.

— Leur fille Sophia ? Vous la connaissez ?

— Non, je ne connais pas ces gens, Monsieur. Je suis de Griffintown.

— Voilà qui me rassure. C'est ce que j'essayais d'expliquer à ces deux messieurs qui viennent de partir. Ils se sont mis dans la tête que vous étiez mêlée à une sombre histoire d'assassinat vieille de quinze ans. La femme du défunt vient de mourir et leur fille aurait découvert une correspondance qui vous incriminerait. Je leur ai assuré qu'il y avait erreur sur la personne. Combien peut-il y avoir de Mary Gallagher, juste à Montréal ?

Tout l'air dans la pièce était maintenant fait de feu. La vision de Mary s'embrouillait.

— Oh, au moins une demi-douzaine ! C'est un nom très commun !

— Mary, avez-vous commencé à remplir la malle d'Aimé ? Vous savez qu'il doit partir dans dix jours ? Nous sommes bien le 13 juin ?

— Oui, oui, Monsieur. Jour de la Saint-Antoine… Je comptais commencer aujourd'hui.

— Vous m'avertirez quand vous aurez fini, je veux m'assurer qu'il n'ait pas froid à Londres. C'est un endroit très humide. En passant, il paraît qu'il ne faut pas planter de pommes de terre cette année, car elles seront toutes dévorées par une horrible petite bête venue des États-Unis. Des doryphores… Tous les catholiques de Montréal étaient dans la rue aujourd'hui pour supplier la Sainte Vierge de nous en débarrasser. Voilà des semaines que cette procession ondule dans les rues. On se demande où ils prennent leurs forces. Ces paysans sont décidément très divertissants. Et pour les moustiques, ils vont prier qui ? Notre-Dame des Maringouins ? Ha ! Il faut que je l'écrive, celle-là !

Mary ne passa pas par sa chambre. Sans se changer, sans dire au revoir à Aimé, sans offrir à la gouvernante le plaisir de contempler son visage anéanti, sans arroser les choux ni prendre un verre d'eau pour la route, Mary sortit par la porte arrière et marcha en direction de Griffintown. Elle trouva refuge chez Susan, dans la rue William. Celle-ci fut bien étonnée de la voir. Pendant plus d'une semaine, Mary ne mit pas le nez dehors, convaincue que les inspecteurs de la police allaient la trouver. Susan lui montait des vivres sans trop comprendre la peur panique qui empêchait Mary de s'approcher des fenêtres. Plus d'une fois, Mary fut tentée d'avouer à Susan qu'elle avait été la complice d'un meurtre avant de se retrouver en ville. Chaque fois, elle choisissait de se taire. Cela aurait donné à Susan le pouvoir de la perdre, volontairement ou par inadvertance. Après dix jours, Susan se lassa de cacher son amie.

— Demain, c'est la Saint-Jean. Tu sais que c'est la soirée la plus payante de l'année. Si on sortait ?

Machinalement, Mary accepta l'offre de Susan, même si sa seule envie était de se cacher sous une pierre. Les inspecteurs ne la chercheraient pas là où Susan l'emmènerait, à la taverne de Joe Beef.

LE BEEFEATER

Il avait été impossible de trouver un équipage qui acceptât de livrer Aimé au professeur Mulberry à Londres. Le garçon avait donc passé l'hiver et le printemps à peindre. Pour éviter qu'il se grippe ou qu'il attrape une maladie contagieuse, Adam le gardait dans son grenier comme une orchidée. En mars, un capitaine avait accepté d'effectuer le transport du précieux passager vers l'Angleterre, mais de mauvaises nouvelles étaient arrivées de Londres. Le professeur Mulberry était gravement malade et ne se trouvait pas en état de s'occuper du sujet qui lui avait été promis. Il avait imploré Adam de le garder jusqu'à ce qu'il se soit remis de ce qu'il appelait un « mal de l'âge », qui n'était en fait rien d'autre qu'une anémie provoquée par une alimentation pauvre en nutriments essentiels. Quand sa gouvernante parvint à le convaincre de délaisser son régime exclusif de légumes racines, le professeur prit du mieux et demanda qu'on lui envoyât le jeune homme, qu'il se réjouissait déjà d'ausculter sous toutes ses coutures. Le départ était prévu pour le 23 juin. Il ne restait plus beaucoup de temps. Adam n'avait encore rien dit à son protégé de son intention de l'envoyer en Angleterre et avait interdit à Mary de lui en parler, sous peine d'être renvoyée. Elle s'était tue parce qu'elle croyait qu'en restant dans la maison, elle serait plus utile à Aimé. Sans elle, il n'aurait jamais eu de nouvelles d'Agnès. Quelques jours avant la date du départ, Adam ouvrit son jeu. En vérité, il avait planifié ne rien dire du tout à Aimé jusqu'à l'heure du départ, mais c'est la colère qui le conseilla et le perdit.

Pendant les premières semaines, Adam avait laissé le garçon peindre ces étranges bâtiments futuristes et ce monsieur vert et bleu qui, se disait-il, devait être sa représentation de Dieu, ou de quelque prêtre qui l'avait marqué. À partir de février, Adam confisqua tous les soirs à Aimé un dessin au crayon d'Agnès. Aimé n'avait jamais le temps de le peindre, la main d'Adam était trop rapide. Ces dessins étaient tous jetés au feu avec un sifflement de hargne. Il l'avait reconnue, la petite renarde rousse qui était avec lui dans le salon de la Turvy, celle qui, quand il avait pris son trésor dans ses bras, s'était jetée sur lui comme un fauve. Agnès avait crié, griffé, mordu jusqu'à ce que la Turvy finisse par la maîtriser en l'enveloppant dans une couverture. Adam portait encore au mollet les marques de dents de cette petite enragée. Rien ne semblait décourager l'artiste. Chaque soir, Adam retrouvait un croquis d'Agnès. À sa grande horreur, Aimé se mit à la dessiner enceinte à partir du mois d'avril. Le premier dessin d'Agnès enceinte le fit carrément vomir. Les soirs suivants, il choisit de pleurer devant Aimé.

— Pourquoi tu ne m'as jamais dessiné ? Moi qui fais tant pour toi !

— Vous n'êtes pas un bon sujet à dessin, répondit Aimé.

Le garçon s'était rendu compte que la seule chose qui atténuait un tant soit peu sa douleur d'être séparé d'Agnès était de la dessiner de mémoire. Il avait compris les sous-entendus de Mary. Elle serait dorénavant pour lui l'équivalent de l'archange Gabriel, une sauveuse, un ange envoyé par le Ciel. Il comprenait exactement pourquoi Agnès était retournée chez les religieuses. Depuis qu'il lui était apparu clair qu'il serait père à l'âge de quinze ans, son unique pensée était de s'évader. Mais Adam perdait patience.

— Dans une semaine, tu pars pour l'Angleterre. Je t'envoie au professeur Mulberry, qui s'intéresse à ton cas. Tu ne reviendras jamais à Montréal. Tous les scientifiques d'Europe vont vouloir t'observer. De toute façon, c'est ce que tu sembles vouloir, Aimé, être observé. Tu as tant d'orgueil ! Regarde ! Regarde ce que tu as fait de moi !

Adam fondit en larmes. Le temps était venu d'agir. Le lendemain, quand Adam monta le repas du soir d'Aimé, il trouva un dessin qui le représentait devant un globe terrestre. Les traits étaient assez ressemblants pour que son ego soit flatté. Le lendemain, Adam monta au grenier déguisé en marin et demanda à Aimé de le dessiner dans son costume. Le plan d'Aimé fonctionnait. Il s'agissait maintenant de ne rien gâcher.

De son côté, Adam était persuadé qu'Aimé avait finalement compris la place qu'il occupait dans son cœur. Le garçon s'était fait désirer, comme tout ce qui vaut la peine, se disait-il. Oui, il l'avait ignoré en dessinant cette guenon rousse pour lui faire de la peine, mais ne fallait-il pas lui pardonner ? Qui n'aurait pas envie d'être un peu mordant en de pareilles circonstances ? Il avait été injuste envers Aimé, il s'en rendait maintenant compte. Quatre jours avant la date prévue de l'embarquement, Adam s'inquiéta de ne plus voir Mary venir à la maison. La gouvernante lui avait assuré qu'elle ne l'avait plus vue depuis la visite des inspecteurs de police. Adam s'inquiétait. Il avait besoin qu'on le rassure. Le soir même, il trouva un portrait peint de sa personne qui l'attendait dans le grenier. Il en laissa tomber le plateau-repas tant il était ému.

— Je voudrais bien vous peindre dans votre décor habituel. J'aimerais mieux vous connaître, murmura Aimé.

Adam ne résista pas. Il sentait que le charme naturel qu'il avait hérité de sa grand-mère avait enfin atteint le cœur d'Aimé. Il se demandait maintenant s'il convenait d'envoyer l'objet de sa convoitise aussi loin. Et pourquoi ne pas l'accompagner en Angleterre ? Oui ! C'est ça ! Comme un beau voyage de noces ! Il faudrait qu'il s'impose une visite à son épouse, mais cela pouvait être réglé comme une formalité.

Le 21 juin, il libéra Aimé de ses chaînes pour l'inviter à descendre dans son bureau. Pour l'occasion, il s'était déguisé en Beefeater, car il comptait aussi lui annoncer leur départ pour l'Angleterre le surlendemain. Mais avant, il devait prendre la pose. Aimé ne perdit pas une seconde. Constatant qu'il n'y avait dans la maison que son propriétaire, la gouvernante et quelques autres domestiques affairés à leurs tâches, il déguerpit par le couloir qui menait à la cuisine.

Personne n'eut le temps de le retenir. Il n'emprunta pas les rues, où il est trop facile d'être vu. Il se faufila dans les jardins, entre les maisons, là où la végétation lui permettait d'avancer sans être repéré. Son but était de descendre vers le fleuve, qu'il atteignit en moins de vingt minutes. Là, il trouva un entrepôt dans lequel il se faufila pour passer la nuit en compagnie des rats et des souris. Le lendemain, Aimé vola une hache à un ouvrier qui était monté sur un toit pour en réparer les bardeaux, puis il disparut dans la ville. À dix heures du matin, il frappait à la porte du bureau de Félicien Saint-Ange, ce jeune journaliste qui dirigeait *Le Crapaud* et qui l'avait aidé à entrer dans la procession et à en sortir. Ce dernier fut très amusé de le voir.

— Si vous m'aidez à retrouver Agnès, je vous donne cette pièce d'or.

Félicien contemplait la pièce commémorative de 1967.

— Garde ton or, petit. Comment tu m'as retrouvé ?

— Ton adresse est dans *Le Crapaud*.

— Alors tu l'as lu ?

— Oui, bien sûr. Je n'ai pas compris grand-chose, mais il y avait des bouts drôles.

Flatté, Félicien offrit l'asile à Aimé sans poser de questions.

En haut de la colline, vêtu de son costume de Beefeater, Adam sanglotait tristement.

L'OISEAU ROUGE DE LOUISE DEE DEE

Le brouillard enveloppa la Ford louée pendant toute la durée du trajet, forçant Théo à rouler à la vitesse de l'escargot jusqu'à l'agglomération de Bolinas. Il ne vit rien du paysage. Louise Dee Dee ne se laissa pas facilement traquer. Dans le seul magasin qu'il trouva ouvert dans le village côtier, personne ne savait de qui il parlait. Le maître des postes se fit plus loquace. « Dernière maison avant d'arriver à Agata Beach. » Le ciel accorda à Théo l'ouverture nécessaire pour qu'il puisse piloter la Ford jusqu'au bout de Cherry Drive. Un vent salvateur balaya la côte pendant quelques minutes, comme si la Californie avait daigné orner cette rencontre du minimum de beauté qu'il fallait pour la rendre mémorable.

Le cottage de bardeaux de Louise Dee Dee était une construction carrée dont le toit rappelait la Suisse plus que la Californie. Louise mit exactement six minutes pour ouvrir sa porte. Elle découvrit Théo assis sur son porche, contemplant l'océan.

— Ça doit vous changer de Montréal. Entrez, le brouillard va vous donner des rhumatismes.

Il fallut à Théo quelques minutes pour s'habituer au choc chromatique qui l'attendait dans le cottage. Les murs, les tapis, les planchers, les meubles, les poignées de porte, tous les objets, les rideaux, les tuiles du plafond et les vêtements de Louise étaient rouges. C'était comme si Théo avait été métamorphosé en globule rouge et qu'il était entré dans un cœur humain. Dans une cage rouge, un petit oiseau rouge piaillait. Louise lui murmurait des paroles apaisantes. Elle était vêtue de rouge de la tête aux pieds. Quand elle se déplaçait dans la pièce, il lui arrivait de se fondre presque complètement dans le décor, seul le contraste qu'offraient sa chevelure auburn, ses dents et son cou permettant de la suivre. Une fois assise et immobile, c'était comme si la couleur s'était mise à parler. Si le rouge avait une voix, c'était celle-là, claire, solaire, plaisante, terminant toutes ses phrases sur une élévation d'une note, si bien que Théo se demanda si elle était irlandaise. Le rouge avait une diction claire qui ne laissait planer aucun doute sur ses intentions. Contrairement à la croyance populaire, il ne criait pas. Étonnamment, c'est le vert qui peine à maîtriser sa voix de tête.

— Kiki n'est pas habitué aux visiteurs. Il va se calmer.

L'oiseau piailla pourtant pendant de longues minutes. Sur un sofa, un gros chat roux venait de s'éveiller. Louise demanda à Théo de chausser des sabots conformément rouges. Il décida de ne même pas en parler. Le cuir rouge du fauteuil où elle l'avait invité à s'asseoir émit un craquement aigu. Il se demanda si Jacinthe s'y était assise. On avait dû mettre Louise au courant de son arrivée. Il résolut de ne pas demander qui l'avait ainsi annoncé. Il devait s'agir de Harry ou Buck, peut-être même de Gail, en tout cas, un des membres du réseau souterrain rouge de la Californie. Elle savait manifestement qui il était, d'où il venait et probablement ce qu'il était venu chercher.

— Elle a disparu, Théo. Cela va faire trois ans. En juillet 1967. Elle était dans son atelier à l'étage. Enfin, c'est là que je croyais qu'elle était. Mais quand je suis montée pour lui parler, elle n'y était plus.

Il ne s'était pas attendu à une telle nouvelle. Il croyait qu'elle allait lui dire : « suicide », « cancer » ou une autre cause plus facile à rationaliser.

— Disparue ? Vous ne l'avez pas cherchée ?

— Oui. Et non. Je pense qu'elle avait besoin d'air.

— Je suis… je suis navré. Elle ne nous a jamais écrit. Savez-vous si elle était malheureuse ?

— Malheureuse… Oui, je pense que vous pourriez dire ça. Vous êtes exactement comme elle vous avait décrit. C'est drôle, quand Harry m'a appelée ce matin, Gail m'avait déjà annoncé votre arrivée. Je m'attendais à recevoir un jour un appel de vous, peut-être une lettre. Pas une visite. Jacinthe ne vous croyait pas capable d'un tel élan. Savez-vous ce qu'elle m'a un jour confié ? Que Donatien Décarie – c'est bien son nom ? – avait probablement été pour Aimé une meilleure mère qu'elle n'aurait pu l'être. Elle le décrivait comme un être *maladivement optimiste*. J'admire l'optimisme, car il est souvent confondu avec la naïveté et la bêtise, la vraie, celle qui cause des catastrophes. Quand vous êtes optimiste, vous pouvez surprendre les gens par votre perspicacité, car personne ne s'attend à ce que vous en ayez. Elle avait aussi un peu pitié de vous… Pardonnez-moi d'être crue, mais elle avait pitié de ce qu'elle appelait la bourgeoisie canadienne-française. Je ne suis jamais allée là-bas. C'est vrai qu'ils sont si carrés ?

— C'est comme ça qu'elle me décrivait ? Comme un bourgeois canadien-français ?

— Oui. En ces termes précis. Vous vous demandez peut-être pourquoi elle ne vous donnait pas de nouvelles. Je tiens à vous assurer que je n'ai rien à y voir. Je ne l'ai jamais empêchée de parler à qui que ce soit. J'imagine que vous vous demandez aussi si elle se préoccupait du sort d'Aimé. À ça, je vous dirai sans ambages qu'elle n'en parlait que très peu. Je sais que vous ne comprendrez pas. Vous êtes comme moi, je ne le lui aurais pas pardonné non plus. Est-ce que vous savez pourquoi elle a choisi le nom Hurts ?

— Hurtubise doit être assez difficile à prononcer pour les Américains. C'est un mot très pointu !

— Vous n'y êtes pas. JC souffrait. Quand elle se murait dans son travail, c'est-à-dire tous les matins, on ne s'en doutait pas. L'oisiveté révélait la nature profonde de sa blessure. Elle a longtemps souffert en silence, puis elle s'est ouverte. C'est là qu'elle m'a parlé de vous. Avant, elle avait tout simplement déclaré qu'elle venait d'un petit village forestier du Québec, qu'elle avait eu un mari et un fils, puis qu'elle avait fui cette vie de famille dont elle ne voulait pas. Mais nous savions, je veux dire, les amis du verger du vieux Lorne, nous savions tous qu'elle avait une blessure profonde. Cela se manifestait surtout quand il était question de maternité. Les femmes du groupe, celles qui n'avaient pas eu d'enfant, s'inquiétaient parfois de regretter le choix qu'elles avaient fait. À ces heures, JC quittait les discussions.

— Elle éprouvait du remords, c'est clair. Qui ne mourrait pas de honte après avoir abandonné son propre enfant ?

La posture de Louise se raidit et son sourire retomba. Théo sentit qu'il en avait probablement trop dit. Son commentaire laissait clairement paraître le jupon de l'amertume qu'il nourrissait envers Jacinthe. Louise lui versa une deuxième tasse d'infusion d'hibiscus, histoire d'accélérer son départ. Théo comprendrait-il le message de la deuxième tasse de thé ?

— Vous pourrez peut-être expliquer à Aimé et à sa grand-mère que JC les aimait quand même. Il y avait de la place pour l'amour dans sa souffrance.

— Je ne veux pas vous décevoir, mais Aimé est probablement mort. Voilà deux ans que nous n'avons plus de nouvelles de lui. Le mois dernier, la grand-mère d'Aimé a fait chanter une messe en l'honneur de son petit-fils perdu. Si je suis venu ici, Louise, c'est parce qu'on nous a soupçonnés, Donatien et moi, d'avoir tué Aimé. Je voulais tout simplement m'assurer que sa mère ne l'avait pas enlevé. La Californie était mon dernier espoir. Je ne suis pas venu pour chercher cette mère indigne. Je suis navré pour votre deuil. Vous l'avez aimée ?

Louise ne daigna pas répondre. Elle se leva et fit signe à Théo de la suivre. Ils montèrent à l'étage, qui avait dû être l'atelier de Jacinthe. Toutes les surfaces apparentes de la pièce étaient couvertes de rouge. Au fond de l'atelier, un chevalet rouge soutenait une toile immense semblable à celle que Théo avait découverte la veille. Il s'agissait indéniablement d'une énième version de ce projet abstrait sur lequel elle travaillait le matin où il l'avait cherchée à Grand-Mère.

— Vous avez le tournis ?

— Oui, c'est déstabilisant.

— Vous reconnaissez l'œuvre, n'est-ce pas ? Cela vous dit quelque chose, j'en suis sûre. Jacinthe lui a donné un titre : *La Couleur du temps*. Pas mal, non ?

Il y avait dans le ton de Louise une lourdeur. Elle avait cessé de terminer ses phrases par une note aiguë. Sa dernière remarque, elle l'avait livrée sur le ton de l'accusation.

— Jacinthe m'a raconté ce matin-là à Grand-Mère, quand vous vous êtes… comment dire ? Imposé ?

— Je ne pense pas que je me sois imposé.

— Vous pensez qu'elle m'a menti ? Qu'elle a fabulé son viol ?

— Elle ne m'a jamais dit non. Faites attention à vos paroles.

— Disons que vous vous êtes imposé, Théo.

— Elle n'a pas dit non.

— Cela n'a pas beaucoup d'importance. Elle ne vous a pas dit non parce qu'elle s'attendait à ce que cela arrive un jour. Vous l'avez interrompue alors qu'elle croyait être arrivée à son but. Vous vous êtes approché d'elle comme un ours et vous l'avez forcée à se détourner de son tableau. Aviez-vous la moindre idée de ce que la recherche chromatique signifiait pour elle ?

— C'était… C'étaient des choses qu'elle disait, mais…

— C'est bien ce que je pensais, vous l'avez prise pour une folle. Comme les autres.

Louise redescendait maintenant l'escalier. Théo resta encore à l'étage à contempler *La Couleur du temps*. Très vite, il ressentit des palpitations, puis une sorte de nausée. En bas, Louise lui criait de ne toucher à rien, mais c'était plus fort que lui. Au milieu du tableau, il distinguait clairement son fils assis sur une botte de foin, vêtu de vêtements faits de ce qui semblait être du jute, en train de manger goulûment une tranche de melon. Puis la voix de Louise se fit plus insistante.

— Je vous ai dit de ne toucher à rien. Et cessez de fixer ce tableau ! Il va vous rendre fou ! Je vous ordonne de descendre !

L'image devenait floue. Théo voulut se frotter les paupières. Ses yeux brûlaient.

— Vous ne pouvez pas le fixer pendant plus d'une minute ou votre rétine brûlera !

Théo s'effondra sur le plancher, foudroyé par la couleur. En l'entendant chuter, Louise soupira. « Quel crétin… »

OÙ MARY DANSE AVEC LES OURSES

Quand il vit McKiernen remonter de la cave en tirant deux ourses enchaînées, Michael Flanagan voulut sortir en courant de la taverne, mais une masse humaine compacte bloquait l'entrée. Plus grand et plus fort que les autres, il parvint à grimper le long d'un montant pour se percher sur une des poutres qui soutenaient la bâtisse. De ce point d'observation, il contemplait la scène. Décidément, cette fête de la Saint-Jean s'annonçait différente des autres. D'abord il lui avait presque fallu se battre pour entrer dans la taverne de McKiernen. Mais à l'intérieur l'attendait une agréable surprise. Entre Susan et Mary, il avait depuis longtemps choisi Mary. Il les connaissait toutes les deux d'autres fêtes de rue, d'autres carnavals. Il connaissait Mary du temps où, peu après sa fuite de la maison Sanschagrin, elle s'était faite cigarettière dans une usine. Tôt le matin, le contremaître de Flanagan l'envoyait chercher les caisses de cigarettes à l'usine pour les charger sur des vapeurs qui les livraient à des fumeurs de la côte atlantique. Mary roulait les cigarettes, Flanagan les chargeait sur des bateaux, des gens de Québec et de Halifax fumaient le tabac tandis qu'assis dans sa villa à flanc de montagne, Adam MacMaple, propriétaire des champs de tabac, des instruments aratoires, des machines et des usines, des bateaux et de leurs drapeaux, des caisses de bois et même des cendriers qui recueillaient la cendre des cigarettes, encaissait entre deux bâillements les profits de toutes les transactions qui ponctuaient cette chaîne logistique comme autant de billes sur un chapelet. En amont, un prêtre bénissait les champs de tabac ; en aval, un de ses collègues administrait l'extrême-onction à un malheureux arrivé au bout de son emphysème, de son cancer, de ses nodules. Chaque matin, Flanagan envoyait un clin d'œil à Mary, trop concentrée sur ses cigarettes. Le jour où elle avait disparu de l'usine, Flanagan avait maudit sa timidité. Il n'avait même pas remarqué que Susan était disparue aussi tant il s'intéressait peu à elle.

Dans la procession à la Vierge, il les avait retrouvées, bras dessus, bras dessous, aussi à leur place parmi ces milliers de guimpes et de soutanes qu'un ouistiti dans une taverne d'un port d'une ville du Nord. Cette fois, Susan l'avait remarqué et lui avait envoyé un regard sans équivoque. C'est à Mary que Flanagan avait renvoyé le sourire, meurtrissant dans son manque de considération le cœur de Susan. C'est à peine si Mary l'avait remarqué. Quelques semaines plus tard, Susan avait surpris Mary et Michael Flanagan en train de finir une bouteille de whisky au *speakeasy* de Beady Eyes. Elle avait rebroussé chemin sans qu'ils s'aperçoivent de sa présence. Gravée dans la mémoire de Susan, l'image de la main de Michael Flanagan posée sur la cuisse de Mary. Ainsi, en ce soir de Saint-Jean, quand il s'était assis à leur table,

Susan avait senti sa résistance faiblir. Elle voulait tuer, mais la vue des deux ourses retenues par des chaînes détourna son attention de la scène de séduction qui se déroulait sous ses yeux.

Mary détestait cette habitude qu'avait McKiernen d'éberluer ses clients en exhibant des bêtes qui n'avaient jamais demandé à loger dans la rue de la Commune. Les deux perroquets qu'il gardait dans une cage au-dessus du bar s'étaient arraché tant de plumes à cause du stress que leur causaient les cris des clients qu'ils avaient l'air de deux poulets à rôtir. Voilà qu'on aurait droit à un combat entre des molosses et des ourses. Le but du jeu était, pour les deux immenses chiens du tenancier, de forcer les ourses à battre en retraite jusqu'à ce qu'elles redescendent elles-mêmes à la cave. Comme elles venaient d'être nourries, les ourses ne poussaient que quelques faibles grognements, probablement en réaction à tous ces types qui les fixaient. Elles étaient habituées à l'humain, mais n'étaient pas à proprement parler des bêtes de foire, ayant toutes les deux été attrapées dans la forêt et offertes à McKiernen en guise de cadeau. Le risque de voir leurs griffes déchiqueter un buveur était réel. Quand le tavernier fit entrer les chiens, qui eux n'avaient rien mangé depuis des heures, les grognements se firent plus intenses. Déjà, les paris avaient commencé. Si les ourses descendaient à la cave, McKiernen gagnait. Sinon, il payait à boire à tout le monde. Il ne trouva pas utile de préciser comment on gérerait deux ourses paniquées et deux chiens en mode d'attaque au milieu d'une foule. Cela ne l'intéressait pas. Il savait qu'il pouvait compter sur ses chiens, qu'il frappait maintenant à coups de bâton pour les rendre plus agressifs. L'assistance retenait son souffle. Le truc avait fonctionné mille fois. Dans deux minutes, les ourses iraient se réfugier dans leur geôle.

Susan s'agrippait à Mary comme à une bouée. Les deux chiens qui aboyaient comme des possédés se tenaient devant les ourses aux crocs dégoulinants de bave. La grande ourse se leva sur ses pattes de derrière pour pousser un hurlement qui fut entendu jusqu'à la rue Craig. Les buveurs eurent si peur que certains ne parvinrent pas à retenir la panique intestinale que la bête avait déchaînée. Au remugle habituel s'ajoutait maintenant le parfum fruité de la merde humaine. Deux cents hommes, trois femmes, trois ours et deux chiens furibonds enfermés dans une taverne du port de Montréal… Décidément, McKiernen savait divertir. Quelqu'un crut bon de jeter un morceau de bœuf aux chiens. Grave erreur, car les ourses leur disputaient maintenant cette pitance sanguinolente. L'un des chiens parvint à mordre la patte de la petite ourse, qui avait réussi à lui donner un coup de griffes au museau. L'autre ourse avait dû sentir le sang de sa congénère, car cette fois, elle fondit sur les chiens, les yeux révulsés, sous le regard inquiet de leur propriétaire. En saisissant au vol le cou du premier chien, la mâchoire de l'ourse fit crépiter dans la pièce un bruit d'ossements écrabouillés. Pour la bête furieuse, la sensation avait dû être la même que celle que l'on ressent en mordant férocement dans une aile de poulet. L'ourse tournait d'ailleurs la tête en direction du bar, comme pour demander qu'on lui apporte de la sauce piquante. Le corps du chien tomba sur le plancher avec un bruit sourd, s'agita d'interminables convulsions et cessa de bouger cependant que son semblable se cachait entre les jambes d'un McKiernen sidéré. L'ourse, peu impressionnée, renversa le tenancier d'un coup de museau et, de quelques coups de griffes, réduisit le chien en un tas de charpie couinante. Quand un des yeux du cerbère atterrit sur le bar, le ouistiti s'en saisit et le brandit comme le cœur d'une vierge sacrifiée.

Par toutes les fenêtres et par la porte de l'établissement, ceux qui n'étaient pas ivres morts tentaient de fuir. Tenant devant elle une chaise, la femme de McKiernen s'approchait de l'ourse féroce. Inexplicablement, l'autre avait choisi de retourner dans son trou sans demander son reste. Mais la grande ourse, elle, voulait encore du sang : celui du gros rouquin, celui-là même que Susan avait violenté à son arrivée, qui lui semblait le plus suave de tous. Comble de malheur, l'homme se tenait juste à côté de Mary. L'ourse approchait à pas lents. On retenait son souffle. Une chaise fut fracassée sur la tête de l'ourse sans qu'elle daigne réagir. Elle se tenait maintenant sur deux pattes. À ce moment, un édenté saisit Mary par les épaules et la jeta en pâture devant la bête.

— Mange celle-là !

Plus tard, la moitié des hommes présents devaient le féliciter pour ses réflexes et son sang-froid. Perchée sur le bar, Susan lui cracha sur la tête. Puis se produisit un événement qui marqua les esprits à jamais. Pétrifiée, Mary fixait l'ourse droit dans les yeux. Certes, elle allait mourir déchiquetée, mais elle aurait au moins vu de près le visage de son bourreau. Le souffle de l'ourse lui passait dans les cheveux. D'abord, inexplicablement, l'animal s'assit par terre et cessa de grogner. Dans une posture quasiment humaine, elle semblait vouloir montrer qu'elle était épuisée – du moins, c'est ce qu'on comprit. Elle s'étala ensuite devant Mary, se couvrant les yeux à l'aide de ses pattes, gémissant pitoyablement. Éberluée, Mary s'écarta lentement de la scène. Réveillé à grandes gifles, Joe tira sur la chaîne de l'ourse, qui se laissa guider jusqu'au trou qui menait à la cave. Un gaillard referma la trappe. Les cadavres des chiens furent balayés et jetés au fleuve. Pendant que l'on ramassait en silence les objets renversés dans le mouvement de panique, Susan hurla pour qu'on lui serve une bouteille de whisky.

En titubant, Michael s'approcha de la table et s'assit à côté de Mary, encore sous le choc. Cette fois, cela en était trop. Non seulement Mary avait encore une fois réussi à attirer l'attention de tout le monde sur elle, mais elle venait de lui voler ce beau garçon qu'elle zyeutait depuis des années.

— Je rentre chez moi !

Mary ne l'entendit même pas. Elle était perdue dans le visage lupin de Flanagan.

FAITES ENTRER L'ACCUSÉE

Félicien Saint-Ange a réussi à s'extraire de la procession à la faveur d'un orage. En fin de compte, il n'aura pas réussi à y vendre plus de quinze exemplaires du *Crapaud*, mais deux jours après les événements, il fut miraculeusement soulagé de démangeaisons aux mollets qui l'accablaient depuis des semaines et contre lesquelles il avait vainement essayé toutes les poudres et tous les onguents. Il ne pouvait s'agir que d'une intervention divine. Mais Félicien est rédacteur en chef d'une revue satirique, il ne peut pas publiquement annoncer que la Vierge l'a guéri de la gale. Il garde donc ce secret pour lui, pour préserver sa réputation de scribe critique de son époque.

Félicien est en mission. Trois mois après les faits, la cour de la Reine s'apprête à juger Susan Kennedy, accusée du meurtre de son amie Mary Gallagher. Toute la ville ne parle que de cette tête séparée de ce corps à coups de hache, de cette main amputée et de cette ivrogne couverte de sang qui dormait quand la police est entrée dans le sordide logis. Pour s'introduire dans la salle d'audience, Félicien a dû jouer des coudes.

Les journaux sérieux parlent d'une orgie sanglante. La meurtrière présumée et la victime seraient deux prostituées qui en seraient venues aux coups après une nuit de débauche. D'ailleurs, Michael Flanagan, un client de la décapitée, était en leur compagnie quand le meurtre a eu lieu.

Le crayon de Félicien s'active sur le papier qu'il a apporté en grande quantité.

La salle d'audience est remplie à craquer d'un public surtout composé de jeunes hommes qui sont persuadés que les plaidoiries seront truffées de détails scabreux. Ils sont venus pour entendre les détails de la nuit de débauche qui a précédé le meurtre d'une pute par une autre pute, et cela les enchante. Les journalistes qui ont couvert l'affaire ont appelé à un redressement de la moralité dans la ville en perdition. Les jeunes, quant à eux, sont là pour qu'on leur décrive l'abandon des baisers et les orifices qui réclament le boire et le manger. Ils sont là pour savoir comment et combien de fois. Certains sont persuadés que des listes de clients seront lues à voix haute comme pièces à conviction. Des noms circulent déjà. Moins nombreuses, quelques femmes sont aussi présentes, pour se désoler de la curiosité malsaine de leurs compagnons, bien sûr. Le 30 septembre 1879, jour de la Saint-Jérôme, saint patron des libraires et des traducteurs, s'ouvre le procès de Susan Kennedy dans une ville horrifiée par le drame.

Dans la salle bondée, quelques garçons qui ont flairé la bonne affaire vendent des brioches, du thé et des huîtres dont ils refusent de spécifier la provenance, mais qui semblent plaire aux premières rangées. Une rumeur parcourt la foule. Des employés véreux du palais de justice auraient été soudoyés pour garantir aux Riches des places à proximité du banc des accusés encore vide. Douze hommes vont déterminer si oui ou non Susan est à l'origine des coups de hache qui ont résonné dans la rue William à la fin de l'avant-midi du 27 juin.

Entre les bruits de mastication et de déglutition – des flasques de whisky circulent sous la veste dans toutes les rangées –, on entend le nom des douze jurés qui entrent un à un dans la salle d'audience, l'air grave. Messieurs Kelly, King, Conkling, Henkel, Lawlor, Lynch, Nulty, Bennett, Gibson, Campbell, Walsh et Adock déposent en craquant des articulations leur derrière sur deux longs bancs faits d'un bois à la dureté impitoyable pour leur prostate épuisée. Walsh a encore deux grumeaux de gruau qui pendouillent de sa moustache tandis que Nulty finit de raconter à l'oreille de Henkel qu'il a eu la diarrhée pendant trois jours après avoir mangé au St Lawrence Hall, une table qu'il ne recommande à personne. Henkel n'est qu'à demi intéressé par les soubresauts de l'appareil digestif de son voisin. En voyant entrer les douze hommes, Félicien reconnaît Adock, dont le frère est mort après avoir inhalé des vapeurs de Vert de Paris, un insecticide et souricide à forte teneur en arsenic dont on asperge les champs de patates au cas où la procession n'aurait pas les effets escomptés chez la Vierge.

L'expression qui règne sans partage sur les visages ne laisse aucune place à la fantaisie. D'ailleurs, les occupants des dernières rangées et les malheureux qui doivent se contenter d'une place debout sont outrés de constater que les camelots n'ont plus que des pommes pour eux après avoir écoulé à fort prix des douzaines de morceaux de melon de Montréal chez les bien nantis assis à l'avant. Le juge Monk darde un regard assassin sur les malpolis qui crachent sur le plancher les semences du melon qu'ils extraient de la chair du fruit à l'aide de leur langue et de leurs lèvres. Par respect pour le décorum, il attend que le gros monsieur du deuxième rang ait recraché le dernier pépin avant d'ordonner que l'on fasse entrer l'accusée.

Félicien prend soin de noter que Susan porte un chapeau de paille et un costume beige brodé de noir. Son visage est dénué d'expression. L'acte d'accusation est déjà dans toutes les têtes, de sorte que l'huissier ne surprend personne en aboyant que Susan est accusée du meurtre de Mary Gallagher le 27 juin 1879, qu'elle plaide non coupable et que devant Dieu, son pays et la Reine, le jury devra décider si elle est coupable ou non de ce crime et qu'il restera séquestré pendant les plaidoiries et jusqu'à l'obtention d'un verdict. Dans un chuchotement, Gibson informe Lynch qu'il a entendu dire qu'un potage à la courge sera servi avec un gigot d'agneau pour le souper. Ils conviennent donc en silence qu'il serait mal avisé de rendre un verdict hâtif. De toute façon, personne ne s'attend à ce que cette affaire soit bouclée en un jour, car il y aura quand même quatorze témoins.

Dans la version de la couronne, les choses sont simples. La défunte a rencontré Michael Flanagan le soir de la Saint-Jean, probablement à la taverne de Joe Beef. S'ensuivent deux nuits de débauche débridée au terme desquelles le couple complètement ivre serait arrivé à l'appartement de Susan Kennedy, sur la rue William, où Mary Gallagher a ses habitudes. Effrayé par les ivrognes, Jacob Mears, le mari de Susan, décide de quitter les lieux. Flanagan court chercher une bouteille de whisky, qu'il écluse ensuite avec Mary et Susan, qui est d'humeur exécrable.

Félicien rapportera dans *Le Crapaud* qu'après le témoignage du médecin légiste, les membres de l'assistance ont cessé de s'empiffrer et que les flasques se sont vidées. Et pour cause… Sous le regard horrifié des jurés, le médecin légiste, un finissant de l'université McGill, explique qu'avant d'être décapitée, Mary a reçu un coup violent en plein visage, probablement avec le côté contondant d'une hache qui a été retrouvée ensanglantée sur les lieux du crime. La victime était vivante une demi-heure avant que sa tête soit séparée de son corps.

On appela Helen Troy, la voisine du rez-de-chaussée, à la barre des témoins. Helen confirma qu'au matin du 27 juin, deux personnes ivres étaient arrivées à l'appartement du deuxième étage loué par Susan Kennedy et qu'elle avait reconnu Mary Gallagher, qu'elle avait souvent croisée. Elle voyait en revanche Flanagan pour la première fois. Helen relata qu'entre la Saint-Jean et le jour du meurtre, Susan avait été particulièrement bruyante, que du haut de son deuxième étage, elle interpellait les passants, ivre morte, qu'elle criait qu'elle se vengerait de Mary et d'autres insanités. En sanglots, Helen avoua finalement qu'elle entendait toujours résonner dans sa tête le bruit macabre des coups de hache sur le plancher de l'étage pendant qu'elle servait un repas à son fils. Sur ses sanglots, la cour ajourna l'audience pour la pause du midi.

Dans la salle, on protesta à grands cris. Pourquoi s'arrêter alors que le spectacle commençait à peine à devenir intéressant ? En fait, les occupants des premières rangées étaient furieux de devoir sortir de la salle, car ils n'étaient pas certains d'être capables de récupérer leurs excellentes places. Il fut donc convenu que chacun pouvait laisser là où il était assis un objet personnel qui serait gage de réservation. On laissa des chapeaux, des chaussures, des chaussettes, des lunettes, des journaux, une bible, un malheureux y laissa même son dentier. Tout cela n'empêcha pas les spectateurs de rentrer dans la salle d'audience l'après-midi dans un capharnaüm indicible. Il se trouve qu'à l'extérieur, deux groupes s'étaient formés.

D'un côté, on retrouvait les sceptiques, qui tenaient des arguments de poids. Flanagan n'était-il pas présent au moment où le meurtre avait été commis ? Personne n'avait vu de ses yeux la scène. Helen Troy avait elle-même déclaré avoir entendu des coups portés avec une force effrayante. Une femme pouvait-elle avoir frappé si fort ? Et quel motif aurait pu avoir cette pauvre Susan, qui dépendait souvent de l'aide financière que lui apportait Mary, sa meilleure amie, celle qu'elle avait souvent décrite comme la mère qu'elle aurait dû avoir ?

De l'autre côté, il y avait les soulagés, ceux qui faisaient assez confiance au système de justice, à la police de Montréal et aux juges pour comprendre que la coupable était cette femme. Ils étaient soulagés de savoir que l'on avait mis la main sur la meurtrière, qui serait bientôt mise hors d'état de nuire. La question qui demeurait était de savoir si elle pouvait être tenue responsable de ses actes. Aliénée ou pas, Susan Kennedy avait tué Mary Gallagher de sang-froid, à coups de hache, probablement parce qu'elle lui en voulait de lui avoir dérobé un client qu'elle convoitait. D'ailleurs, on serait bientôt fixé, puisque le client en question, Michael Flanagan, faisait partie de la liste des témoins qui seraient appelés à la barre pendant l'après-midi. Et pourquoi Flanagan aurait-il tué Mary, lui qui venait de passer deux jours de pure passion charnelle avec elle ? Était-il désaxé ? On le saurait en le voyant.

Après une brève mais intense bagarre pour savoir qui allait s'asseoir où, les interrogatoires des témoins reprirent. Sans que l'on s'explique comment, les sceptiques s'étaient groupés devant la salle alors que les soulagés s'étaient retrouvés à l'arrière. Félicien, sceptique extrême, avait atterri juste en face de Susan et à quelques pas du jury. Conkling, Bennett et Lynch dormaient d'avoir fait bonne chère, tout comme une douzaine de spectateurs dont les ronflements furent interrompus par des coups saccadés du marteau du juge, ce qui horrifia tout le monde. Comment en effet ne pas associer ces coups à ceux que la pauvre Helen Troy avait décrits juste avant la pause du midi ? Les ronfleurs trouvèrent le juge Monk déplacé, mais n'osèrent pas protester par crainte d'être éjectés de la salle pour outrage au tribunal. D'ailleurs, la première partie de l'après-midi fut consacrée au témoignage plutôt sibyllin du mari de l'accusée, Jacob Mears. Il eût été dommage de dormir pendant l'interrogatoire du pauvre homme.

— Pourquoi avez-vous quitté votre domicile le matin du 27 juin ?

— Mary est arrivée avec un homme que je ne connaissais pas.

— Vous voulez dire Michael Flanagan, reprit l'avocat.

— Oui, je ne l'avais jamais vu. Ils étaient ivres. Flanagan est ressorti pour revenir avec une bouteille de whisky. Je n'avais pas envie de la voir se soûler. Je suis donc sorti.

— Quand êtes-vous revenu ?

— Vers quinze heures.

— Et qu'avez-vous vu ?

— Ma femme, Susan, était étendue sur le lit, couverte de sang. Elle ronflait. Et… et Mary… Oh, Seigneur !

Il fallut rappeler à Jacob qu'il était sous serment et que son devoir était d'aider à faire triompher la vérité. On lui demanda donc de se ressaisir.

— Vous avez vu le corps de Mary Gallagher étendu sur le plancher ?

— Oui, elle était morte.

— Comment avez-vous pu en être sûr ?

— Sa tête ! Sa tête était dans le panier à côté du foyer !

Des glapissements se firent entendre. On arrivait enfin à la partie intéressante.

— Et qu'avez-vous fait ensuite ?

— Je suis sorti pour faire des courses, à l'épicerie.

L'avocat fit mine de ne pas comprendre.

— Vous avez vu une femme décapitée sur le plancher de votre cuisine et vous êtes sorti faire des courses ?

— Oui, monsieur, je voulais prendre le déjeuner.

— Dites la vérité !

— Mais que vouliez-vous que je fasse ? Que je tienne compagnie à une morte ?

L'assistance fit entendre des rires nerveux. Jacob n'avait pas tort.

— Jacob Mears, qui a tué cette femme ?

— Je ne sais pas ! Personne ne me l'a dit ! Je n'en ai pas la moindre idée !

— Est-ce votre femme ?

Une expression de frayeur traversa le visage du simplet, qui n'osait pas regarder en direction de Susan.

— Je… Je ne pense pas !

— Y avait-il d'autres personnes dans l'appartement au moment où vous êtes ressorti, vers quinze heures ?

— Non. Il n'y avait que la morte et Susan. C'est tout.

Sceptiques et soulagés avaient compris qu'il n'y avait rien à tirer de cet homme. Quelqu'un hurla le nom de Flanagan. On exigeait qu'il témoigne tout de suite. « Cessez de perdre notre temps avec ce crétin ! Vous voyez bien qu'il n'arriverait même pas à tuer un chat ! Flanagan ! Flanagan ! Flanagan ! » Le juge menaça d'ajourner le procès. La loi interdisant de faire témoigner l'accusée à son propre procès, l'assistance fut privée d'entendre Susan expliquer elle-même au juge ce qui s'était produit dans son appartement pendant la matinée du 27 juin. En lieu et place de son témoignage qui aurait, le doute n'est pas permis, été le clou de cette journée et pour lequel les camelots auraient interrompu le trafic de tranches de melon qui avait repris avec une énergie renouvelée après que Jacob Mears avait parlé de déjeuner, l'avocat de la couronne lut une longue déclaration qui se voulait une notice biographique de l'accusée.

« Susan Kennedy a déjà payé des amendes pour des crimes divers et variés. Pour avoir été pensionnaire d'une maison de mauvaise réputation. Pour de petits vols chez un employeur. Pour avoir été ivre sur la voie publique. On l'a mise en prison pour avoir jeté sa propre mère du haut d'un balcon, lui cassant une jambe. Susan a aussi jeté sa pauvre mère à la rue en plein hiver. Elle est connue de la police de Montréal pour son comportement anormalement violent et colérique. Divers agents de la force constabulaire pourront témoigner de coups, d'agressions et d'insultes perpétrés sur leur personne. En octobre 1878, elle se retrouve encore devant un juge pour agression après avoir battu la tête d'une pauvre victime jusqu'à ce qu'elle devienne aussi molle qu'une patate bouillie. Menaces de mort à un juge après avoir été condamnée à l'emprisonnement pour prostitution. Beuveries et insultes à des passants. Cris dans la nuit, mais surtout, cette abominable accusation qui la mènera plusieurs fois en prison : avoir été surprise alors qu'elle était oisive et désordonnée. »

— À mort ! À mort les oisifs ! La corde pour les désordonnés ! cria une personne déjà bien éméchée, à deux rangées d'où Félicien prenait frénétiquement ses notes pendant que le procureur brossait ce sombre portrait de l'accusée.

On glapissait des grivoiseries. Dans l'assistance, on se murmurait à l'oreille le sens de « oisive et désordonnée ». Le procureur désignait ainsi le crime du vagabondage. C'était entendu, il ne fallait convaincre personne : qui était oisif et désordonné travaillait contre l'Empire, la patrie et la religion. Personne n'expliqua comment la force des choses avait jeté Susan et Mary entre les griffes de l'oisiveté et du désordre. On voulait en savoir plus. D'une rangée à l'autre circulait un dessin grivois représentant Susan et le juge dans une position compromettante. L'artiste n'avait pas signé son œuvre. Dans le public, on continuait d'espérer la sommation de Flanagan, l'homme qui détenait forcément la vérité.

L'avocat de la défense, un homme dont la moustache semblait constituer une entité indépendante de sa personne, se lança dans une tirade visant à convaincre l'assistance qu'il était improbable que Susan Kennedy ait commis le crime. Le moustachu s'appuyait sur le rapport du chef de la police de Montréal, Hercule Paradis, notable présent dans la salle et vers qui se tournaient maintenant les regards alors qu'il crachait un pépin de melon en même temps qu'il s'allumait une cigarette. Le procureur continua. Il était impossible qu'une femme eût pu séparer la tête du corps à l'aide de l'arme du crime, qui fut exhibée pour illustrer son propos. Hercule Paradis opinait du menton. C'était son avis. La couronne ne lâchait rien : si Susan Kennedy avait été capable de jeter sa mère du haut d'un balcon, de porter des coups à des agents de police qui faisaient deux fois son poids, c'était parce qu'elle avait la force de séparer une tête d'un corps à grands coups de hache. Certes, elle était plus faible qu'un homme, mais justement, il fallait regarder comment elle s'y était prise. Les coups n'étaient pas francs, la coupure n'était pas droite.

— Un homme aurait fait un bien meilleur travail !

Des applaudissements retentirent. Le coroner reprit la parole pour confirmer que le cou de la victime n'avait pas été coupé droitement, des lambeaux de chair trahissaient la maladresse de la personne qui avait fait de Mary une Anne Boleyn des temps modernes. Évidemment, la comparaison ne tenait pas la route. La tête d'Anne Boleyn était tombée après un seul mouvement du bourreau, qui avait été désigné pour l'occasion. Les jurés se tâtaient le menton. Voilà qui compliquait leur travail. La hache circulait entre leurs mains, qui la soupesaient, la tâtaient. De son pouce, Nulty testait la qualité de l'affûtage. C'était une petite hache comme celle que l'on retrouvait dans toutes les maisons montréalaises. Leurs regards se tournaient vers l'accusée, impavide.

BON DÉBARRAS

La fille de Joseph Sanschagrin détestait Montréal, dont les habitants méritaient les égards réservés aux cafards et aux poux. Trois jours après la fête de la Saint-Jean 1879, quand elle sortit de l'hôtel où elle était descendue, elle dut marcher dans d'innombrables flaques de vomi séché pour se rendre à la gare où l'attendait le train qui la ramènerait à Ottawa. Son œuvre ici était accomplie. Les deux inspecteurs de la police venaient de lui apprendre que le corps de Mary Gallagher avait été trouvé couvert de sang à l'étage d'une maison de bois du quartier Griffintown. Comble de l'horreur, la tête et une main de la victime avaient été coupées et jetées dans un panier d'osier. La tête et le visage portaient de nombreuses traces de coups. La police de Montréal, appelée sur les lieux du crime par les occupants du rez-de-chaussée, avait arrêté deux suspects dans l'affaire : Michael Flanagan et Susan Kennedy. Jacob Mears, le mari de cette dernière, avait été interrogé le soir de la macabre découverte, mais on avait déterminé qu'il tenait des propos trop confus pour qu'on puisse l'incriminer.

Pour Sophia Sanschagrin, l'affaire était classée. Avant de partir et sans regarder à la dépense, elle prit la peine d'envoyer un télégramme à sa sœur, qui attendait des nouvelles. *Gallagher morte. Stop. Justice est faite. Stop. Arrivée cet après-midi.* Quand elle rentra à Ottawa, sa sœur l'attendait à la gare. À la maison, il y eut une petite fête pour célébrer la justice divine qui avait fait que la meurtrière de leur père avait goûté à sa propre médecine. Elles s'étaient toujours doutées que cette fille était mêlée à cette histoire. Autrement, pourquoi serait-elle disparue le jour où leur père avait été trouvé mort devant sa maison ? Elles n'avaient jamais entièrement cru cette histoire de voleur que leur mère avait racontée jusqu'à sa mort. Dès les premiers jours, Sophia avait mis aux trousses de Mary des inspecteurs de Dorval. Malheureusement pour les deux sœurs, la police avait fini par préférer la version de la mère : un voleur de grand chemin avait sauvagement attaqué Joseph avec une bêche qu'il avait trouvée derrière la maison. Marie-Philomène n'avait pas lésiné : elle avait caché dans la forêt le contenu d'un coffre de zinc dans lequel Joseph cachait de l'argent pour rendre la thèse du vol plus crédible. Quinze ans après les faits, elle mourut d'une septicémie. L'enquête fut rouverte quand ses filles trouvèrent une lettre passionnée que Mary avait eu l'étourderie de lui écrire en 1874. Quiconque savait lire entre les lignes arrivait à la conclusion que la meurtrière ne pouvait être que Mary Gallagher. Sophia avait tenu à accompagner les détectives jusqu'à Montréal. Voilà que quelqu'un venait lui gâcher le plaisir de voir Mary

Gallagher jugée pour le meurtre de son père. Sophia aurait préféré savourer le plaisir de voir cette vermine balancer au bout d'une corde. Comment la pendre maintenant qu'elle avait perdu la tête ? Tous les journaux de Montréal ne parlaient que de ce crime sordide.

Quelques jours avant la mort de Mary, les inspecteurs avaient pourtant presque réussi à lui mettre la main au collet, aiguillés par les témoignages de Sophia et de sa sœur Maude, qui avaient décrit la suspecte comme une « prostituée ». Conscients que ce descriptif ne les mènerait pas très loin dans une ville qui avait la réputation de compter deux mille filles de joie pour une population de cent quarante mille habitants, ils avaient quand même décidé d'être méthodiques. Elle leur avait échappé de peu.

Le bordel de la Turvy était la dixième maison close qu'ils inspectaient. Ils furent étonnés de constater que la tenancière connaissait non seulement la victime du crime, dont elle se souvenait très bien – un homme très distingué, oui… –, mais aussi la principale suspecte.

— Elle n'est pas restée longtemps, mais son amie Susan Kennedy me doit encore quelques semaines de loyer. Je ne l'ai plus jamais revue. Elles doivent vivre toutes les deux là-bas, à Griffintown. Est-ce qu'une récompense est prévue pour ceux qui aideraient à les retrouver ?

Une des filles qui travaillaient chez la Turvy avait entendu la conversation.

— On me dit que la Gallagher est servante chez les MacMaple, intervint-elle.

La Turvy la fusilla du regard. Elle préféra se taire tant que les détectives étaient devant elle. Une fois qu'ils furent sortis, elle exigea des précisions.

— Comment ça, la Gallagher est chez Adam MacMaple ?

— C'est Susan Kennedy qui me l'a dit elle-même. Elle voulait des renseignements sur la petite rouquine qui a failli vous tuer en novembre, vous savez, Madame, cette fille que les Turcot nous ont livrée avec le garçon ?

— Oui, cette petite inutile qui nous est arrivée avec un polichinelle dans le tiroir ! Pourquoi Susan Kennedy la cherchait ? Tu lui as dit quoi ?

— Qu'elle était partie ! Quoi d'autre ? Je lui ai promis de me taire, mais là on dirait que ça sent mauvais.

— Ça sent très mauvais, ma fille. Écoute, là tu vas descendre à Griffintown et tu vas me trouver l'adresse de Susan Kennedy.

Magdeleine Turvy était avant tout une femme qui savait compter. Si elle arrivait à mettre la main sur cette Kennedy et sur la petite Agnès, qui lui devaient toutes les deux des semaines de pension, elle pourrait peut-être enfin envisager de prendre sa retraite. La somme qu'elle avait obtenue d'Adam MacMaple pour qu'elle lui cède ce garçon ne suffirait pas. Il lui fallait ravoir Agnès, qu'elle considérait comme sa possession. Elle devait avoir eu cet enfant, depuis sa fuite. Elle jugeait peu probable que la jeune femme soit retournée à la Miséricorde. Si Susan Kennedy l'avait retrouvée, elle devait la garder chez elle. Une fois qu'elle aurait mis la main sur l'adresse de Kennedy, elle descendrait elle-même à Griffintown pour régler ses comptes. Et tout ça en pleine fin juin ! Comme si elle avait le temps ! Tard ce soir-là, on lui chuchota à l'oreille : « 242, rue William, c'est à l'étage… » Au matin, la Turvy partait à pied pour Griffintown. Vers les onze heures, elle montait chez Susan Kennedy sur la pointe des pieds.

Bien que soûle au dernier degré, Susan ne mit pas deux secondes pour la reconnaître. Toute la colère qu'elle dirigeait vers Mary se canalisa vers le visage de la Turvy, qui ne vit même pas la hache arriver.

DÉLIBÉRATIONS

Il avait fallu quelques minutes pour calmer Susan Kennedy qui, au milieu d'un témoignage, s'était levée pour protester. D'abord, une femme nommée Harriett avait confirmé que la police l'avait appelée pour identifier le cadavre de Mary Gallagher, qu'elle connaissait pour avoir travaillé avec elle dans une maison bourgeoise. C'est à cet instant que Susan s'était levée en criant que cette Harriett mentait. En silence, le médecin légiste, qui avait mesuré les lambeaux de chair de la morte, se demandait comment Harriett avait pu identifier avec certitude un visage que la boucherie avait rendu méconnaissable. L'intéressée avoua devant les jurés qu'elle avait surtout reconnu les vêtements de son ancienne collègue et qu'elle n'avait pas regardé la tête trop longtemps. Deux gardes forcèrent Susan à se rasseoir. Une pause permit à Félicien de se soulager derrière le palais de justice. Un homme qui pissait à côté de lui déclara qu'il n'attendait que le témoignage de Flanagan pour partir.

— Il faut qu'un homme explique ce qui s'est passé. Comment faire confiance à toutes ces femmes perdues ?

— En effet, c'est à en perdre la tête… répondit Félicien en reboutonnant sa braguette.

L'homme trouva qu'il avait un humour plaisant et lui donna rendez-vous au carré Viger le soir même. Félicien rougit. Ils ne furent pas déçus : juste après leur retour dans la salle d'audience, le juge fit entrer Flanagan, celui qui avait toujours fait confiance à toutes ces femmes perdues. En allant pisser, Félicien avait perdu sa place en face du box des accusés, mais de là où il se tenait debout, il réussit quand même à admirer l'homme qu'était Michael Flanagan. Et il comprit. Félicien aurait lui aussi volontiers décapité celui ou celle qui lui aurait volé Flanagan. Contrairement aux attentes, le témoignage de Flanagan ne permit pas aux jurés de se faire une opinion sur l'affaire. En revanche, le grand gaillard plongea Félicien dans un trouble révélateur. Le bellâtre avait été la cause d'une rivalité létale entre les deux femmes. Le whisky et la hache aidant, il n'avait probablement suffi que d'un sourire en coin de Mary pour que Susan fonde sur elle, déchaînée. Félicien se voyait faire la même chose. Il s'imagina Flanagan en action dans son métier de débardeur, il l'imagina sur le pont d'un bateau, torse nu, et encore, le soir, dans la chambre du bouge où il avait passé deux nuits torrides avec Mary après la fête de la Saint-Jean-Baptiste. Voilà, pour Félicien, la cause était entendue. L'avocat de la défense se fit plus sec, comme pour montrer qu'il n'était pas, lui, sous le charme des boucles noires et des yeux bleus du témoin.

— Comment vous êtes-vous retrouvé sur la scène du crime ?

— J’étais avec Mary. J’avais passé la nuit avec elle.

— Où l’aviez-vous rencontrée ?

Dans l’assistance, on se mit à détester l’avocat de la défense qui, au lieu de demander à Flanagan de décrire ses nuits de débauche avec Mary, insistait sur des détails mondains.

— Chez Joe Beef, deux jours avant.

Ce que seul Flanagan savait dans cette salle et qu’il n’allait surtout pas raconter, c’était que Mary était en fuite. Il l’avait rencontrée, désespérée, à la taverne de Joe Beef, où elle avait failli finir dans l’écuelle d’une ourse. Traumatisée par la violence de l’incident, Mary avait trouvé dans la stature de Flanagan un endroit où se réfugier.

Ils n’étaient pas restés très longtemps à la taverne, où Mary était nerveuse. Se disant que sa conquête devait craindre un retour de l’ourse, Flanagan avait proposé de passer le reste de la nuit dans la chambre d’un hôtel du faubourg Québec, à deux pas du square Viger. Là, Mary avait eu ce qu’on pourrait appeler un épisode de panique anxieuse. Elle avait révélé à Flanagan qu’elle n’arrivait pas à se concentrer sur ce qu’il attendait d’elle parce que la police était à ses trousses. Elle lui avait raconté une histoire sur un patron assassiné longtemps auparavant. Si on la retrouvait, c’était elle qui se retrouverait là où Susan était assise. Et les jurés n’auraient aucune merci. Elle s’était réfugiée chez son amie Susan Kennedy pour se rendre compte que l’état psychique de Susan était plus instable que jamais. Susan avait recommencé à entendre ses voix, auxquelles elle répondait avec une violence accrue. Mary ne pourrait pas rester très longtemps sur la rue William. Même Jacob n'en pouvait plus. Il lui fallait se cacher, fuir. La voix du procureur de la couronne rappela à Flanagan qu'il venait de prêter serment, qu'il devait témoigner de ce qu'il avait vu.

— Nous sommes arrivés chez Susan Kennedy et…

— S'agit-il de la personne qui est assise ici devant vous ?

— Oui, c'est elle.

L'avocat de la défense se cabra.

— Votre honneur, le témoin vient d'avouer qu'il était ivre au moment des faits !

Le juge ne broncha pas. Pour lui, ce détail n'importait pas. Son idée était déjà faite. Le procureur de la couronne ne réagit pas à ce sursaut de rage de son opposant.

— Dites-nous, monsieur Flanagan, que s'est-il passé après votre arrivée chez l'accusée ?

— Son mari n'était pas content. J'ai voulu lui serrer la main, mais on aurait dit qu'il avait peur de moi, je ne sais pas. Il a dit quelque chose que je n'ai pas compris, puis il est sorti, mais il est remonté peu de temps après. En tout cas, Mary et Susan m'ont envoyé chercher une bouteille de whisky.

— Et c'est ce que vous avez fait ?

— Oui. Quand je suis revenu, Jacob était encore là, mais en voyant la bouteille de whisky, il s'est sauvé.

— Et il était quelle heure ?

— Bof, tôt. Très tôt le matin, il n'était pas encore huit heures.

— Et que s'est-il passé après le départ définitif de Jacob Mears ?

— Nous avons bu.

Des soupirs impatients montaient de l'assistance.

— Bu ? C'est tout ?

— Oui…

— En silence, comme ça ?

— Non, enfin… Susan et Mary se sont disputées, puis je suis devenu trop ivre, j'ai dû m'étendre. Je me suis endormi.

— Et quand vous êtes-vous réveillé ?

— Plus tard, il devait être autour de midi. J'ai voulu aller boire de l'eau, mais quand je me suis levé, Mary était étendue dans la cuisine.

— Vous n'avez pas constaté qu'elle était morte et qu'il y avait du sang partout ? Et Susan Kennedy, que faisait-elle ?

— Je n'ai rien vu… Susan, elle dormait. J'ai cru que Mary dormait à même le sol.

— Sans sa tête ?

— Je ne savais pas… Je suis simplement parti.

— Une femme décapitée est étendue à vos pieds et vous décidez tout bonnement de quitter les lieux sans alerter la police ?

Flanagan ne savait pas ce qu'il devait répondre. Si Susan était déclarée innocente, il serait, lui, coupable par élimination. Flanagan n'avait jamais eu à répondre à la justice. Jamais il n'avait jeté sa mère – ou une tante – du haut d'un balcon. Il n'avait jamais agressé de policier. Il n'avait jamais, non plus, été accusé d'être oisif et désordonné. Son travail de débardeur lui avait donné un physique athlétique. Félicien était sous le charme et savait que le reste de l'assistance l'était aussi. C'est à cet instant que Félicien sentit que tout était joué. Peu importait ce qui serait dit ou tu pendant le reste du procès, personne ne douterait de la sincérité de cet homme. Susan Kennedy était perdue.

— Je ne voyais pas bien. J'ai cru qu'elle dormait.

— Et le sang qu'il y avait partout ?

La vérité, c'était que Flanagan avait bien vu la tête dans le panier, le mur couvert de sang et Susan qui dormait profondément.

La tête qui gisait dans le fond du panier n'était pas celle de Mary Gallagher. De ça, il aurait pu jurer, mais personne ne lui avait demandé son avis.

Vers les seize heures, les plaidoiries prirent fin. Les jurés délibérèrent pendant une heure et demie, enfermés dans une pièce pendant que dans la salle d'audience, on prenait les paris. En réalité, les jurés ne mirent que trois minutes pour arriver à leur verdict. Deux d'entre eux, Walsh et King, exigèrent qu'on leur serve du gin pour se remettre de leurs émotions. Jamais ils n'avaient été devant une pareille horreur.

Le juge arriva à clore le tout avant le souper. À dix-huit heures, il condamnait Susan Kennedy à être pendue jusqu'à ce que mort s'ensuive.

Susan répéta qu'elle n'était pas coupable. Dans un silence sépulcral, elle fut escortée vers la prison, où elle attendrait pendant deux mois qu'on l'amène à l'échafaud.

Après un arrêt au port, où il discuta longuement avec le propriétaire d'une goélette, Félicien rentra chez lui en courant. Il prit quand même le temps d'acheter du pain, des pommes et des biscuits pour ses pensionnaires, qui devaient être affamés. Il monta chez lui. Son père, déjà sénile, dormait dans un fauteuil de la cuisine. À l'étage de la maison de la rue Sanguinet, il alla à sa chambre, où il se changea de sa tenue de ville, puis il se dirigea vers la pièce où, depuis trois mois, il cachait Aimé et Mary. Cette dernière l'interrogea du regard.

— Ils vont la pendre le 5 décembre. Flanagan sera jugé demain, mais je ne crains pas pour lui.

Mary s'effondra en sanglots. Félicien saisit l'épaule d'Aimé.

— Je me suis arrêté au port. Une goélette va partir pour la baie des Chaleurs dans deux jours. J'ai négocié votre passage. Il faudra récupérer Agnès et l'enfant.

Les sanglots de Mary déchiraient la nuit. Aimé croqua dans le rouge d'une pomme après y avoir aperçu la mer.

Il était déjà ailleurs. Mary pleura longtemps.

Félicien accepta de suivre Aimé jusqu'à la Miséricorde. Le soir tombait sur le potager de l'hôpital, où s'affairaient encore quelques orphelins qui reconnurent Aimé dans la pénombre. L'un d'entre eux courut alerter sœur Saint-Joseph, qui tomba dans les bras de son protégé.

— C'est moi qui l'ai fait baptiser à Notre-Dame, Aimé. Mon Dieu, quelle fin affreuse pour notre petite Mary !

La nouvelle de la mort de Mary Gallagher avait profondément agacé la prieure, qui avait interdit toute sortie jusqu'à nouvel ordre. Aimé préféra ne rien dire.

— Je suis venu chercher Agnès, ma sœur.

— Agnès ? Mais tu sais qu'elle… ?

— Je sais qu'elle vient d'avoir un enfant, oui.

— Ce n'est pas ça, Aimé. C'est ton enfant, nous l'avons compris, et il te ressemble, d'ailleurs.

— Allez les chercher. Nous partons très loin d'ici. Il y a un fou qui veut m'envoyer en Angleterre.

La perspective de devoir expliquer la disparition d'Agnès et de son enfant à la prieure donnait des crampes à sœur Saint-Joseph. D'ailleurs, comment la faire sortir sans être repérée ? Et il y avait ce secret...

— Aimé, tu sais qui est la mère d'Agnès ? Tu sais qui l'a laissée ici ?

— Vous avez l'air de le savoir !

La religieuse se ressaisit. Elle ne pourrait empêcher l'inévitable. Aimé et cet inconnu allaient prendre Agnès et l'enfant, de gré ou de force. D'ailleurs, l'inconnu tenait à la main une hache, outil qui, dans les circonstances, l'emplissait d'horreur. Les détails les plus sordides du meurtre de Mary étaient désormais connus de tous, même des occupants de la Miséricorde. Sœur Saint-Joseph allait livrer la vérité à Aimé : Susan Kennedy avait un jour donné naissance à Agnès. Elle allait maintenant pendre au bout d'une corde. Elle se trouva sotte et regretta ses paroles.

— C'était une fille qui riait tout le temps. Nous l'appelions Ricaneuse.

— Agnès ricane aussi ! C'est pour ça que je l'aime ! Allez la chercher, allez chercher mon enfant, ma sœur !

— Je ne peux pas. La prieure l'a interdit. Elle sait que tu traînes dans la ville. Adam MacMaple est venu hier pour savoir si tu te cachais ici. Il est venu en personne.

Félicien tirait Aimé par la manche.

— Viens, elle ne pourra pas nous aider. Si tu la forces, c'est elle qui aura des ennuis.

Ils laissèrent sœur Saint-Joseph dans le soleil couchant. Cinq minutes plus tard, Aimé enfonçait à coups de hache la porte de bois de l'entrée principale. Les coups réveillèrent la prieure, qui ne bougea pas de son lit. Elle avait compris ce qui était en train de se produire et avait décidé de laisser cet amour voguer. Les religieuses s'étaient massées dans sa chambre, terrorisées. Chaque coup de hache qu'Aimé donnait à la porte leur rappelait la fin épouvantable de l'enfant-melon. La veille, la prieure avait accepté un don substantiel d'Adam MacMaple en lui promettant de lui livrer le jeune Aimé quand ce dernier reviendrait vers elle pour récupérer Agnès et son enfant. Avec l'or du capitaliste, elle comptait faire installer une statue du Christ sur le fronton de l'hôpital. Elle était déterminée à y faire graver en dessous : « Je suis la résurrection et la vie ». Il resterait encore assez d'argent pour agrandir l'aile qu'elle était sur le point de faire construire. En aucun cas elle ne livrerait Aimé à cet homme qui sentait le parfum. Elle l'avait patiemment écouté pendant une demi-heure, puis elle avait accepté son or avant de le mettre à la porte.

— Mère, on défonce la porte ! Et nous ne trouvons pas sœur Saint-Joseph !

Sœur Saint-Joseph s'était réfugiée dans la cave pour continuer de pleurer seule la mort de Mary Gallagher, la petite qu'elle avait fait baptiser Mary Monique Dessaules à la basilique Notre-Dame trente-six ans auparavant. À chaque coup de hache qu'elle entendait résonner, sœur Saint-Joseph poussait un sanglot désespéré. Étendue dans son lit, la prieure souriait béatement. Les coups avaient cessé. Aimé et Félicien avaient trouvé Agnès et l'enfant. Sur l'oreiller d'Agnès, Aimé avait laissé la pièce d'or de 1967, en guise de réparation pour la porte qu'il avait détruite. Les fuyards marchaient à grands pas dans la nuit de Montréal. La prieure voulut rêver en pensant à l'image de ces deux figures qui vogueraient, elle en était certaine, vers le large en portant cet enfant né dans son hôpital.

— Mes sœurs, retournez vous coucher. Notre petite Agnès est sauvée. Allez en paix, car c'est l'amour qui l'a sauvée ! Je vous ordonne de me laisser dormir.

SŒUR MONIQUE

Sur la porte de bois de l'hôpital de Miséricorde que les religieuses ont réparée à l'aide de planches, la voilà qui frappe cinq petits coups secs. Au dernier moment, au pied de la passerelle de la goélette qui avait emporté Aimé, Agnès et leur enfant, Mary s'était retournée pour voir le mont Royal s'élever au-dessus de Montréal qui dormait dans les premières lueurs du soleil. Une voix lui murmurait que loin de cette montagne qui l'avait mise au monde, elle mourrait. Elle avait fait ses adieux en dix secondes. « Partez. Soyez heureux. » Il lui fallait maintenant se cacher, car toute la ville la croyait morte et cela faisait son affaire.

— Ouvrez, j'ai besoin de votre aide !

La porte ne bouge pas. Mary frappe deux douzaines de coups, réveillant les oiseaux endormis dans les érables qui bordent la rue Dorchester. Elle tente de parler bas pour ne pas alerter le voisinage qui, à la simple mention de son nom, croirait qu'il s'agit d'un fantôme ou d'une mauvaise plaisanterie.

— Je suis Mary, Mary Gallagher, j'ai besoin de votre aide. Ouvrez-moi ! Je ne veux pas quitter

Montréal. C'est ici que je veux vivre ! Je n'ai plus rien que les vêtements que je porte.

La porte reste impassible. Cette fois à deux poings, elle martèle la porte d'abord en alternance, puis en battant ses poings en même temps sur le bois qui lui ouvre les jointures. Des traces de sang commencent à apparaître sur le bois.

— Je vous en supplie, ouvrez ! Je suis catholique, comme vous. Je ne veux pas quitter Montréal. Je suis amoureuse de Montréal. Je suis une fille d'un Dieu qui a voulu que je sois ici. La ville qu'il m'a donnée me comble, m'enchante et me ravit plus que tout. J'aime son froid, j'aime ses neiges, j'aime jusqu'à sa saleté et je veux servir le Christ notre Sauveur !

La porte ne vibre même pas un peu. L'alcool fouette son imagination poétique. À présent, le sang ruisselle le long de ses avant-bras. Elle songe à saisir une pierre pour faire encore plus de bruit.

— Je suis Mary Gallagher, née dans un melon. Je suis immortelle. Jamais je ne mourrai. Je sais travailler, laver, cuisiner. Je peux m'occuper des enfants, leur caresser la tête quand ils ont mal. J'ai tout perdu. Je renonce au vin, je renonce au whisky, je renonce aux hommes, aux femmes et aux marchandises ! Je peux vous aider à faire un potager. Pour l'amour de la Vierge au pied de la croix, ouvrez-moi ! Je suis forte !

Maintenant, avec une pierre grosse comme un melon, qu'elle tient à deux mains, elle frappe douze coups. Elle se fout désormais de rameuter tout le quartier. Ce couvent est son dernier espoir de pouvoir rester dans le seul endroit qu'elle juge digne de sa personne.

— Je m'appelle Mary Gallagher, je suis une pécheresse !

À bout de souffle, elle tombe à genoux. À ce moment, la porte s'entrouvre dans un grincement, comme si elle venait de prononcer un sésame essentiel en ces lieux. Un visage sévère surgit de la pénombre. C'est la prieure qui contemple cette pauvre créature aux mains sanguinolentes. L'immortalité ne l'impressionne pas, ni le fait que l'intruse soit catholique. Elle trouve en revanche que « pécheresse » est une bonne amorce de conversation. Mais cette voix est encore si remplie de certitude… La prieure voudrait fléchir cette assurance pour qu'elle trouve le chemin de la résignation, l'antichambre de la sagesse.

— Vous allez baisser le ton ? Tout le quartier va rappliquer !

— Je… Je m'excuse…

— Vous êtes prête à vous occuper des enfants dont personne n'a voulu ?

— Tous les enfants sont voulus si moi je les veux.

— À qui vous adressez-vous ?

— À vous.

— Pardon ?

— À vous, mère.

— Vous parlez de votre force. Nous sommes toutes fortes, ici. Avez-vous des faiblesses ?

— Je les ai toutes, mère.

— Savez-vous ce que « miséricorde » veut dire, en latin ?

— Non.

— Pardon ?

— Non, mère.

— Cela veut dire : « le cœur qui bat pour les Pauvres ». Votre cœur bat-il pour les Pauvres ?

— Oui, mère.

— Ferez-vous vœu de pauvreté, d'obéissance et de chasteté ?

— Oui, mère.

— Ces trois sont les plus faciles à tenir. Mais ferez-vous aussi vœu d'humilité ?

— Oui, mère.

— Vous prétendez être éternelle. En quoi cela est-il humble ?

— Ce… Je… Je ne tombe jamais malade, mère.

— Est-il humble de se présenter comme immortelle ? se renfrogna la prieure.

— Non, mère. Cela ne l'est pas.

— Vous devrez donc taire cette prétention. Vous savez que cela serait mal reçu. Et c'est pour votre propre bien. On vous traiterait comme une bête de foire. Vous deviendriez un cobaye pour la médecine. Avant de vous laisser pénétrer dans cette enceinte, qui est votre seul espoir d'échapper à ce destin, vous devez me promettre que vous ne parlerez jamais de cette immortalité devant vos sœurs. Vous attireriez sur nous le malheur. D'ailleurs, toute la ville vous croit morte décapitée !

— Je ne le dirai plus, mère.

— Cela n'est pas assez.

— Mère, je…

La porte commençait à se refermer lentement. Mary reprit son souffle.

— Je déclare sous le regard attentif et aimant de Votre Sainteté que jamais je ne parlerai de mon immortalité devant quiconque. Je le jure, mère.

— Cela ne suffira pas, ma fille.

— Mère, je promets que si quiconque l'apprenait, je serais bannie à jamais de cette communauté.

— Cela ne suffira pas, ma fille.

— Je jure que si cela se savait, je serais bannie de votre glorieuse communauté et de la ville de Montréal, mère.

La porte recommençait à s'ouvrir.

— Avez-vous choisi un nom en religion ?

— Oui, mère.

— Lequel ?

— Sœur Monique, mère.

— Et pourquoi, ma fille ? Pourquoi choisir la mère de saint Augustin, saint Père de l'Église ?

— Sainte Monique est la sainte patronne des mères, mère.

— Que savez-vous de la maternité ?

— J'attends que vous me laissiez en devenir l'esclave, mère.

La prieure se tut, se gratta le menton d'un geste du pouce et suivit du regard une volée de bruants matinaux en prenant un air pensif.

— Nous n'avons pas encore de sœur Monique, mais nous craignons que vous ne fassiez déferler sur nous des torrents de haine. Toute la ville nous méprise déjà. Qu'avez-vous donc fait pour chercher sanctuaire ici ?

Mary joua sa dernière carte.

— J'ai vu les couleurs d'Aimé. Ce sont les couleurs du temps, mère.

La porte s'ouvrit toute grande. Sœur Monique s'y engouffra avant qu'elle se referme dans un bruit mat. La première fois qu'elle sortira de l'enceinte de la

Miséricorde, tous les personnages de son histoire seront morts. Elle en profitera pour aller épier la famille Décarie d'Outremont qui, en 1901, célèbre la naissance d'un petit garçon. Elle fera la même chose en 1953, à la naissance d'Aimé, quand elle suivra à la dérobée Jacinthe poussant un landau.

En 1955, elle attrapera une grippe pour la première fois de sa vie. Puis, en 1965, elle souffrira d'une appendicite aiguë, qui la forcera à être opérée à l'âge de cent dix-huit ans. Lentement, sœur Monique se rendra compte que son immortalité a ses limites.

LA RÉCOLTE DE DONATIEN

Je suis la résurrection et la vie. Il aura fallu à Donatien quelques secondes pour déchiffrer en plissant les yeux ces paroles qui coiffent la statue du Christ nichée au beau milieu du tympan de l'Institut des Sœurs de Miséricorde. Quand il aura retrouvé Aimé, il faudra qu'il pense à passer chez l'optométriste. À Montréal, la miséricorde et la charité ont bel et bien une adresse civique, mais, en qualité de vertus envoyées par Dieu, elles ne payent pas d'impôts fonciers, comme la tempérance et la bonté. Donatien se demande pourquoi l'architecte a cru bon de percher ces paroles à une telle hauteur, et surtout, comment les milliers de filles-mères qui ont pénétré dans l'enceinte de l'austère édifice depuis le dix-neuvième siècle parvenaient à les lire à cette distance. Manifestement, cette promesse ne s'adressait pas à leurs têtes baissées ni à leurs regards contrits rivés sur le trottoir. Les Canadiennes du dix-neuvième siècle étaient-elles myopes ?

Ces mots débordants d'enthousiasme face à l'avenir ne laissaient pas non plus deviner les surnoms odieux dont les bonnes sœurs affublaient les pécheresses qui cherchaient un asile pour donner naissance à leur honte. Pour les plus discrètes : Nymphodore ou Extasie. Pour celles dont la tête ne revenait pas aux religieuses : Humiliane. Pour les malchanceuses qui en étaient à leur deuxième séjour : Fructueuse. Ni humiliée ni extasiée n'aurait droit à la morphine en cas de déchirement pendant l'accouchement. Que cela vous serve de leçon. La vie ? Oui, vous venez de la donner. Pour la résurrection, il faudra en discuter. Ne tenez rien pour acquis. Les temps sont durs. Donatien a la désagréable impression que Jésus le pointe du doigt et que ces mots, trop hauts pour être déchiffrés depuis le trottoir, sont une menace.

De toute façon, se dit-il, elles devaient arriver à la nuit tombée pour ne pas être reconnues. Ces mots ne s'adressaient manifestement pas à elles. Il en déduisit que ces paroles étaient réservées à celles qui choisissaient de se retourner – mais pourquoi donc se retourner ? Tourne la page ! Regarde l'horizon ! – après avoir quitté les lieux et laissé derrière elles le fruit de leurs repentantes entrailles. Ces paroles s'adressent à ceux qui ont la mort dans l'âme. Elles s'abîment dans celle de Donatien comme une pièce de monnaie que l'on jette au fond du puits d'une mine désaffectée dans un pays sec, triste et venteux.

Jésus est en train de perdre son public au Canada français, mais avouons que l'énorme et menaçant index qu'il pointe en direction des mortels se marie admirablement avec les pierres grises qui composent l'énorme bâtisse, comme quoi le fils de Dieu réussit à demeurer pertinent dans toutes les circonstances. La partie centrale de l'édifice est flanquée de deux ailes de quatre étages. Par-delà la corniche ornée de simples denticules, on devine une lanterne défraîchie, dégoulinante de rouille. Depuis le trottoir, sa hauteur promet une vue magnifique ou un suicide réussi. C'est une question de point de vue. Devant la grandeur des lieux, Donatien comprend qu'il doit y avoir derrière une cour intérieure dans laquelle les jeunes femmes déambulaient pour prendre l'air à l'abri des insultes des passants. À quelques centaines de mètres de là, les pavillons de l'Expo offrent un contraste ahurissant à cette architecture de la pauvreté. Un jour, se dit Donatien, on raserait toutes ces pierres anciennes pour construire des merveilles architecturales futuristes où personne ne vous pointerait du doigt devant la porte d'entrée.

Il a longtemps résisté à la tentation d'aller frapper à la porte des religieuses. Depuis la visite de Lucia di Lammermoor, il sait que la réponse à ses questions se trouve là. Mais il est des questions si suaves et envoûtantes que l'on hésite à leur fournir les réponses qui les tueraient à jamais. Donatien sait qu'une Sœur de Miséricorde a accompagné Aimé jusque dans le Kaléidoscope, mais son esprit cartésien à outrance refuse d'analyser le reste des éléments de l'histoire. Il a réussi à rationaliser la lettre et les semences apparemment envoyées depuis le dix-neuvième siècle. Rien de tout cela ne peut être magique. S'il commence à croire à ces choses, autant donner raison à toutes les soutanes et cornettes qui lui ont empoisonné l'existence depuis toujours.

Il contemple ces pierres d'un autre âge en pensant à ses patientes : autant de Cio-Cio San, Floria, Norma, Pamina, Rusalka, Brünhild et Gilda qui ne sont devenues ni Ricaneuse ni Fructueuse.

Du quatrième étage, sœur Monique l'a vu sortir de la rue Saint-Hubert. Elle entretient avec lui une relation semblable à l'adoration d'une adolescente pour une star de cinéma. Elle l'a vu pour la première fois en 1901, plus de vingt ans après le départ d'Aimé, qui lui avait prophétisé sa naissance. Puis elle l'a souvent aperçu au port en compagnie de son père, qui semblait fasciné par les navires. Elle les a reconnus, lui et son frère Damas, à la fin du mois de mai 1914, devant le *Storstad*, ce charbonnier qui avait heurté la coque du paquebot *Empress of Ireland* au large de Rimouski. Ce fut le plus grand naufrage survenu au Canada. Donatien avait treize ans. Plus de mille passagers et membres d'équipage avaient perdu la vie dans les eaux du golfe du Saint-Laurent. La rumeur s'était répandue que la proue du *Storstad* était encore tachée du sang des passagers de l'*Empress of Ireland* qu'elle avait écrabouillés pendant la collision. Trésimond Décarie avait fait atteler sa carriole pour emmener ses fils constater le désastre dans le port de Montréal, où le charbonnier était attendu.

Sœur Monique s'y était rendue discrètement, même si, à ce stade, il n'y avait plus vraiment de risques qu'on la reconnaisse en ville. Elle voulait les voir, lui et son frère, par curiosité et pour vérifier les histoires du futur qu'Aimé lui avait racontées. Elle s'était approchée pour entendre ce qu'ils se disaient. Damas voulait savoir pourquoi il n'y avait plus de sang sur la proue. Le père avait répondu que les vagues l'avaient probablement nettoyé, ce à quoi Donatien avait renchéri que la pluie avait sûrement aidé. Elle connaissait leur voix et ne sentait plus le besoin de leur adresser la parole.

Sœur Monique se demande si elle descendra le recevoir, car c'est elle qu'il cherche. Elle n'aurait qu'une seule chose à lui dire, pour qu'il dorme enfin en paix. Aimé a trouvé un amour plus grand que le monde et l'a emporté loin de Montréal. Elle aimerait lui dire qu'Aimé a démoli à coups de hache la porte dont Donatien s'approche maintenant dangereusement.

Elle voudrait lui dire qu'Aimé et Agnès ont embarqué sur une goélette pour la baie des Chaleurs. De là, on pense qu'ils ont réussi à fuir vers Rio sur un bateau qui transportait de la morue séchée. Oui, il a dû détruire notre porte, mais Agnès était née ici. C'est nous qui l'avions élevée. Et son enfant, je veux dire leur enfant, était né ici aussi. L'amour d'Aimé et d'Agnès est la plus grande réalisation de notre ordre. C'est l'œuvre d'un siècle de souffrances. Comprenez-vous ? Les sœurs ne croyaient pas aux histoires qu'Aimé racontait sur le futur, mais plus le temps passait, plus ses prophéties se réalisaient. Et parce que sœur Monique avait eu peur que le hasard n'éloigne Aimé de son destin, elle avait fait en sorte de ne jamais le perdre de vue à partir du moment où il avait fini par naître. C'était elle qui s'était assurée qu'il aboutisse dans le Kaléidoscope au moment fatal, quand cet éclair était tombé. Au beau milieu des projections, tout était devenu rouge. Un trou s'était ouvert. Elle l'y avait poussé. Il avait essayé de s'agripper à ces deux malheureux Américains qui étaient tombés avec lui, un homme et une femme. Ça, ce n'était pas prévu. Elle en était sincèrement navrée, mais il fallait à tout prix qu'Aimé voyage. Donatien va sonner d'une seconde à l'autre.

Devant la porte principale, Donatien prospecte en lui-même. Puis les cris d'une volée d'oies migrant vers le sud lui font lever la tête. Rien ne l'émeut autant que cette clameur, aussi montréalaise que le murmure feutré des flocons de mars qui tombent sur les toits. C'est à ce moment qu'il la voit à la fenêtre. Ils se fixent l'un et l'autre pendant un peu moins d'une minute, le temps de se dire par les yeux qu'il est inutile de frapper à cette porte, car elle n'a rien à lui apprendre. Comme il le racontera plus tard à Damas, il y a de la tendresse dans ces yeux. Les cris des oies deviennent imperceptibles. Une autre volée passe, plus près du sol, plus bruyante encore. Sœur Monique les regarde aussi. Aimé est parti comme les oies.

Sœur Monique ouvre la fenêtre et laisse tomber aux pieds de Donatien une pièce de monnaie. Il la prend entre ses doigts et reconnaît la pièce qu'Aimé a reçue le jour de sa disparition, un peu ternie. Quand il relève les yeux, la religieuse a disparu.

Sœur Monique ne lui parle donc pas de cette lettre d'Agnès qui lui a annoncé le décès d'Aimé, vieux et heureux, dans sa maison des hauteurs de Rio de Janeiro, en 1952. Ce sont les seules nouvelles qu'elle aurait eues pour Donatien. Mais pourquoi s'échiner à expliquer le temps aux hommes qui ne comprennent que la distance ?

Ce soir-là, Donatien reçoit la grâce d'un sommeil profond. Au matin, il décide enfin de récolter les deux melons qu'il a obtenus des semences de Mary Gallagher. La lame du couteau traverse la chair ferme du melon. Est-il bien mûr ? Depuis quelques jours, le fruit a atteint la taille d'un ballon de basket-ball, mais ne dégage aucun parfum. Sur la planche à découper, une flaque de liquide rouge visqueux commence à se former. La lame du couteau heurte quelque chose de dur, comme un morceau de bois ou de cartilage. Donatien appuie de toutes ses forces. Maintenant, le couteau est bloqué dans le melon ; il monte et descend comme une hache coincée dans une bûche d'érable. Furieux, Donatien jette le tout sur le plancher. L'écorce du melon se brise en mille morceaux pour révéler la tête ensanglantée d'une femme, bouche et yeux ouverts.

Sur le Plateau Mont-Royal, on entend de longs hurlements. Au quatrième étage de la Miséricorde, une religieuse a trouvé le corps sans tête de sœur Monique étendu sur une couchette ingrate.

GO WEST

Après l'incident du tableau, Louise Dee Dee a gardé Théo chez elle pendant deux jours, histoire de le laisser se remettre de ses émotions et de lui raconter les dernières heures de la pauvre Jacinthe, piégée par sa propre obsession. Déjà, à Chicago, elle harcelait les professeurs de physique de l'université pour qu'ils l'écoutent. Elle était certaine de détenir la réponse à une énigme intemporelle. Elle le répétait à tous : le secret du temps est dans la couleur. Théo reconnaissait le discours incohérent de la seule femme qu'il avait aimée. Oui, elle disait déjà des choses de ce genre quand il l'avait rencontrée à Grand-Mère. Étendu sur un canapé, un sac de glace sur le front, il écoutait Louise le gronder.

— On lui avait un jour expliqué que chaque couleur décodée par l'œil humain correspond à une certaine longueur d'onde et que le calcul de cette longueur d'onde comprend un élément périodique.

— Comme des oscillations ?

— Oui, enfin, périodique dans le sens où il y a une mesure de temps. À partir de ce moment-là, Jacinthe a été convaincue qu'il fallait chercher une couleur qui permettrait de voir le temps, de l'arrêter, voire de l'accélérer. Pour elle, les couleurs n'existaient pas en dehors du temps et vice versa. Mais elle n'avait pas eu besoin des physiciens pour comprendre ça, elle l'avait en elle depuis toujours.

— J'ai vu Aimé dans son tableau.

— Je vous avais dit de ne pas regarder trop longtemps. Ce tableau-là est celui qui s'approche le plus de ce qu'elle voulait démontrer.

— Démontrer quoi ?

— Qu'on peut voir le temps et s'y projeter.

— S'y projeter ?

— Le soir où elle est disparue, j'étais dans la cuisine. Il y a eu un orage, comme je vous l'ai dit. La foudre est tombée sur notre paratonnerre. Tout dans la maison était chargé d'électricité. Je suis montée à l'atelier pour voir si Jacinthe s'en était rendu compte. Elle n'y était plus. Je l'ai cherchée partout.

— Elle a disparu comme son fils.

Dans l'âtre, les derniers morceaux de *La Couleur du temps* se consumaient dans d'ultimes crépitements. Louise avait décidé qu'elle l'avait gardé trop longtemps. Théo en avait ressenti une émotion nouvelle, impossible à identifier. C'était quelque part entre le soulagement et le scepticisme. Ou les deux en même temps. Il quitta la maison de Louise avec un souvenir : la cage de Kiki, qui était mort pendant son court séjour à Bolinas.

— Il faudra que je trouve un autre oiseau rouge !

— Ou jaune… répondit Théo.

— Il faut encore que je vous montre quelque chose.

Louise disparut à la cuisine pour revenir avec une enveloppe.

— Qu'est-ce que c'est ?

— C'est une lettre de Jacinthe. Un antiquaire de San Francisco l'a trouvée dans un lot acheté à une vente de succession.

— Comment ça, une lettre de Jacinthe ? Vous venez de me dire qu'elle a disparu.

— Je vais vous laisser lire tout ça, Théo.

L'enveloppe contenait une autre enveloppe adressée à Louise et une photographie. C'était sa calligraphie. Théo la reconnaissait. Jacinthe écrivait que pendant qu'elle travaillait dans son atelier, la foudre avait frappé et qu'elle s'était retrouvée sur le dos, « à l'endroit précis où la maison se trouverait quand elle serait construite ». Sonnée, elle avait longtemps marché pour se retrouver à San Francisco, qu'elle n'avait pas reconnu. Puis elle admettait être désespérée et éprouver de sérieux problèmes de mémoire. Elle n'arrivait plus à se souvenir du nom de sa sœur ni de sa mère, confiait-elle à Louise. Elle racontait qu'elle allait devoir fuir la Californie sur un navire en partance pour l'Asie à cause d'une histoire qu'elle promettait de raconter si elle en avait la chance, dans une lettre qui viendrait plus tard. Sur la photo, c'était bien elle, habillée de vêtements anciens, prenant la pose dans un studio de photographe. Théo ne pouvait s'empêcher de penser à cette vieille lettre qu'il avait reçue à Montréal, celle qui avait tant fasciné Donatien.

À son retour en ville, il se fit engager dans une pharmacie où il finit par devenir gérant après quelques mois. Il ne parlait presque plus du Canada, de son fils perdu, ni de Jacinthe. Il accepta parce qu'il ne voyait pas comment il aurait pu rentrer à Montréal, où il n'y avait plus rien. La maison de la rue Saint-Hubert avait été vendue. Chaque centimètre carré de Montréal lui hurlerait son malheur jusqu'à la fin des temps. À San Francisco soufflait parfois une brise océanique qui le débarrassait des odeurs que la tristesse avait laissées sur lui. Il ne revit pas Gail, mais se dévoua pendant des semaines à la lecture de *À la hauteur de Grand Central Station je me suis assise et j'ai pleuré*, le seul souvenir qu'il avait gardé d'elle. Le texte était dense, difficile à lire. Théo s'y remettrait tous les ans sans comprendre grand-chose à l'histoire de cette femme amoureuse d'un homme marié, mais qui s'entête à creuser son malheur. La narratrice décrivait les coloris de l'automne à Ottawa. *Chaque feuille jaune ou rouge pend comme un drapeau qui m'encourage à continuer*, image qui le renvoyait à Jacinthe, mais aussi inexplicablement à Donatien Décarie, le médecin perché dans son arbre qui avait été son deuxième père. Et cette dernière phrase, implacable, qui le hanterait jusqu'à sa mort, parce qu'il ne savait pas à qui il pourrait l'adresser.

Mon chéri, mon amour, m'entends-tu là où tu dors ?

RIO

Quand les Portugais ont accosté sur les côtes de l'Amérique latine, ils y ont trouvé d'immenses forêts de *pau brasil*, le « bois de braise », qui, une fois pulvérisé, fournissait d'excellents pigments pour teindre en rouge les vêtements des Européens. Pourtant, le Brésil surprend surtout par ses verts. Pour Agnès et Aimé, les couleurs du Brésil, quand ils finirent par les voir au terme d'un long voyage, devinrent une patrie dont ils ne se séparèrent plus jamais. Sur la terre rouge des hauteurs de Petropolis, Aimé tint pendant toute sa vie un atelier de peinture de portraits qui lui permit de gagner sa vie. Après la naissance de Théo, il y eut encore six enfants. En 1900, quand Théo se maria, son père ne sut lui expliquer pourquoi il l'avait appelé ainsi. Seule Agnès se souvenait des histoires que son Aimé racontait pendant les premiers mois de leur amour. Aimé n'avait plus aucun souvenir de 1967. Le couple continuait cependant de se rappeler Mary, dont il savait qu'elle s'était réfugiée à la Miséricorde après les avoir laissés au port. Elle devait partir avec eux, Félicien lui avait aussi payé un passage. Au dernier moment, Mary s'était arrêtée de marcher. Elle n'était pas montée à bord. Félicien avait insisté : si elle ne partait pas, on allait la retrouver. Pour l'instant, la ville entière la croyait morte, mais si jamais on la reconnaissait, on l'arrêterait pour le meurtre de Joseph Sanschagrin. Avec un peu de malchance, on la soupçonnerait aussi, une chose menant à l'autre, d'avoir décapité la Turvy.

Il n'avait fallu que quelques secondes. Une pluie de coups de hache s'était abattue sur le visage de chauve-souris de la tenancière. Quelques minutes plus tard, Susan déposait sa tête dans une corbeille. Elle ne supportait pas cette garce. Puis, exténuée, ne remarquant même pas que Mary s'était roulée en boule dans la cuisine, elle s'affala sur son lit et s'endormit, comme Flanagan qui ne s'était pas réveillé pendant toute la durée du meurtre. Haletante, Mary contemplait la scène. Elle n'eut pas la force de parler. En bas, elle entendait Helen Troy qui frappait au plafond avec un balai. « Calmez-vous, là-haut ! Merde ! » Mary claquait des dents. En mode survie, son cerveau fonctionnait à plein régime. Un à un, elle enleva ses vêtements, puis déshabilla le corps de la Turvy encore chaud. Ses membres lui glissaient entre les doigts tant il y avait du sang. Elle réussit à sortir par l'escalier arrière et s'enfuit par les ruelles. Quand Flanagan s'était réveillé, elle était déjà loin. Si sa ruse fonctionnait, elle serait libre.

Les premiers jours, elle réussit à se cacher dans un bordel où elle avait ses entrées. Là, elle apprit d'une femme qui rentrait de la Miséricorde qu'Aimé y était retourné, mais qu'on ne lui avait pas permis de partir avec Agnès et son enfant. À la faveur des ténèbres, elle avait réussi à parler à sœur Saint-Joseph, qui lui avait révélé l'adresse de Félicien Saint-Ange, où Aimé s'était caché. C'était là qu'elle l'avait retrouvé, furieux et outré.

Aimé avait cru qu'en récupérant son enfant, tous ses souvenirs de 1967 lui reviendraient d'un coup. Or, au moment où il toucha Théo, il oublia pourquoi l'enfant portait ce prénom. Les lambeaux de souvenirs qui lui restaient de sa vie dans le futur furent absorbés par le regard de ce petit garçon. Désormais, il ne resterait plus que l'avenir de sa nouvelle époque. Il se souviendrait encore de Montréal, certes, mais de la même Montréal qui vivait dans les souvenirs d'Agnès. Et pour le reste de sa longue vie, le seul accès qu'il aurait à ses souvenirs du Plateau Mont-Royal, de sa famille, de l'Expo et de 1967 lui serait garanti par Agnès, qui lui rappellerait à sa demande d'où il était arrivé. Agnès se livrerait à cet exercice de mémoire en se basant uniquement sur ce qu'Aimé lui avait raconté avant que l'oubli n'accomplisse son œuvre purificatrice. Des détails changeraient. Par exemple, Agnès finirait par lui inventer une mère. Elle finirait par faire de Donatien un frère de Théo. Elle ferait tout ça pour rassurer son Aimé quand, de temps en temps, il l'implorerait de lui parler de 1967. Puis, un jour, il oublierait ce chiffre aussi.

À Rio, ni Agnès ni Aimé ne furent informés de la décision de commuer la peine de Susan Kennedy en peine d'enfermement à perpétuité au pénitencier de Kingston. Elle y séjournera jusqu'à ce qu'elle y meure de la tuberculose en 1890. Quant à Flanagan, il se noya dans le bassin Peel le 5 décembre 1879, le jour où Susan devait être pendue. Plus de cinq cents personnes suivirent son cortège funèbre jusqu'au cimetière Notre-Dame-des-Neiges. Le whisky coulait à flots. Quand ils arrivèrent au cimetière après deux heures de titubations et de chants débraillés, les endeuillés ne se rappelaient plus de qui ils voulaient enterrer. Ils levèrent leur verre à cet oubli, à Mary, à Susan et à Charles McKiernen, dans le bar duquel ils se retrouvèrent tous le soir même.

À Griffintown, on rapporte toujours des apparitions du fantôme de Mary Gallagher tous les six ans, trois jours après la Saint-Jean-Baptiste.

Pour plus d'information :

#lisez! engagé

www.lisez.com

Imprimé sur du papier issu de forêts gérées durablement.

10/18 – 92 avenue de France, 75013 PARIS

Imprimé en France par
CPI Brodard & Taupin

N° d'impression : 3062605
X08774/01